Une seconde chance

Mary Higgins Clark

Une seconde chance

ROMAN

Traduit de l'anglais
par Anne Damour

Albin Michel

COLLECTION « SPÉCIAL SUSPENSE »

Titre original :
THE SECOND TIME AROUND
© Mary Higgins Clark, 2003
Publié avec l'accord de l'éditeur original
Simon & Schuster, New York
Tous droits réservés,
y compris droits de reproduction totale ou partielle,
sous toutes formes.
Traduction française :
© Éditions Albin Michel S.A., 2003
22, rue Huyghens, 75014 Paris
www.albin-michel.fr
ISBN 2-226-13799-8
ISSN 0290-3326

A mes très chers
John Conheeney, mon merveilleux mari
Les enfants Clark
Marilyn, Warren et Sharon, David, Carol et Pat
Les petits-enfants Clark
Liz, Andrew, Courtney, David, Justin et Jerry
Les enfants Conheeney
John et Debby, Barbara, Trish, Nancy et David
Les petits-enfants Conheeney
Robert, Ashley, Lauren, Megan, David, Kelly, Courtney,
Johnny, Thomas et Liam

Je vous aime tous.

1

L'ASSEMBLÉE générale des actionnaires, ou plutôt la *révolte* des actionnaires, eut lieu le 21 avril à l'hôtel Grand Hyatt à Manhattan. La journée était anormalement froide et ventée pour la saison, mais l'atmosphère lugubre était adaptée aux circonstances. L'annonce, deux semaines plus tôt, de la mort de Nicholas Spencer, président-directeur général de Pierre-Gen, dans l'accident de son jet privé, survenu alors qu'il se rendait à Porto Rico, avait été accueillie avec consternation. La société s'attendait à recevoir le feu vert de la Food and Drug Administration[1] pour la commercialisation d'un vaccin permettant d'empêcher l'apparition des cellules cancéreuses et d'en stopper la progression chez les sujets déjà atteints — un traitement préventif et curatif qu'elle était seule à offrir au monde. Nicholas Spencer avait donné à sa société le nom de « Pierre-Gen » en

---

1. FDA : Food and Drug Administration. Organisation de l'administration américaine chargée de l'évaluation scientifique des médicaments avant leur mise sur le marché.

9

hommage symbolique à la pierre de Rosette qui avait permis de déchiffrer les hiéroglyphes de l'ancienne Egypte et de comprendre l'immensité de sa culture.

L'annonce de sa mort avait été suivie d'une déclaration du président du conseil d'administration de Pierre-Gen, révélant qu'il y avait eu de nombreux contretemps dans les tests du vaccin et qu'il ne pourrait pas être soumis à l'agrément de la FDA dans un proche avenir. Il s'avérait, en outre, que des dizaines de millions de dollars avaient été détournés, sans doute par Nicholas Spencer.

Mon nom est Marcia DeCarlo, mais on m'appelle généralement Carley. J'assistais à l'assemblée générale dans l'espace réservé aux médias, observant autour de moi avec un sentiment d'incrédulité des visages furieux, stupéfaits ou sillonnés de larmes. Ainsi Nicholas Spencer, *Nick*, serait donc un voleur, un imposteur, un escroc ? Le vaccin miracle n'était rien de plus que le fruit de sa cupidité et de son incomparable talent de vendeur. Il avait trompé tous ces gens qui avaient investi des sommes considérables dans sa société, souvent les économies de toute une vie ou l'intégralité de ce qu'ils possédaient. Naturellement, ces malheureux espéraient gagner de l'argent, mais beaucoup pensaient également que leur investissement aiderait ce vaccin à voir le jour. Et non seulement ils avaient été pénalisés, mais ce détournement avait provoqué la ruine du fonds de pension des employés de Pierre-Gen, plus de mille personnes. Cette histoire paraissait tout bonnement impossible.

Le corps de Nicholas Spencer n'ayant pas été

rejeté sur la côte avec les débris à moitié calcinés de l'avion, une partie des personnes présentes dans la salle ne croyaient pas à sa mort. L'autre partie aurait volontiers planté un pieu dans son cœur si ses restes avaient été découverts.

Charles Wallingford, le président du conseil d'administration de Pierre-Gen, le visage blême mais affichant la dignité et l'aisance naturelles que confèrent des générations de privilèges et d'éducation, tentait de ramener le calme dans l'assistance. Les autres membres du conseil, l'air sombre, avaient pris place sur l'estrade avec lui. Tous sans exception étaient des personnalités éminentes du monde des affaires et de la haute société. Au deuxième rang, je reconnus des experts-comptables employés par Pierre-Gen. Certains d'entre eux étaient régulièrement interviewés par le *Weekly Browser,* le supplément du dimanche pour lequel je rédigeais une rubrique financière.

A la droite de Wallingford, pâle comme la mort, ses cheveux blonds noués en chignon et vêtue d'un tailleur noir haute couture, se tenait Lynn Hamilton Spencer, l'épouse de Nick, ou plutôt sa veuve. Il se trouve qu'elle est aussi ma demi-sœur, que je l'ai rencontrée trois fois dans ma vie et qu'elle m'est profondément antipathique. Laissez-moi m'expliquer. L'année dernière ma chère mère, veuve de son état, a épousé en secondes noces le père de Lynn, lui-même veuf, à Boca Raton où ils étaient voisins.

Au dîner qui avait eu lieu la veille du mariage, l'attitude condescendante de Lynn Spencer m'avait irritée autant que m'avait charmée la personnalité de Nicholas. Je savais qui il était, naturellement. Les articles le concernant publiés dans *Time* et *Newsweek* ne laissaient rien dans l'ombre. C'était le fils d'un médecin généraliste du Connecticut qui s'était passionné pour la recherche biologique. Il avait un laboratoire chez lui et, dès sa plus tendre enfance, Nick avait passé une grande partie de ses loisirs à faire des expériences avec son père. « Les autres enfants avaient des chiens, expliquait-il aux gens qui l'interviewaient, moi, j'avais des souris. Je l'ignorais, mais j'ai été formé à la microbiologie par un génie. » Il avait suivi la voie des affaires, s'était inscrit à une business school, dans la perspective de posséder un jour une entreprise de fournitures médicales. Il avait commencé par travailler dans une petite affaire, avait gravi les échelons, était devenu l'un des associés. Puis, devant le développement croissant de la microbiologie, il avait décidé de se lancer dans cette direction. Il avait compulsé les notes de son père, compris que, peu avant sa mort soudaine, celui-ci s'apprêtait à faire une découverte majeure dans l'étude du cancer. Utilisant comme base sa société de fournitures médicales, il entreprit de lui adjoindre un département important de recherche.

Un organisme de capital-risque lui avait permis de lancer Pierre-Gen, et la rumeur de la découverte d'un vaccin contre le cancer avait propulsé la société aux sommets de Wall Street. Introduits à trois dollars par action, les titres de Pierre-Gen avaient grimpé jusqu'à cent soixante dollars. Sous condition de l'agrément de la FDA, une grosse entreprise pharmaceutique, Garner Pharmaceutical, avait proposé un milliard de dollars pour les droits de distribution du nouveau vaccin.

Je savais que la première femme de Nick Spencer était morte d'un cancer cinq ans plus tôt, qu'il avait un fils de dix ans et qu'il s'était remarié avec Lynn quatre ans auparavant. Mais toutes les heures que j'avais passées à éplucher son passé ne m'avaient guère servi lors de ce dîner « familial ». Je ne m'attendais pas à rencontrer quelqu'un doté d'un tel magnétisme. Nick Spencer faisait partie de ces gens dont le charme profond s'allie à une intelligence exceptionnelle. Avec son mètre quatre-vingt-cinq, ses cheveux blonds, ses yeux bleus au regard perçant et un corps d'athlète, il était d'une séduction irrésistible. Néanmoins, c'était la chaleur de son contact avec ses interlocuteurs qui constituait son principal atout. Tandis que ma mère s'efforçait d'entretenir la conversation avec Lynn, je m'étais surprise à raconter ma vie à Nick, chose que je fais rarement lors d'une première rencontre.

Au bout de cinq minutes, il connaissait mon âge, où j'habitais, ma profession, et l'endroit où j'avais grandi. « Trente-deux ans, avait-il dit en souriant. Huit de moins que moi. »

Je lui avais ensuite révélé que j'avais divorcé après un bref mariage avec un étudiant de la business school de l'université de New York. Je lui avais même parlé du bébé qui n'avait survécu que quelques jours parce que le trou qu'il avait au cœur était trop gros pour se refermer. Cela me ressemblait si peu. Je ne parle jamais de cet enfant. C'est trop douloureux. Pourtant, je n'avais eu aucun mal à me confier à Nicholas Spencer.

« C'est le genre de tragédie que notre découverte permettra de prévenir un jour, m'avait-il dit doucement. Voilà pourquoi je veux remuer ciel et terre, pour épargner aux gens le chagrin que vous avez ressenti, Carley. »

Je fus rapidement ramenée à la réalité par Charles Wallingford qui demandait le silence, un silence tendu. « Je me présente, Charles Wallingford, dit-il, président du conseil d'administration de Pierre-Gen. »

Il fut accueilli par une explosion de huées et de sifflets.

Je savais qu'il avait quarante-huit ou quarante-neuf ans, je l'avais vu à la télévision le lendemain de l'accident de Spencer. Il paraissait beaucoup plus que son âge aujourd'hui. La tension des semaines qui venaient de s'écouler l'avait vieilli de plusieurs années. Personne ne pouvait douter que cet homme était profondément affecté.

« J'ai travaillé avec Nicholas Spencer pendant ces huit dernières années, commença-t-il. J'avais vendu l'entreprise familiale dont j'étais président et je cherchais à investir dans une société aux perspectives intéressantes. C'est alors que j'ai fait la connaissance de Nicholas Spencer. Il a su me convaincre que la société qu'il venait de fonder apporterait des progrès considérables dans le développement de nouveaux médicaments. Sur son incitation, j'ai investi dans Pierre-Gen la quasi-totalité de la vente de notre affaire familiale. Tout comme vous, j'apprends avec stupeur que le vaccin n'est pas prêt à recevoir l'agrément de la FDA, mais cela ne signifie pas pour autant que de nouvelles recherches ne

14

permettront pas de résoudre le problème, si nous parvenons à lever d'autres fonds. »

Une averse de questions s'abattit sur lui : « Et l'argent qu'il a volé... ? », « Pourquoi ne pas admettre que vous nous avez bel et bien escroqués, vous et toute votre clique... »

Soudain Lynn se leva et s'empara du micro posé devant Wallingford. « Mon mari est mort alors qu'il allait à un rendez-vous d'affaires dont le but était de trouver de l'argent pour poursuivre ses recherches. Je suis convaincue que la disparition de ces sommes a une explication... »

Un homme débolua dans l'allée centrale en brandissant des pages apparemment arrachées à des magazines et des journaux. « Les Spencer dans leur propriété de Bedford... », clama-t-il. « Les Spencer organisant une vente de charité... », « Nicholas Spencer tout sourires, en train de remplir un chèque pour les nécessiteux de New York. »

Les agents de la sécurité le saisirent par les bras au moment où il atteignait l'estrade. « D'où croyez-vous que venait l'argent, ma petite dame ? Je vais vous le dire. *Il venait de nos poches !* J'ai contracté un deuxième emprunt sur ma maison pour investir dans votre foutue société. Et vous voulez savoir pourquoi ? Parce que ma gosse a un cancer et que j'ai eu foi dans les promesses de votre mari au sujet de son vaccin. »

Les médias étaient installés aux premiers rangs. J'étais assise au bord de l'allée et il m'eût suffi de tendre la main pour toucher cet homme. Il était trapu, âgé d'une trentaine d'années, vêtu d'un pull et d'un jean. Brusquement, ses traits s'affaissèrent et il se mit à pleurer. « Je ne peux même plus garder notre maison pour ma petite fille, dit-il. Je vais devoir la vendre. »

Je levai la tête vers Lynn et nos yeux se croisèrent. Je savais qu'elle ne pouvait lire le mépris dans mon regard ; la seule pensée qui m'habitait, c'était que le diamant à son doigt aurait sans doute suffi à rembourser le deuxième emprunt qui allait priver une enfant mourante de son foyer.

La réunion dura à peine quarante minutes et fut presque entièrement occupée par les récits navrants de gens qui avaient tout perdu dans la déconfiture de Pierre-Gen. Beaucoup avaient été incités à acheter des actions parce qu'un enfant ou un membre de leur famille était atteint d'une maladie que le vaccin promettait de soigner.

Tandis que la foule se dispersait, je notai des noms, adresses et numéros de téléphone. La plupart connaissaient mon nom grâce à ma rubrique et désiraient me parler de leurs déboires financiers. Ils voulaient savoir s'ils avaient une chance de récupérer une partie de leur investissement.

Lynn avait quitté la salle par une sortie latérale. Tant mieux. Je lui avais écrit une courte lettre après l'accident de Nicholas, la prévenant que j'avais l'intention d'assister aux funérailles quand on aurait retrouvé son corps. Aujourd'hui, comme beaucoup, je me demandais si Nick était vraiment à bord de l'avion quand il s'était écrasé ou s'il avait simulé sa disparition.

Je sentis une main sur mon bras. C'était Sam

Michaelson, un vétéran du *Wall Street Weekly*. « Je vous offre un verre, Carley.

— Bon sang, j'en ai sacrément besoin. »

Nous descendîmes au bar de l'hôtel et on nous indiqua une table. Il était seize heures trente.

« J'ai pour règle de ne jamais boire de vodka avant cinq heures, m'avoua Sam, mais comme vous le savez, il est sûrement cinq heures quelque part dans le monde. »

Je commandai un verre de chianti. A cette époque de l'année, je bois plus volontiers du chardonnay, mon vin préféré par temps chaud, mais je me sentais glacée jusqu'au fond de moi-même après cette réunion et préférais un bon verre de rouge.

Sam fit signe à une serveuse puis me demanda à brûle-pourpoint : « Alors, Carley, qu'en pensez-vous ? Est-ce que cet escroc est en train de se dorer au soleil quelque part au Brésil pendant que nous parlons de lui ? »

Je ne trouvai rien à lui répondre qu'un honnête : « Je n'en sais rien.

— J'ai croisé Spencer une fois dans ma vie, continua Sam. Croyez-moi, s'il m'avait proposé d'acheter le pont de Brooklyn, je lui aurais dit oui sans hésitation. Quel fabuleux bonimenteur ! Et vous, l'avez-vous déjà rencontré ? »

Je réfléchis un instant à sa question, cherchant quoi lui dire exactement. Que Lynn Hamilton Spencer fût ma demi-sœur et par conséquent Nick Spencer mon demi-frère par alliance était une réalité que j'avais toujours tue. Une réalité qui, en outre, m'interdisait de donner un avis en public ou en privé sur le titre Pierre-Gen car je craignais

17

qu'on puisse y voir un conflit d'intérêts. Malheureusement, cela ne m'avait pas empêchée d'acheter pour vingt-cinq mille dollars de ces actions après avoir entendu Nicholas Spencer déclarer, lors du fameux dîner familial, qu'une fois le cancer éradiqué, un autre vaccin naîtrait qui éliminerait toutes les anomalies génétiques.

Mon bébé avait été baptisé le jour de sa naissance. Je l'avais appelé Patrick, le prénom de mon grand-père maternel. J'avais acheté ces actions en hommage à sa mémoire. A ce dîner, Nick avait dit que plus les fonds recueillis seraient importants plus vite les tests seraient terminés et le vaccin disponible. « Et, bien entendu, vos vingt-cinq mille dollars vaudront une fortune », avait-il conclu.

Cet argent représentait mes économies en vue d'un premier versement pour l'achat d'un appartement.

Toujours incertaine de ma réponse, je regardai Sam en souriant. Sa seule coquetterie était de ramener de longues mèches poivre et sel sur son crâne à moitié chauve. L'effet n'était pas toujours réussi et je m'étais souvent retenue de lui dire comme à un vieux copain : « Sam, laissez tomber. Vous avez perdu la bataille contre la calvitie. »

Il approchait des soixante-dix ans, mais son regard bleu clair était vif et espiègle. Rien d'enfantin dans son visage de lutin. Il était intelligent et astucieux. Je décidai qu'il serait malhonnête de lui cacher mes liens familiaux avec les Spencer, mais je tins à souligner que je n'avais rencontré Nick qu'une seule fois et Lynn trois.

18

Il haussa les sourcils en m'écoutant. « C'est une dure à cuire, semble-t-il. Et Spencer ?

— A moi aussi, il m'aurait vendu le pont de Brooklyn. Un type fantastique.

— Que pensez-vous à présent ?

— Vous me demandez s'il est mort ou s'il a maquillé l'accident ? Je ne sais pas. »

J'avais tressailli malgré moi.

« Sam, ma mère est heureuse avec le père de Lynn, à moins qu'elle ne joue formidablement la comédie. Ils prennent même des leçons de piano ensemble. Seigneur ! Vous auriez dû entendre le concert auquel j'ai assisté lorsque je suis allée passer un week-end à Boca, le mois dernier. J'avoue que je n'ai pas eu le coup de foudre pour Lynn. Elle semble se prendre tellement au sérieux. Je l'ai vue la veille du mariage, le jour du mariage, et une troisième fois, un soir où je suis arrivée à Boca au moment où elle partait. C'est tout. Faites-moi plaisir, ne parlez pas d'elle comme de ma demi-sœur.

— Compris. »

La serveuse nous apporta nos drinks. Sam fit tourner sa vodka dans son verre d'un air satisfait puis s'éclaircit la voix :

« A propos, Carley, il paraît que vous postulez pour un job chez nous ?

— Exact.

— Pourquoi ?

— Je désire collaborer à un magazine économique sérieux. J'en ai assez de pondre du blabla financier dans le supplément du dimanche d'un quotidien généraliste. Mon souhait serait d'écrire pour le *Wall Street Weekly*. Comment savez-vous que j'ai posé ma candidature ?

— Le boss, Will Kirby, m'a demandé des renseignements sur vous.

— Que lui avez-vous raconté ?

— J'ai dit que vous aviez quelque chose dans la tête et que vous étiez dix fois mieux que le type qui nous quitte. »

Une demi-heure plus tard, Sam me déposa devant chez moi. J'occupe le premier étage d'une ancienne maison transformée en appartements, dans la 37ᵉ Rue. J'ignorai l'ascenseur qui ne mérite pas qu'on s'intéresse à lui, et montai à pied. Arrivée devant ma porte, je tournai la clé et pénétrai à l'intérieur avec un soupir de soulagement. J'avais toutes les raisons d'avoir le moral à zéro. La situation financière de ces malheureux actionnaires était déprimante, mais il y avait pire. Beaucoup d'entre eux avaient fait cet investissement pour les mêmes raisons que moi, parce qu'ils voulaient arrêter la progression d'une maladie qui frappait un de leurs proches. C'était trop tard pour moi, mais j'avais acheté ces actions en souvenir de Patrick, pour tenter de guérir la blessure que j'avais au cœur, une blessure plus profonde encore que celle qui avait emporté mon enfant.

Les meubles qui garnissent mon appartement viennent de la maison de mes parents à Ridgewood, dans le New Jersey, où j'ai grandi. Ils m'ont laissé faire mon choix lorsqu'ils sont partis s'installer à Boca Raton. J'ai fait recouvrir le canapé d'une solide toile bleue assortie au bleu du tapis persan acheté dans un vide-grenier. Quant aux tables, aux

20

lampes et au fauteuil de repos, ils étaient déjà là à l'époque où j'étais la plus petite (mais la plus rapide) dans l'équipe de basket de l'Immaculate Heart Academy.

J'ai accroché une photo de cette équipe au mur de ma chambre, c'est moi qui tiens le ballon. J'ai peu changé en réalité. Les cheveux bruns coupés court et les yeux noisette que j'ai hérités de mon père sont toujours les mêmes. Contrairement à ce que prévoyait ma mère, je n'ai pas grandi tardivement. Je mesurais à peine un mètre soixante alors, je mesure toujours un mètre soixante. Hélas, ce sourire heureux, cet air triomphant que j'arborais quand je croyais posséder le monde, s'est envolé. Les articles que j'écris y sont peut-être pour quelque chose. Je suis constamment en contact avec des gens réels qui ont des problèmes réels.

Mais ce jour-là il y avait une autre raison à mon abattement.

Nick. Nicholas Spencer. Aussi accablantes que soient les preuves apparentes, je ne parvenais pas à accepter ce que l'on disait de lui.

Y avait-il une autre réponse à l'échec du vaccin, à la disparition de l'argent, au crash de l'avion ? Ou étais-je la victime désignée de beaux parleurs ? Comme je m'étais laissé avoir par Greg, que j'avais épousé par erreur voilà presque onze ans.

Lorsque Patrick est mort, à peine âgé de quelques jours, Greg n'a pas eu besoin de me dire qu'il était soulagé. C'était visible. Pas question pour lui de s'encombrer d'un enfant ayant besoin de soins constants.

Nous en parlions rarement. Il n'y avait pas grand-

21

chose à dire. Il m'annonça que le poste qu'on lui proposait en Californie était une chance qui ne se refusait pas.

Je lui dis : « Je ne te retiens pas. »

Et ce fut tout.

Ces pensées eurent pour résultat de me déprimer encore davantage et je me couchai tôt. Demain serait un autre jour.

Je fus réveillée à sept heures du matin par un appel de Sam. « Carley, allumez la télévision. Il y a un flash spécial. Lynn Spencer est rentrée hier soir dans sa maison de Bedford. Quelqu'un y a mis le feu. Les pompiers sont arrivés à temps pour la sauver, mais elle a respiré beaucoup de fumée. Elle a été transportée à l'hôpital St. Ann dans un état critique. »

Il raccrocha et je saisis immédiatement la télécommande sur la table de chevet. Le téléphone sonna à nouveau au moment où l'écran s'allumait. C'était le bureau de l'hôpital St. Ann. « Madame DeCarlo, votre demi-sœur, Lynn Spencer, est hospitalisée chez nous. Elle souhaite vous voir. Pouvez-vous venir aujourd'hui ? » La voix de mon interlocutrice se fit pressante.

« Elle est profondément bouleversée et souffre beaucoup. Votre présence auprès d'elle est très importante. »

2

Pendant les quarante-cinq minutes de trajet qui me séparaient de l'hôpital St. Ann, j'écoutai la station de radio CBS pour recueillir toutes les informations concernant l'incendie. D'après les divers comptes rendus, Lynn Spencer était rentrée en voiture chez elle, à Bedford, la veille, aux alentours de onze heures du soir. Le couple de gardiens, Manuel et Rosa Gomez, logeait dans une habitation séparée de la propriété. Ils n'étaient pas de service ce soir-là et ne s'étaient pas aperçus du retour de leur patronne.

Pourquoi Lynn est-elle rentrée à Bedford hier soir ? me demandai-je en m'engageant sur le Cross Bronx Expressway, le moyen le plus rapide d'atteindre le comté de Westchester en partant de l'est de Manhattan, à condition que le trafic ne soit pas bloqué par un accident. Or c'était généralement le cas, ce qui valait au Cross Bronx la réputation la plus épouvantable du pays.

L'appartement new-yorkais des Spencer est situé sur la Cinquième Avenue, dans l'immeuble où a vécu Jackie Kennedy. Je songeais à mes quatre-vingts mètres carrés et aux vingt-cinq mille dollars qui m'auraient permis d'acheter un appartement. Je pensais au père de cette petite fille mourante qui allait perdre sa maison parce qu'il avait investi dans Pierre-Gen. Je me demandais si Lynn avait ressenti une once de culpabilité en regagnant son somptueux appartement après l'assemblée générale. Etait-ce de cela qu'elle désirait me parler ?

Avril avait retrouvé ses couleurs. En parcourant les trois blocs qui me séparaient de mon garage, j'avais humé l'air, me sentant heureuse d'être en vie. Le soleil brillait et le ciel était d'un bleu profond. Les rares nuages qui défilaient au-dessus de ma tête ressemblaient à des petits coussins blancs. Ils flottaient haut dans le ciel, presque comme une arrière-pensée. C'est ainsi que mon amie décoratrice, Eve, utilise les coussins dans une pièce. Il faut qu'ils aient l'air de se trouver là par hasard, tel un repentir une fois que tout le reste est en place.

Le thermomètre du tableau de bord indiquait dix-huit degrés, un temps superbe pour passer la journée à la campagne si la raison de ma sortie avait été autre. J'étais pourtant curieuse de savoir ce qui m'attendait. J'allais rendre visite à une demi-sœur qui était restée une étrangère pour moi et qui, pour un motif inconnu, avait demandé à me voir, moi, plutôt qu'une de ses riches et célèbres amies, quand elle avait été transportée d'urgence à l'hôpital.

Contrairement à mes craintes, je franchis le Cross Bronx en quinze minutes, un record, et pris la direction du nord vers l'Hutchinson River Parkway. Le présentateur donnait les derniers détails de l'accident. A trois heures quinze, l'alarme d'incendie de la propriété de Bedford s'était déclenchée. Quand les pompiers étaient arrivés, quelques minutes plus tard, tout le rez-de-chaussée était la proie des flammes. Rosa Gomez leur avait assuré qu'il n'y avait personne à l'intérieur. Par chance, l'un des pompiers avait reconnu la Fiat de Lynn dans le garage et demandé à Rosa depuis combien de temps la voiture se trouvait là. Comme elle restait muette de stupeur, ils avaient dressé une échelle jusqu'à la chambre qu'elle leur avait désignée, brisé la fenêtre et étaient entrés. Ils avaient trouvé Lynn hagarde, désorientée, cherchant son chemin au milieu de la fumée. Elle souffrait d'avoir inhalé des vapeurs toxiques, avait la plante des pieds à vif et s'était brûlé les mains au second degré en s'appuyant aux murs. Selon la déclaration de l'hôpital, son état était désormais stable.

Les premiers rapports indiquaient que l'incendie était d'origine criminelle. De l'essence avait été répandue sur la galerie qui courait le long de la façade. Une fois enflammée, elle s'était transformée en une boule de feu qui avait embrasé tout le rez-de-chaussée en quelques secondes.

Qui avait voulu mettre le feu à la maison ? Quelqu'un savait-il ou soupçonnait-il que Lynn était à l'intérieur ? Je revis en esprit l'assemblée générale des actionnaires, l'homme qui l'avait interpellée. Il avait spécialement mentionné la propriété de Bedford. Dès qu'elle l'apprendrait, la police irait l'interroger. Je n'en doutais pas.

Lynn était dans un box du service des soins intensifs. Elle avait des tubes à oxygène dans les narines, et les bras couverts de bandages. Je m'étonnai pourtant de la trouver moins pâle que la veille, lors de l'assemblée générale. Puis je me rappelai avoir entendu dire que l'inhalation de fumée donne à la peau une couleur rosâtre.

Ses cheveux blonds étaient repoussés en arrière, ternes et emmêlés. Ils paraissaient moins longs. Peut-être les avait-on raccourcis lorsqu'elle avait été admise aux urgences. On lui avait bandé les mains, laissant les phalanges à découvert. Une pensée peu charitable me traversa l'esprit : le diamant qu'elle exhibait à l'assemblée se trouvait-il enfoui sous les cendres ?

Elle avait les yeux fermés et je me demandai si elle dormait. Je jetai un regard interrogateur à l'infirmière qui m'avait conduite jusqu'à elle. « Elle était éveillée il y a une minute, me dit-elle à voix basse. Parlez-lui. »

« Lynn », murmurai-je.

Elle ouvrit les yeux. « Carley. » Elle s'efforça de sourire. « Merci d'être venue. »

Je hochai la tête. Je ne suis pas du genre muet, pourtant je ne trouvais rien à lui dire. J'étais sincèrement soulagée qu'elle n'ait été ni asphyxiée ni sévèrement brûlée dans l'incendie, mais j'ignorais la raison de ma présence auprès d'elle, pourquoi je faisais figure de proche parente. Car, si j'avais une certitude, c'était que Lynn Spencer avait aussi peu de considération pour moi que moi pour elle.

« Carley ... » Une note aiguë trembla dans sa voix et elle ferma la bouche. « Carley, reprit-elle d'un ton plus contenu, j'ignorais que Nick détournait l'argent de la société. Je n'arrive toujours pas à y

26

croire. J'ai toujours été tenue éloignée de ses affaires. Carley, il possédait déjà la maison de Bedford et l'appartement de New York avant notre mariage. »

Ses lèvres étaient sèches et crevassées. Elle leva la main droite pour saisir son verre d'eau, mais je prévins son geste et le lui tendis. L'infirmière nous avait laissées seules. Hésitant à actionner le mécanisme qui redressait le lit, je me contentai de passer mon bras derrière son dos et de l'aider à boire.

Elle n'avala qu'une gorgée puis se laissa retomber en arrière et ferma les yeux, comme épuisée par l'effort. Un sentiment de pitié m'envahit alors en la regardant. Il y avait quelque chose de blessé, de brisé en elle. La Lynn si parfaitement coiffée et habillée que j'avais rencontrée à Boca Raton ne correspondait guère à cette femme vulnérable, incapable de boire seule quelques gouttes d'eau.

Je la laissai appuyer sa tête sur l'oreiller, regardai les larmes couler le long de ses joues.

« Carley, reprit-elle d'un ton las, j'ai tout perdu. Nick est mort. J'ai été priée de démissionner de l'agence de relations publiques où je travaillais. C'est moi qui ai présenté à Nick beaucoup de nos clients. Plus de la moitié d'entre eux ont investi dans la société. Je peux en dire autant du club de Southampton. Ces gens, qui étaient mes amis de longue date, m'en veulent. A cause de moi, ils ont perdu des fortunes. »

Je me rappelai ce qu'avait dit Sam à propos de Nick. Il l'avait traité de fabuleux bonimenteur.

« Et maintenant les avocats des actionnaires vont déposer une plainte contre moi. » Dans son affolement, Lynn s'était mise à parler de façon précipitée.

27

Elle posa une main sur mon bras puis la retira avec une grimace. Le contact avait dû réveiller la douleur des brûlures. « Il me reste quelques dollars sur mon compte personnel, dit-elle, c'est tout. Je n'ai plus de maison. Je n'ai plus de travail. Carley, il faut que vous m'aidiez. »

Comment aurais-je pu l'aider ? Je restai muette, me bornant à la regarder.

« Si Nick a vraiment détourné cet argent, mon seul espoir est que les gens croient que je suis une victime innocente, tout autant qu'eux. Carley, la rumeur court que je vais être inculpée. Je vous en supplie, ne les laissez pas faire. Les gens vous respectent. Ils vous écouteront. Faites-leur comprendre que, s'il y a eu tromperie, je n'y étais pour rien.

— Croyez-vous que Nick soit mort ? »

Je me devais de lui poser la question.

« Oui, je le crois. Je sais que Nick était convaincu de la conformité du vaccin. Il était en route pour une réunion d'affaires à Porto Rico quand il a été pris dans un orage. »

Sa voix était soudain plus tendue. Les mots jaillissaient de ses lèvres comme si elle redoutait de me voir me lever et partir. « Nick citait souvent un vieux dicton. "Lyn, disait-il, ceux qui se ressemblent s'assemblent." Il ajoutait que c'était valable dans les affaires comme dans le mariage. Les gens font confiance à ceux qui ont du succès, pas aux rêveurs qui n'ont pas un sou en poche. Voilà pourquoi il jugeait nécessaire d'avoir un grand appartement et une belle propriété. »

Ses yeux s'emplirent de larmes.

« Nick avait beaucoup d'affection pour vous, Carley. Il vous admirait. Il m'avait parlé de votre bébé. Son fils, Jack, vient d'avoir dix ans. Ses grands-parents vivent à Greenwich. Ils vont m'interdire de le voir désormais. Ils ne m'ont jamais aimée parce que je ressemblais à leur fille. Parce que je suis vivante et qu'elle est morte. Jack me manque. Je voudrais au moins pouvoir lui rendre visite. »

C'était quelque chose que je pouvais comprendre.

« Lynn, je suis navrée, sincèrement.

— Carley, j'ai besoin d'autre chose que votre compassion. J'ai besoin que vous m'aidiez à faire comprendre aux gens que je n'ai pris part à aucune escroquerie. Nick disait que vous étiez quelqu'un de fort, sur qui on pouvait compter. Serez-vous un soutien pour moi ? » Elle ferma les yeux. « Et pour lui aussi, murmura-t-elle. Il vous aimait sincèrement. »

3

NED était assis dans le hall de réception de l'hôpital, un journal ouvert devant lui. Il avait emboîté le pas à une femme qui remontait l'allée les bras chargés de fleurs, espérant qu'on les croirait ensemble. Une fois à l'intérieur, il avait pris un siège dans le hall.

Il s'enfonça dans le fauteuil, de manière à abriter son visage derrière le journal. Tout était arrivé si vite. Il avait besoin de réfléchir.

La veille, il avait failli se ruer sur la femme de Spencer quand elle s'était emparée du micro à l'assemblée générale des actionnaires pour affirmer qu'il s'agissait seulement d'une erreur dans les comptes. Heureusement pour lui, l'autre type s'était mis à l'invectiver.

Mais ensuite, en sortant de l'hôtel, lorsqu'il l'avait vue monter dans une limousine étincelante, la rage s'était à nouveau emparée de lui.

Il avait hélé un taxi et donné au chauffeur l'adresse où elle habitait à New York, cet immeuble prétentieux qui donnait sur Central Park. Il était arrivé au moment où le concierge lui ouvrait la porte.

En payant sa course, il imaginait Lynn Spencer montant en ascenseur jusqu'à l'appartement de super-luxe, acheté avec l'argent qu'elle et son mari lui avaient volé, à lui, Ned.

Il avait résisté à l'envie de se précipiter derrière elle et s'était mis à marcher dans la Cinquième Avenue. En chemin, il avait lu du mépris dans le regard des passants qui le croisaient. Il n'était pas à sa place ici. Il appartenait à un monde où l'on n'achète que le nécessaire, où le montant mensuel débité sur votre carte de crédit est le plus modeste possible.

A la télévision, Nicholas Spencer avait raconté comment ceux qui avaient investi dans IBM ou Xerox cinquante ans auparavant étaient devenus multimillionnaires. « En achetant des actions Pierre-Gen, non seulement vous aiderez les autres, mais vous ferez fortune. » Menteur ! menteur ! menteur ! Le mot explosait dans sa tête.

Depuis la Cinquième Avenue, Ned avait marché jusqu'à ce qu'il trouve un bus qui le ramène chez lui, à Yonkers. Il habitait une vieille bicoque d'un étage. Annie et lui avaient loué le rez-de-chaussée vingt ans auparavant, quand ils s'étaient mariés.

Un désordre indescriptible régnait dans le séjour. Il avait découpé tous les articles concernant l'accident d'avion et l'escroquerie du vaccin, et les avait éparpillés sur la table basse. Le reste des journaux jonchait le plancher. En arrivant chez lui, il relut les coupures, l'une après l'autre.

Lorsque la nuit tomba, il ne se préoccupa pas de dîner. Il n'avait presque plus jamais faim. A dix heures, il alla chercher une couverture et un oreiller et s'installa sur le canapé. Il ne dormait plus dans la chambre. Ça lui rappelait trop Annie.

Après l'enterrement, le pasteur lui avait donné une bible. « J'ai marqué certains passages à votre intention, Ned, avait-il dit. Leur lecture pourra vous aider. »

Les psaumes ne l'intéressaient pas, mais en tournant les pages il avait découvert une phrase dans le Livre d'Ezéchiel : « Vous affligez le cœur du juste par des mensonges, quand moi-même je ne l'ai point attristé. » Il eut l'impression que le prophète parlait de l'attitude de Spencer à son égard. C'était la preuve que Dieu était courroucé par ceux qui faisaient du mal à autrui et voulait qu'ils soient châtiés.

Il avait fini par s'endormir, mais s'était réveillé peu après minuit avec à l'esprit le souvenir précis de la grande maison de Bedford. Il passait souvent devant lorsqu'il allait faire un tour en voiture avec Annie le dimanche après-midi. Qu'il ait vendu la maison de Greenwood Lake que lui avait laissée sa mère pour acheter des actions Pierre-Gen la préoccupait. Contrairement à lui, elle n'était pas persuadée qu'ils deviendraient riches.

« C'était la maison où nous devions passer notre retraite », avait-elle protesté. Elle pleurait parfois. « Je n'ai pas envie d'une grande propriété. J'aimais cette maison. Je m'étais donné du mal pour la décorer, et tu l'as vendue sans m'en parler. Ned, comment as-tu pu me faire une chose pareille ?

— M. Spencer m'a dit que, non seulement je faisais un geste de charité en achetant ses actions, mais que je posséderais un jour une demeure comme la sienne. »

Cela n'avait pas rassuré Annie. Et deux semaines plus tôt, quand l'avion de Spencer s'était écrasé et qu'on avait appris qu'il y avait des problèmes au sujet du vaccin, elle s'était mise en rage. « Je m'esquinte huit heures par jour à l'hôpital. Tu t'es laissé convaincre par cet escroc d'acheter ces actions en toc et maintenant je vais être obligée de continuer à trimer pendant le reste de ma vie. » Elle pleurait si fort qu'elle pouvait à peine parler. « Tu es un bon à rien, Ned. Tu as perdu tous tes boulots à cause de ton fichu caractère. Et quand tu as enfin quelque chose à toi, tu te laisses avoir par un bonimenteur. » Elle s'était emparée des clés de la voiture et s'était ruée dehors. Les pneus avaient hurlé tandis qu'elle démarrait à toute allure en marche arrière dans la rue.

L'image des instants qui avaient suivi le hantait. Le camion des éboueurs qui reculait. Le crissement des freins. La vue du véhicule qui se retournait, retombait brutalement. Le réservoir qui explosait, les flammes.

Annie. Morte.

Ils s'étaient connus à l'hôpital plus de vingt ans auparavant. Il s'y trouvait en tant que patient. Il s'était bagarré avec un type dans un bar et en était sorti avec une commotion cérébrale. Annie lui apportait ses repas et le houspillait gentiment, lui reprochait d'avoir perdu son sang-froid. C'était une petite bonne femme courageuse et gentiment autoritaire. Ils avaient le même âge, trente-huit ans. Ils avaient commencé par sortir ensemble puis elle s'était installée chez lui.

Il était venu à l'hôpital ce matin parce qu'il avait l'illusion d'être plus près d'elle. Il allait la voir surgir en courant dans le hall, s'excusant d'être en retard, prétextant que l'une ou l'autre des infirmières ne s'était pas présentée et qu'elle avait dû rester pendant l'heure du repas.

Mais c'était un rêve. Elle ne reviendrait plus jamais.

D'un geste brusque, Ned froissa le journal, se leva et alla le jeter dans la corbeille la plus proche. Il se dirigeait vers la sortie quand il entendit l'un des médecins qui traversaient le hall le héler.

« Ned, je ne vous ai pas vu depuis l'accident. J'ai été bouleversé par ce qui est arrivé à Annie. C'était une femme formidable.

— Merci. » Puis il se souvint du nom du médecin. « Merci, docteur Ryan.

— Est-ce que je peux vous aider ?

— Non. »

Il devait dire quelque chose. Le Dr Ryan le regardait avec curiosité. Peut-être savait-il qu'Annie l'avait poussé à se faire soigner par le Dr Greene, l'un des psychothérapeutes de l'hôpital. Mais le Dr Greene lui avait fait une réflexion qui l'avait fichu en boule : « Vous ne croyez pas que vous auriez dû discuter avec Annie avant de vendre la maison ? »

Sa brûlure le faisait vraiment souffrir. Quand il avait jeté l'allumette dans l'essence, le feu avait pris d'un coup, l'atteignant à la main. C'était un bon prétexte à sa présence ici. Il montra sa main.

« Je me suis brûlé hier au soir en préparant le dîner. Je ne suis pas un cuisinier très habile. Mais le service des urgences est débordé. Je dois retourner au travail. Après tout, ce n'est pas bien grave. »

Le Dr Ryan l'examina.

« C'est assez sérieux, Ned. Il y a un risque que ça s'infecte. » Il sortit de sa poche un bloc d'ordonnances et griffonna quelques mots sur la première feuille. « Procurez-vous cette pommade et appliquez-la matin et soir. Vous serez guéri dans un jour ou deux. »

Ned le remercia et tourna les talons. Il n'avait pas envie de rencontrer quelqu'un d'autre. Il se dirigea à nouveau vers la porte puis s'immobilisa. Des photographes se pressaient autour de la sortie principale.

Il mit ses lunettes noires avant de s'engager dans la porte à tambour derrière une jeune femme. Il comprit alors que les photographes étaient là pour elle.

Il s'écarta rapidement et se faufila derrière la foule qui s'était massée à la vue des reporters. Des fainéants. Des badauds.

La femme que l'on interviewait était une jolie brune d'une trentaine d'années. Il avait l'impression de l'avoir déjà vue. Où ? Soudain, il se souvint. Il l'avait aperçue la veille, à l'assemblée générale. Elle interrogeait des gens dans l'assistance au moment où ils quittaient la salle.

Elle avait voulu lui parler, mais il était passé

devant elle sans s'arrêter. Il détestait qu'on lui pose des questions.

Un des journalistes tendait un micro à la jeune femme.

« Madame DeCarlo, Lynn Spencer est bien votre sœur, n'est-ce pas ?

— Ma *demi*-sœur.

— Comment va-t-elle ?

— Elle souffre visiblement beaucoup. Le choc a été terrible. Elle a failli mourir.

— A-t-elle une idée de la personne qui a pu allumer cet incendie ? Avait-elle reçu des menaces ?

— Nous n'avons pas évoqué ce sujet.

— Pensez-vous qu'il s'agisse de quelqu'un qui s'est ruiné en investissant dans Pierre-Gen ?

— Je n'émets aucune hypothèse. Je dirai seulement que celui qui met délibérément le feu à une maison, courant le risque que quelqu'un soit à l'intérieur en train de dormir, est soit un psychopathe soit un criminel. »

Les yeux de Ned s'étrécirent sous l'effet de la rage. Annie était morte dans une voiture en feu. S'il n'avait pas vendu leur maison, c'est à Greenwood qu'ils se seraient trouvés deux semaines plus tôt, quand elle s'était tuée. Elle aurait été tranquillement occupé à planter ses fleurs, à genoux dans les plates-bandes, au lieu de se ruer comme une folle hors de leur maison de Yonkers, pleurant si fort qu'elle n'avait pas prêté attention à la circulation quand elle était sortie en marche arrière.

Pendant un bref instant, son regard croisa celui de la femme qu'on interviewait. Elle s'appelait DeCarlo et elle était la sœur de Lynn Spencer. Je vais te montrer qui est fou, pensa-t-il. Dommage que ta sœur n'ait pas été prise dans l'incendie comme ma femme dans la voiture. Dommage que tu ne te sois pas trouvée dans la maison avec elle.

Je les aurai, Annie, promit-il. Je te vengerai.

4

JE rentrai chez moi mécontente de mes réactions lors de cette conférence de presse improvisée. J'avais été prise à l'improviste. J'étais plus à l'aise quand c'était moi qui posais les questions. Que cela me plaise ou non, je serais désormais considérée comme la porte-parole de Lynn, chargée de sa défense. C'était un rôle que je ne désirais pas jouer, un rôle que je jugeais malhonnête. Je n'étais pas du tout persuadée qu'elle était une épouse naïve et confiante, inconsciente que Nick Spencer était un escroc de haute volée.

Mais *l'était-il* ? Lorsque son avion s'était écrasé, il se rendait, soi-disant, à une réunion d'affaires. Quand il avait pris place à bord de l'appareil, croyait-il encore dans l'avenir de Pierre-Gen ?

Cette fois, le Cross Bronx Expressway mérita sa réputation. Un accident avait provoqué un bouchon de trois kilomètres, me laissant tout le loisir de réfléchir. Peut-être trop de temps à dire vrai, car, en dépit de tout ce qui avait été révélé sur Nick Spencer et sa société, j'avais le sentiment qu'un maillon manquait dans cette histoire. Il y avait quelque chose qui ne collait pas. Tout était trop limpide. L'avion de Nick s'écrase. Le vaccin est déclaré défectueux, voire inefficace. Et des millions de dollars s'évaporent dans la nature.

L'accident avait-il été truqué et Nick était-il en train de se dorer au soleil du Brésil comme l'insinuait Sam ? Ou l'avion s'était-il réellement écrasé au cours d'un orage, avec Nick à son bord ? Et, dans ce cas, où était passé l'argent, dont vingt-cinq mille dollars m'appartenaient ?

« *Il vous aimait beaucoup, Carley* », avait dit Lynn.

C'était réciproque. Voilà pourquoi j'aurais voulu croire qu'il existait une autre explication.

Je dépassai l'accident qui avait réduit le Cross Bronx à une voie unique. Un semi-remorque s'était renversé. Des caisses éventrées d'oranges et de pamplemousses avaient été repoussées sur le bas-côté pour dégager la chaussée. La cabine du camion paraissait intacte. J'espérai que le conducteur était indemne.

Je m'engageai sur le Harlem River Drive. J'avais hâte de me retrouver chez moi. Je voulais relire ma rubrique du dimanche avant de l'envoyer par e-mail au journal. Je voulais téléphoner au père de Lynn et le rassurer sur son état. Et je voulais voir si j'avais des messages sur mon répondeur, particulièrement de la part du rédacteur en chef du *Wall Street Weekly*. Bon Dieu, je donnerais cher pour travailler dans ce magazine, pensai-je.

Le reste du trajet fut rapide. Mais, pendant ces quelques minutes, je ne cessai de revoir le regard sincère de Nick pendant qu'il parlait du vaccin. Je me souvenais du sentiment que j'avais éprouvé alors : Quel type formidable, m'étais-je dit.

Et si je m'étais lourdement trompée ? Etais-je stupide et naïve, deux des pires défauts chez un journaliste ? Au moment où je prenais ma place de parking dans le garage, je compris ce qui me tracassait. C'était le fait que Lynn semblait se préoccuper davantage d'être mise hors de cause que de savoir si son mari était mort ou non.

Il y avait un message sur le répondeur et c'était celui que j'attendais. Pouvais-je rappeler Will Kirby au *Wall Street Weekly* ?

Will Kirby est le rédacteur en chef du magazine. Mes doigts composèrent à la hâte son numéro. J'avais croisé Kirby à plusieurs reprises dans quelques grands raouts, mais nous n'avions jamais vraiment parlé. Lorsque sa secrétaire me passa sa ligne, ma première impression fut qu'il avait une voix conforme à son apparence. C'était un homme de haute stature, d'une cinquantaine d'années, avec une voix grave et chaleureuse. Son ton était amical bien qu'il eût la réputation de quelqu'un avec qui on ne plaisantait pas.

Il abrégea les préliminaires. « Carley, pouvez-vous venir me voir demain matin ? »

Et comment !

« Certainement, monsieur Kirby.

— Demain à dix heures ?

— Entendu.

— Bon. A demain donc. »

Clic.

J'avais déjà été reçue par deux collaborateurs du magazine. Cet entretien serait donc décisif. Je songeai immédiatement au contenu de ma penderie. Un tailleur-pantalon serait sans doute plus approprié qu'une jupe. Le gris à rayures que j'avais acheté en solde à la fin de l'été chez Escada ? Mais si la température chutait à nouveau comme hier, il serait trop léger. Auquel cas, le bleu marine conviendrait mieux.

Je n'avais pas éprouvé depuis longtemps cette sensation d'attente mêlée d'excitation. Certes, j'avais du plaisir à écrire ma chronique hebdomadaire, mais elle ne suffisait pas à m'occuper à temps plein. Traiter l'information une fois par semaine n'a rien de très stimulant quand vous avez compris les ficelles du métier. Et, même si je faisais parfois pour d'autres journaux le portrait de telle ou telle personnalité du monde de la finance, ce n'était pas assez.

Je téléphonai à Boca Raton. Ma mère s'était installée dans l'appartement de Robert après leur mariage parce qu'il était plus spacieux que le sien et jouissait d'une vue magnifique sur la mer. Il n'avait qu'un inconvénient à mes yeux : j'étais obligée de dormir dans la « chambre de Lynn » lorsque je leur rendais visite.

Non que Lynn y séjournât souvent. Nick et elle préféraient réserver une suite au Boca Raton Resort quand ils venaient les voir. Néanmoins, le déménagement de ma mère signifiait que j'occupais désormais la chambre que Lynn avait jadis décorée, avec *ses* meubles, *ses* draps rose pâle et *ses* oreillers bordés de dentelle. C'étaient dans *ses* coûteux draps de bain à *son* chiffre que je m'enveloppais après ma douche.

42

Je regrettais pour ma part le canapé transformable de l'ancien appartement. Mais je me consolais en me disant que ma mère était heureuse et que je m'entendais bien avec Robert Hamilton. Un homme tranquille et de caractère agréable qui n'avait rien de l'arrogance de sa fille. Ma mère m'avait raconté que Lynn avait tenté de le présenter à une quelconque riche veuve de Palm Beach, mais qu'il ne lui avait pas accordé la moindre attention.

Je soulevai le combiné, appuyai sur le numéro un et l'appel automatique fit le reste. Robert répondit. Il était affreusement inquiet pour sa fille, et je fus heureuse de pouvoir le rassurer et lui annoncer qu'elle sortirait sous peu de l'hôpital.

Mais il y avait autre chose que l'inquiétude d'un père pour sa fille dans sa voix et il finit par m'en faire part :

« Carley, tu as rencontré Nick. Je n'arrive pas à croire que c'est un imposteur. Ecoute, il m'a convaincu de mettre presque toutes mes économies dans Pierre-Gen. Il ne se serait pas conduit ainsi avec son beau-père en sachant qu'il s'agissait d'une escroquerie, n'est-ce pas ? »

Mercredi matin, assise en face de son bureau, j'écoutais avec consternation Will Kirby m'annoncer :

« J'ai appris que vous étiez la demi-sœur de Lynn Spencer.

— Oui, c'est exact.

— J'ai regardé la transmission de votre interview à la sortie de l'hôpital hier. Franchement, j'ai craint qu'il ne vous soit impossible de remplir la mission que j'avais l'intention de vous confier, mais Sam m'a assuré que vous n'aviez aucun lien étroit avec elle.

— Aucun, en effet. J'ai même été surprise qu'elle demande à me voir hier. En fait, elle avait une excellente raison. Elle désirait faire savoir qu'elle n'avait pris part à aucune des malversations commises par Spencer. »

Je lui racontai alors que Nick avait persuadé le père de Lynn d'investir la plus grande partie de ses économies dans Pierre-Gen.

« Il faut être un beau salaud pour escroquer délibérément son propre beau-père », admit Kirby.

Il m'annonça ensuite qu'il m'engageait et me chargeait pour commencer de réaliser un portrait de Nick Spencer. Je lui avais montré certains de ceux que j'avais effectués précédemment et ils avaient eu l'heur de lui plaire. « Vous ferez partie d'une équipe de trois journalistes. Don Carter s'occupera du côté business. Ken Page est notre expert médical. Vous aurez la responsabilité de l'aspect personnel. A la fin, vous rédigerez l'article ensemble. Don est en train de prendre rendez-vous au siège de Pierre-Gen avec le président et un directeur. Vous devriez l'accompagner. »

Certains de mes articles étaient en vue sur son bureau. Il les désigna. « A propos, je ne vois pas d'inconvénient à ce que vous continuiez d'écrire votre chronique si vous le désirez. Maintenant, allez vous présenter à Carter et à Page, et passez par le service du personnel pour remplir la paperasse habituelle. »

L'entretien était clos. Il prit son téléphone. Au moment où je me levais, il m'adressa un bref sourire. « Content de vous avoir chez nous, Carley. » Puis il ajouta : « Allez donc faire un tour dans le Connecticut, dans la ville natale de Spencer. J'aime bien la façon dont vous cernez les sujets de vos portraits en faisant parler les gens qui les ont connus.

— Nick est originaire de Caspien, une petite ville près de Bridgeport », dis-je.

Je me rappelais les histoires que j'avais lues sur Nick Spencer travaillant aux côtés de son père dans leur laboratoire. En allant là-bas, j'espérais au moins pouvoir confirmer cet aspect de sa personnalité. Et je me demandais encore pourquoi je n'arrivais pas à croire qu'il était mort.

J'en trouvai vite l'explication. Lynn n'avait à aucun moment montré l'attitude d'une veuve éplorée, elle semblait plus concernée par sa propre image que par le sort de son mari. Conclusion, soit elle savait qu'il était toujours en vie, soit elle s'en fichait royalement. J'étais décidée à découvrir la vérité.

5

J E sus, dès le premier contact, que je prendrais
plaisir à travailler avec Ken Page et Don Carter.
Ken était un grand brun au menton volontaire.
C'est lui que je rencontrai en premier et je
commençais à me demander si les journalistes du
Wall Street Weekly étaient tous bâtis sur le même
gabarit. C'est alors que Don Carter apparut dans le
couloir : petit, râblé, avec des cheveux châtain clair
et des yeux vifs couleur noisette. Tous les deux
avaient la quarantaine.

J'avais à peine salué Ken qu'il me pria de l'excuser et courut rattraper Carter. Je profitai de ce répit
pour examiner les diplômes accrochés au mur. Ken
était médecin, avec un doctorat en biologie molécu-
laire.

Il revint avec Don dans son sillage. Les rendez-
vous avaient été confirmés. A onze heures le lendemain. La réunion de Pierre-Gen se tiendrait à Pleasantville, où se trouvait le siège de la société.

« Ils ont des bureaux somptueux dans le Chrysler
Building, me dit Don, mais les choses sérieuses se
passent à Pleasantville. »

Nous devions rencontrer Charles Wallingford, le président du conseil d'administration, et le Dr Milo Celtavini, le chercheur qui dirigeait le laboratoire de Pierre-Gen. Ken et Don habitant tous les deux le comté de Westchester, nous convînmes que je prendrais ma voiture et les retrouverais sur place.

Dieu bénisse Sam Michaelson. Il était clair qu'il m'avait fait de la publicité. Le travail d'équipe sur un projet important demande une confiance réciproque. Grâce à Sam, j'avais le sentiment que je n'aurais pas à traverser une période d'essai. C'était d'emblée « bienvenue à bord ».

Dès que j'eus quitté le journal, j'appelai Sam sur mon portable et les invitai, lui et sa femme, à dîner chez Il Mulino dans le Village pour fêter mon engagement. Puis je me dépêchai de rentrer chez moi avec l'intention de manger un morceau devant mon ordinateur. Les lecteurs de ma chronique m'avaient envoyé une foule de questions et je devais leur répondre, trier celles qui revenaient le plus souvent, celles auxquelles il fallait répondre en priorité.

Il m'arrivait de mener mes propres enquêtes concernant des informations spécifiques que je désirais transmettre. Il importe de proposer à un public peu initié en matière financière des tuyaux sur des sujets tels que le refinancement d'un emprunt hypothécaire quand les taux sont au plus bas, ou de le mettre en garde contre les soi-disant « prêts sans intérêts ».

La porte à peine refermée, je compris qu'il me faudrait renoncer momentanément à ma chronique. Il y avait un message sur le répondeur, provenant du bureau du procureur général. L'inspecteur Jason Knowles souhaitait s'entretenir avec moi le plus tôt possible. Il avait laissé son numéro et je rappelai aussitôt.

Je passai les quarante minutes qui suivirent à me demander quelles informations un inspecteur du procureur attendait de ma part avec une telle urgence. Puis la sonnerie de l'interphone retentit, annonçant l'arrivée dudit M. Knowles à qui je conseillai d'emprunter l'escalier.

Quelques minutes plus tard, il était à ma porte. Un homme aux cheveux gris, aux manières franches et courtoises. Je l'invitai à entrer, lui offris de s'asseoir sur le canapé, pris le fauteuil droit qui lui faisait face et attendis qu'il entamât la conversation.

Il me remercia de le recevoir si rapidement et aborda tout de suite le sujet. « Madame DeCarlo, vous avez assisté à l'assemblée générale des actionnaires de Pierre-Gen lundi dernier. »

C'était une affirmation, pas une question. Je hochai la tête.

« Nous savons que plusieurs personnes au cours de cette réunion ont manifesté des sentiments hostiles envers la direction de l'entreprise, et qu'un homme en particulier s'est mis en fureur à la suite de la déclaration faite par Lynn Spencer.

— C'est exact. »

J'étais certaine que la question suivante porterait sur mes liens de parenté avec Lynn. Je me trompais.

« Nous avons cru comprendre que vous étiez assise à l'extrémité du rang réservé à la presse, non loin de l'homme qui a invectivé Mme Spencer.

— En effet.

— Nous croyons savoir aussi que vous avez abordé un certain nombre d'actionnaires mécontents après l'assemblée et avez noté leurs noms.

— C'est également exact.

— L'homme qui a clamé avoir perdu sa maison parce qu'il avait investi dans Pierre-Gen vous a-t-il parlé ?

— Non, il ne m'a pas parlé.

— Avez-vous les noms des actionnaires qui se sont entretenus avec vous ?

— Oui, je les ai. »

Je sentis que Jason Knowles attendait une explication de ma part.

« Comme vous le savez peut-être, je tiens une rubrique de conseil financier qui a pour cible des consommateurs ou des investisseurs non initiés. J'écris aussi occasionnellement des articles en free-lance pour d'autres magazines. Durant cette réunion, il m'est apparu que je pourrais démontrer dans un article de fond comment l'effondrement de Pierre-Gen a ruiné l'avenir d'un grand nombre de petits porteurs.

— Je sais, et c'est la raison de ma présence chez vous. Nous aimerions avoir les noms des personnes que vous avez interrogées. »

Je le regardai. Sa demande était en apparence raisonnable. J'eus pourtant la réaction instinctive de tout journaliste à qui l'on demande de révéler ses sources.

Il parut lire dans mes pensées.

« Madame DeCarlo, je suis certain que vous

50

comprenez le pourquoi de cette requête. Votre sœur, Lynn Spencer... »

Je le coupai :

« Ma demi-sœur. »

Il hocha la tête.

« Demi-sœur. Votre demi-sœur, donc, aurait pu mourir dans l'incendie de sa maison la nuit dernière. A l'heure où je vous parle, nous ignorons encore si l'auteur de cet acte criminel savait qu'elle se trouvait chez elle. Mais on peut imaginer que l'un de ces actionnaires furieux, voire ruinés, ait volontairement mis le feu à la maison.

— Vous êtes conscient que des centaines d'autres personnes, actionnaires ou employés, peuvent être à l'origine de l'incendie, n'est-ce pas ? fis-je remarquer.

— Parfaitement conscient. Auriez-vous par hasard le nom de l'homme qui s'en est pris à Mme Spencer ?

— Non. » Je me rappelai que le malheureux était passé sans transition de la fureur aux sanglots. « Ce n'est pas lui qui a mis le feu. J'en suis certaine. »

Jason Knowles haussa les sourcils. « Vous en êtes certaine. Pourquoi ? »

Il eût été stupide de répondre : « Je le sais, c'est tout. » Mieux valait m'expliquer.

« Cet homme était au désespoir, mais pour des raisons autres. Il avait le cœur brisé de chagrin. Il a dit que sa petite fille était mourante et qu'il allait perdre sa maison. »

Jason Knowles était manifestement déçu par mon incapacité à identifier cet homme. Mais il ne lâcha pas prise. « Je vous le demande à nouveau, avez-vous

51

les noms des personnes que vous avez interviewées, madame DeCarlo ? »

J'hésitai.

« Madame DeCarlo, je vous ai vue répondre aux journalistes l'autre jour. Vous avez, à juste titre, traité de psychopathe ou de criminel celui qui mettait délibérément le feu à une maison. »

Il avait raison. J'acceptai de lui communiquer les noms et les numéros de téléphone que j'avais notés à la sortie de l'assemblée.

Il sembla à nouveau deviner mes pensées.

« Madame DeCarlo, lorsque nous contacterons ces personnes, nous leur dirons simplement que nous désirons parler à tous les actionnaires qui étaient présents à cette assemblée, ce qui est l'exacte vérité. Beaucoup parmi eux avaient répondu par l'affirmative à la convocation envoyée par la société. Nous n'aurons aucun mal à les retrouver. Restent néanmoins ceux qui n'avaient pas pris la peine de renvoyer leur carte.

— Je comprends.

— Dans quel état avez-vous trouvé votre demi-sœur, madame DeCarlo ? »

J'espérais que cet homme impassible et observateur ne remarquerait pas mon instant d'embarras.

« Vous avez regardé l'interview, dis-je. Lynn souffrait beaucoup, et elle était sous le choc. » Bon gré mal gré, c'était l'occasion de commencer à prendre sa défense. « Elle m'a dit qu'elle n'imaginait pas que son mari ait pu agir illégalement. Elle jure qu'à sa connaissance il était persuadé que le vaccin de Pierre-Gen était un médicament miracle.

— Pense-t-elle que l'accident d'avion soit une mise en scène ? »

Il m'avait posé la question à brûle-pourpoint.

« Non, absolument pas. » J'ajoutai, espérant être convaincante, sinon convaincue : « Tout ce qu'elle désire, c'est connaître la vérité. »

6

LE lendemain à onze heures du matin, je péné-
trai dans le parking des visiteurs de Pierre-
Gen à Pleasantville, dans l'Etat de New York.
Pleasantville est une charmante agglomération du
Westchester, qui accéda à la notoriété lorsque le
Reader's Digest y établit son siège international voilà
plusieurs années.

Pierre-Gen est situé à cinq cents mètres du *Digest*.
C'était une belle journée d'avril. Comme je parcourais l'allée qui menait à l'entrée du bâtiment, le vers
d'un poème que j'aimais particulièrement lorsque
j'étais enfant me revint en mémoire : « Oh, être en
Angleterre quand vient avril. » Le nom du poète
m'échappait. Il me reviendrait plus tard, peut-être
au milieu de la nuit.

Un agent de la sécurité gardait l'entrée principale. En dépit de sa présence, je dus m'annoncer à
l'interphone pour que la réceptionniste m'ouvre la
porte.

J'avais un quart d'heure d'avance et m'en félicitai. Il est toujours plus agréable d'être calme et

détendue avant une réunion. J'avertis la réceptionniste que j'attendais mes collègues et pris un siège.

La veille, après le dîner, j'avais fait des recherches
sur l'Internet concernant les deux hommes que j'allais rencontrer, Charles Wallingford et le Dr Milo
Celtavini. J'avais ainsi appris que le premier avait
été le sixième membre de sa famille à diriger l'entreprise Wallingford's, une chaîne de mobilier de
luxe. Fondée par son arrière-arrière-arrière-grand-
père, la petite échoppe de Delancey Street s'était
développée pour finir par s'installer sur la Cinquième Avenue et devenir une marque universelle-
ment connue.

La compétition avec les fabricants de meubles à
bas prix et la crise économique furent mal gérées
par Charles, quand il prit les rênes de l'affaire familiale. Il ajouta une ligne de meubles bon marché
aux produits d'origine, affaiblissant l'image de Wallingford's, puis ferma un certain nombre de points
de vente, réaménagea ceux qui subsistaient, pour
finir par céder l'entreprise à une société anglaise
voici environ huit ans.

Peu de temps après, Wallingford fit la connaissance de Nicholas Spencer qui se débattait alors
pour lancer une nouvelle société, Pierre-Gen. Wallingford y investit une somme considérable et
accepta le poste de président du conseil d'administration.

Peut-être regrettait-il aujourd'hui d'avoir quitté
l'industrie du meuble.

Quant au Dr Milo Celtavini, il avait fait ses études
secondaires et universitaires en Italie, où il s'était
consacré à l'immunobiologie avant de rejoindre

56

l'équipe des chercheurs de Sloane-Kettering à New York. Il les avait quittés peu après pour prendre la direction du laboratoire de Pierre-Gen, convaincu qu'ils étaient sur la voie d'une découverte révolutionnaire dans l'univers de la médecine.

Ken et Don arrivèrent au moment où je rangeais mes notes. La réceptionniste nota leurs noms et, quelques minutes plus tard, nous nous retrouvions dans le bureau de Charles Wallingford.

Il était assis derrière un bureau d'acajou du dix-huitième siècle. Les couleurs du tapis persan à ses pieds étaient suffisamment passées pour adoucir les tons de bleu, de rouge et d'or des motifs anciens. Un canapé de cuir et plusieurs fauteuils assortis étaient regroupés dans l'angle, à gauche de la porte. Les murs étaient lambrissés de noyer brun clair. D'étroits rideaux d'un bleu profond encadraient les fenêtres, laissant une lumière naturelle baigner la pièce, et les jardins, à l'extérieur, avaient la beauté d'une œuvre d'art. C'était le lieu de travail d'un homme aux goûts raffinés.

Ainsi se trouva confirmée ma première impression à la vue de Charles Wallingford lors de l'assemblée générale. Même dans les moments d'extrême tension, il s'était comporté avec une parfaite dignité, alors que les pires quolibets lui étaient adressés.

Il se leva de derrière son bureau et nous accueillit avec un sourire courtois. Les présentations faites, il nous invita à nous asseoir. Je pris place sur le canapé, imitée par Don Carter. Ken s'assit dans un fauteuil et Wallingford fit de même, les coudes à peine posés sur les accoudoirs, les doigts joints.

Don, spécialiste des questions économiques, remercia Wallingford de nous recevoir et commença d'emblée par lui poser quelques questions abruptes. Comment expliquait-il, par exemple, qu'une somme d'argent aussi considérable ait pu disparaître à son insu et sans que le conseil d'administration en ait eu vent ?

Selon Wallingford, cela tenait au fait qu'après avoir décidé d'investir dans Pierre-Gen, Garner Pharmaceutical s'était alarmé des résultats décevants des recherches en cours. Spencer pillait depuis des années les revenus du département des fournitures médicales. Lorsqu'il s'était rendu compte que la FDA ne donnerait jamais son agrément au vaccin et qu'il ne pourrait pas éviter la découverte de ses malversations, il avait sans doute décidé de disparaître.

« Le destin s'en est mêlé, dit Wallingford. Sur la route de Porto Rico, l'avion de Nick a été pris dans un orage et s'est écrasé.

— Monsieur Wallingford, pensez-vous que Nicholas Spencer vous ait offert d'être son associé et le président du conseil d'administration à cause de votre apport financier ou de votre expérience des affaires ?

— Je pense que Nick m'a choisi pour les deux raisons.

— Si je peux me permettre, monsieur, tout le monde n'a pas été convaincu par la gestion de votre précédente entreprise. »

Don commença à lire des extraits d'articles financiers insinuant que Wallingford avait dirigé l'affaire familiale en dépit du bon sens.

Wallingford se défendit en arguant de la baisse régulière des ventes de mobilier, de l'envol des salaires et des coûts de transport. A l'entendre, s'il avait attendu davantage la société aurait été mise en faillite. Il désigna l'un des articles que Don avait en main. « Je pourrais vous citer une douzaine de papiers écrits par ce type et vous prouver que c'est un manipulateur de la pire espèce. »

Il ne paraissait pas perturbé outre mesure par ces accusations. De mon côté, j'avais appris qu'il était âgé de quarante-neuf ans, qu'il avait deux grands fils et était divorcé depuis dix ans. C'est seulement lorsque Carter lui demanda s'il était vrai qu'il ne voyait plus ses enfants que son visage se durcit. « A mon grand regret, nous avons eu quelques différends, répondit-il. Et pour que tout soit clair, je vais vous en donner les raisons. Mes fils ne souhaitaient pas vendre la firme familiale. Ils avaient une vue totalement irréaliste de son avenir. Et ils ne souhaitaient pas non plus que j'investisse la plus grande partie du produit de la vente dans Pierre-Gen. Malheureusement, il s'est révélé qu'ils avaient raison sur ce point. »

Il nous expliqua comment il avait fait la connaissance de Nicholas Spencer.

« On savait que j'étais à la recherche d'un investissement intéressant. Un cabinet spécialisé dans les fusions-acquisitions m'avait suggéré de faire un placement modeste dans Pierre-Gen. C'est alors que j'ai rencontré Nick Spencer, qui a produit sur moi une vive impression, réaction plutôt courante comme vous le savez sans doute. Il me conseilla de prendre l'avis de plusieurs microbiologistes de renom, tous d'une honnêteté reconnue, qui tous me dirent qu'il était sur la piste d'un vaccin capable à la fois d'empêcher l'apparition du cancer et de stopper sa propagation dans l'organisme.

« Les perspectives d'avenir de Pierre-Gen m'apparurent clairement. Puis Nick m'offrit de devenir président du conseil d'administration et co-directeur général. J'aurais la responsabilité du fonctionnement de l'entreprise. Lui se réservait la direction de la recherche et la représentation de la société auprès du public.

— C'est-à-dire le soin d'attirer d'autres investisseurs », précisa Don.

Wallingford eut un sourire amer. « C'était son point fort. Mon modeste investissement devint en réalité l'intégralité de mon capital. Nick se rendait régulièrement en Suisse et en Italie. Il laissait entendre que ses connaissances scientifiques égalaient, voire surpassaient celles de nombreux biologistes moléculaires.

— Y avait-il du vrai dans tout ça ? » demanda Don.

Wallingford secoua la tête. « Il était brillant, mais pas à ce point. »

Je m'étais moi-même laissé abuser, pensai-je au souvenir de la confiance que j'avais accordée à Nick quand il m'avait parlé de son vaccin.

Je compris où Don voulait en venir. Il pensait que Charles Wallingford avait fichu en l'air l'affaire de sa famille, mais que Nick Spencer avait néanmoins jugé qu'il donnait une image parfaite de sa société.

C'était un pur produit de l'aristocratique Nouvelle-Angleterre. Il en avait l'apparence et l'accent. Et il serait facile à manipuler. La question que posa alors Don confirma mon analyse :

« Monsieur Wallingford, diriez-vous que votre conseil d'administration était composé d'individualités très différentes ?

— Je crains de ne pas comprendre le sens de votre question.

— Tous ses membres venaient de familles fortunées, mais aucun n'avait de véritable expérience des affaires.

— Il s'agissait de gens que je connaissais bien et qui étaient tous administrateurs de leurs propres fondations.

— Ce qui ne prouvait pas qu'ils avaient le sens des affaires nécessaire pour administrer une société telle que Pierre-Gen.

— Vous ne trouverez nulle part un groupe d'individus plus capables et honorables », répliqua Wallingford.

Son ton était soudain devenu cassant et son visage s'était empourpré.

Je crus qu'il allait nous jeter dehors, mais on frappa à la porte et le Dr Celtavini entra.

De petite taille, la soixantaine largement dépassée, il était tiré à quatre épingles et avait un léger accent italien. Il nous raconta qu'il avait accepté de prendre la direction du laboratoire de Pierre-Gen, parce qu'il avait cru sincèrement pouvoir développer un vaccin anticancéreux. Il avait enregistré quelques résultats prometteurs sur des souris au début, puis avaient surgi les problèmes. Il s'était trouvé dans l'incapacité de reproduire ces premiers résultats. Des tests approfondis et des travaux supplémentaires auraient été nécessaires pour arriver à des conclusions définitives.

« Un jour aura lieu une découverte révolutionnaire, dit-il, beaucoup de chercheurs y travaillent.

— Que pensez-vous de Nicholas Spencer ? » demanda Ken Page.

Le visage du Dr Celtavini blêmit. « En rejoignant Pierre-Gen, j'ai mis en jeu quarante ans d'une réputation sans tache dans ma spécialité. On considère aujourd'hui que j'ai participé à la faillite de cette société. Ma réponse à votre question est : j'ai le plus profond mépris pour Nicholas Spencer. »

Ken suivit le Dr Celtavini dans son laboratoire pendant que Don et moi prenions congé. Don avait rendez-vous avec les auditeurs de Pierre-Gen à Manhattan. Je lui dis que je le retrouverais plus tard au journal et que j'avais l'intention d'aller à Caspien, dans le Connecticut, où Nicholas Spencer avait grandi. Il n'y avait pas de temps à perdre si nous voulions que notre article paraisse pendant que l'affaire faisait les gros titres de l'actualité.

Ce qui ne m'empêcha pas de me diriger vers le nord plutôt que vers le sud. Poussée par la curiosité, j'allai faire un tour du côté de Bedford. Je voulais mesurer l'étendue de l'incendie qui avait failli coûter la vie à Lynn.

7

NED s'était aperçu que le Dr Ryan l'avait regardé bizarrement quand il était tombé sur lui à l'hôpital. C'était pourquoi il craignait d'y retourner. Mais il le devait. Il devait entrer dans la chambre où Lynn Spencer était hospitalisée.

Ensuite, peut-être ne verrait-il plus le visage d'Annie tel qu'il lui était apparu lorsque la voiture avait pris feu et qu'elle n'avait pu s'en échapper. Il voulait voir la même expression sur le visage de Lynn Spencer.

L'interview avec sa sœur ou sa demi-sœur, peu importait, avait été retransmise l'avant-veille aux informations de six heures, puis au bulletin de onze heures. « Lynn souffre visiblement beaucoup », avait-elle dit d'une voix empreinte de tristesse. Plaignez-la, voilà ce qu'elle voulait lui signifier. Ce n'est pas sa faute si votre femme est morte. Elle et son mari voulaient seulement vous piquer du fric. Rien de plus....

Annie. Quand il finissait par s'endormir, il rêvait toujours d'elle. Parfois, il s'agissait de rêves heureux. Ils se trouvaient à Greenwood Lake, quinze ans auparavant. Ils n'y allaient jamais du vivant de sa mère. Maman n'aimait pas les visites. Mais après sa mort, il avait hérité de la maison et Annie s'était montrée folle de joie. « Je n'ai jamais eu une maison à moi, disait-elle. Tu vas voir comme je vais bien l'arranger, Ned. »

Et c'est vrai qu'elle l'avait bien arrangée. C'était une maison de petites dimensions, à peine quatre pièces, mais Annie avait suffisamment économisé au fil des années pour acheter de nouveaux placards de cuisine et les faire installer par un homme à tout faire. L'année suivante, elle avait fait rénover la salle de bains. Puis elle lui avait demandé de retirer le vieux papier mural et ils avaient repeint ensemble la maison de fond en comble. Ils avaient acheté des fenêtres à bas prix à ce type qui faisait de la publicité sur CBS. Et Annie avait eu son jardin, son beau jardin.

Il se revoyait en train de travailler avec elle, de repeindre toutes les pièces. Dans ses rêves, elle accrochait les rideaux, reculait de deux pas, disait qu'ils étaient jolis.

Il se souvenait des week-ends. De mai à la fin octobre, ils prenaient la voiture et partaient y passer la fin de la semaine. Il n'y avait que deux radiateurs électriques pour chauffer la maison et ils étaient trop coûteux à utiliser en plein hiver. Elle disait qu'elle y ferait installer le chauffage central le jour où elle prendrait sa retraite, pour qu'ils puissent y vivre toute l'année.

Il avait vendu la maison en octobre dernier. A leur nouveau voisin qui voulait s'agrandir et qui ne l'avait pas payée très cher parce que, suivant le nouveau règlement de la commune, le terrain n'était pas constructible. Mais Ned n'y avait pas attaché d'importance. Il savait que tout ce qu'il pourrait placer dans Pierre-Gen lui rapporterait une fortune. Nicholas Spencer le lui avait promis le jour où il lui avait parlé du vaccin. Ned travaillait alors pour le jardinier de la propriété de Bedford, et il avait rencontré Nick.

Il n'avait pas avoué à Annie qu'il vendait la maison. Il ne voulait pas qu'elle l'en dissuade. Puis, un beau samedi de février, pendant qu'il était au travail, elle avait décidé de faire un tour en voiture jusqu'à Greenwood Lake et la maison n'était plus là. A son retour, elle lui avait bourré la poitrine de coups de poing. Il l'avait emmenée à Bedford pour lui montrer le genre de propriété qu'il comptait lui acheter, mais rien n'avait pu calmer sa colère.

Ned regrettait que Nicholas Spencer soit mort. J'aurais aimé le tuer de mes propres mains, se disait-il. Si je ne l'avais pas écouté, Annie serait toujours là, avec moi.

Et la nuit dernière, quand il ne pouvait pas dormir, il avait vu Annie. Elle lui disait d'aller à l'hôpital voir le Dr Greene. « Tu as besoin d'être soigné, Ned, lui disait-elle. Le Dr Greene te donnera tes médicaments. »

S'il prenait rendez-vous avec le Dr Greene personne ne s'étonnerait de sa présence à l'hôpital. Il se renseignerait, apprendrait où était Lynn Spencer. Il irait dans sa chambre. Et avant de la tuer, il lui raconterait toute l'histoire d'Annie.

8

J E n'avais pas prévu d'aller voir Lynn, mais après
être passée devant les ruines de sa maison à
Bedford, je m'aperçus que je n'étais qu'à dix
minutes de l'hôpital et décidai de m'y arrêter. Pour
être honnête, j'avais vu des photos de cette belle
demeure et, devant ce qu'il en restait, je m'étais dit
que Lynn avait eu une sacrée chance d'en être sortie vivante. Il y avait deux autres voitures dans le
garage cette nuit-là. Si ce pompier n'avait pas
remarqué sa Fiat rouge et demandé pourquoi elle
se trouvait là, Lynn serait morte à l'heure qu'il était.

Oui, elle avait eu de la chance. Plus de chance
que son mari, pensai-je en m'engageant dans le parking de l'hôpital. Je n'aurais pas à redouter la présence des journalistes aujourd'hui. Dans ce monde
où tout va si vite, la rencontre manquée de Lynn
avec la mort faisait déjà partie du passé, un fait
divers dont l'intérêt rebondirait au cas où l'incen-
diaire serait arrêté, ou si Lynn était reconnue
complice de l'escroquerie de Pierre-Gen.

Je montrai mon badge de visiteur et on me dirigea vers le dernier étage, dont je compris vite qu'il

était réservé aux patients dotés de gros comptes en banque. Le couloir était recouvert d'une épaisse moquette, et la chambre inoccupée que j'entrevis au passage digne d'un hôtel cinq étoiles.

Je regrettais d'avoir omis de téléphoner pour m'annoncer. J'avais à l'esprit Lynn telle que je l'avais vue deux jours plus tôt, des tubes à oxygène dans le nez, les pieds et les mains bandés, manifestant une gratitude pathétique à mon égard.

La porte de sa chambre était entrouverte. Je jetai un coup d'œil à l'intérieur et j'hésitai à entrer en la voyant occupée au téléphone. Elle était étendue sur un divan près de la fenêtre et son changement d'apparence était saisissant. Les tubes à oxygène avaient disparu. Les bandages de ses mains et de ses pieds avaient diminué de moitié. Un peignoir de satin vert d'eau avait remplacé la chemise de nuit fournie par l'hôpital qu'elle portait mardi. Ses cheveux n'étaient plus dénoués mais ramenés en chignon. Je l'entendis dire : « Moi aussi, je t'aime. »

Elle avait dû deviner ma présence car elle se retourna au moment où elle éteignait son téléphone portable. Que trahit alors son regard ? De la surprise ? De l'agacement ? De la peur ?

Mais le sourire qu'elle m'adressa semblait sincère et sa voix était chaleureuse. « Carley, c'est gentil d'être venue. J'étais en train de parler à mon père. Je n'arrive pas à le convaincre que je suis tout à fait remise. »

Je m'approchai d'elle et lui tapotai gauchement l'épaule, craignant de lui prendre la main. Puis je m'assis sur le petit canapé en face d'elle. Il y avait des fleurs sur la table basse, des fleurs sur la commode, des fleurs sur la table de nuit. Aucun de ces bouquets n'était de ceux que l'on achète au dernier moment dans un hall d'hôpital. Ils étaient dignes de Lynn, c'est-à-dire somptueux.

Je m'en voulus d'éprouver à son égard un sentiment de gêne, comme si j'attendais qu'elle donne le ton à notre entrevue. Elle s'était montrée condescendante à notre première rencontre en Floride. Lors de ma visite deux jours plus tôt, c'était une femme vulnérable. Et aujourd'hui ?

« Carley, je ne vous remercierai jamais assez de la façon dont vous avez parlé de moi aux journalistes, dit-elle.

— J'ai simplement dit que vous aviez de la chance d'être encore en vie et que vous souffriez beaucoup.

— Je sais seulement que j'ai eu des appels provenant d'amis qui avaient cessé de me parler après avoir appris les agissements de Nick. Ils vous ont vue et ont compris que j'étais autant qu'eux victime de cette histoire.

— Lynn, quelle opinion avez-vous de votre mari à présent ? »

C'était la question que je voulais lui poser depuis le début, la question qui était en fait la raison de ma visite.

Le regard de Lynn se posa derrière moi. Sa bouche se durcit. Elle joignit étroitement les mains, puis fit une grimace et les desserra.

« Carley, tout s'est passé si vite. L'accident d'avion. Comment croire que Nick n'est plus là ? C'était un être hors du commun. Vous qui l'avez rencontré, je suis sûre que vous me comprenez.

69

J'avais confiance en lui. Je le prenais pour un homme qui a une mission sur terre. Il me disait : "Lynn, je vais m'attaquer aux cellules cancéreuses mais ce n'est qu'un début. Quand je vois ces gamins qui naissent sourds ou aveugles, ou avec un spina-bifida, et que je sais combien nous sommes près de prévenir ces malformations, j'enrage à la pensée que nous n'avons pas encore le vaccin." »

Je n'avais rencontré Nicholas Spencer qu'une seule fois, mais j'avais vu plusieurs interviews de lui à la télévision. Consciemment ou non, Lynn avait emprunté des intonations de son mari, cette passion rentrée qui m'avait tant frappée.

Elle haussa les épaules.

« Aujourd'hui, j'en suis à me demander si toute ma vie avec lui n'a pas été qu'un mensonge. M'a-t-il épousée uniquement parce que je lui ouvrais les portes d'un monde auquel il n'avait pas accès ?

— Comment avez-vous fait sa connaissance ?

— Il s'est présenté à l'agence de relations publiques où je travaillais depuis sept ans. Nous n'avons que des clients haut de gamme. Il voulait lancer une campagne en faveur de sa société et faire connaître l'existence du vaccin qu'ils développaient. Puis il a commencé à me faire la cour. Je ressemblais à sa première femme. Peut-être était-ce pour cette raison. Je ne sais pas. Mon propre père a perdu tout l'argent qu'il avait mis de côté pour sa retraite parce qu'il a cru en Nick. Si Nick l'a trompé délibérément en même temps que tous ces pauvres gens, l'homme que j'aimais n'a jamais existé. »

Elle marqua une pause avant de poursuivre :

« Deux membres du conseil sont venus me voir

hier. Plus j'en apprends, plus j'ai l'impression que Nick a été un imposteur, du début jusqu'à la fin. »

Je décidai de l'avertir que je préparais un article de fond sur lui pour le *Wall Street Weekly*.

« Quelles que soient les conséquences, dis-je.

— Le mal est déjà fait. »

Le téléphone sur la table de nuit sonna. Je décrochai le récepteur et le lui tendis. Elle écouta, soupira et dit : « Oui, ils peuvent monter. » Elle me rendit l'appareil. « Deux policiers du commissariat de Bedford désirent m'interroger à propos de l'incendie. Je ne veux pas vous retarder, Carley. »

J'aurais aimé assister à l'entretien, mais j'avais été poliment congédiée. Je raccrochai le téléphone, pris mon sac et m'apprêtais à partir quand une pensée me vint :

« Lynn, je vais demain à Caspien.

— A Caspien ?

— La ville natale de Nick. Y connaissez-vous quelqu'un que je pourrais rencontrer ? Je veux dire, Nick a-t-il jamais fait allusion à des amis qu'il aurait gardés là-bas ? »

Elle parut réfléchir puis secoua la tête.

« Personne dont je me souvienne. »

Soudain, elle regarda derrière moi et étouffa un cri. Je me retournai pour voir ce qui l'avait effrayée.

Un homme se tenait dans l'embrasure de la porte, une main à l'intérieur de sa veste, l'autre dans sa poche. Il avait le crâne dégarni, le visage creusé et le teint cireux. Je crus qu'il était malade. Il nous regarda fixement toutes les deux puis jeta un coup d'œil dans le couloir. « Désolé, je crois que je me suis trompé d'étage », murmura-t-il. Et il disparut.

Un instant plus tard deux policiers en uniforme lui succédaient à la porte de la chambre et je m'en allai.

9

E n route, j'entendis à la radio que la police interrogeait un homme tenu pour suspect dans l'incendie de la maison de Nicholas Spencer à Bedford. Le journaliste rappelait que Spencer était le président-directeur général aujourd'hui disparu de Pierre-Gen.

Consternée, j'appris que le suspect en question était l'homme qui avait piqué une crise lors de l'assemblée des actionnaires le lundi précédent à l'hôtel Grand Hyatt. Agé de trente-six ans, il s'appelait Marty Bikorsky, habitait White Plains, dans la banlieue de New York, et travaillait dans une station-service à Mount Kisco, la ville voisine de Bedford. Il avait été soigné à l'hôpital St. Ann le mardi après-midi pour une brûlure à la main.

Bikorsky affirmait que la nuit de l'incendie il avait travaillé jusqu'à onze heures, était allé boire une ou deux bières avec des amis et qu'à minuit et demi, il était chez lui, au lit. Au cours de son interrogatoire, il avait admis que ce soir-là, au bar, il avait tenu des propos hargneux sur la propriété de Spencer à Bedford et s'était dit prêt à y mettre le feu.

Sa femme confirma sa déposition concernant l'heure à laquelle il était rentré chez lui et s'était couché, mais elle avait ajouté qu'il n'était plus dans son lit quand elle s'était réveillée à trois heures du matin. Elle ne s'était pas étonnée de son absence car il avait des insomnies et sortait parfois au milieu de la nuit, enfilait une veste sur son pyjama et allait griller une cigarette sur la terrasse, derrière la maison. Elle s'était rendormie et ne s'était réveillée qu'à sept heures. Elle l'avait alors trouvé dans la cuisine. Il s'était brûlé la main à la flamme du fourneau quand il avait voulu nettoyer des éclaboussures de café.

J'avais dit à l'inspecteur du bureau du procureur, Jason Knowles, que cet homme dont je venais d'apprendre le nom, Marty Bikorsky, n'avait à mon avis rien à voir avec l'incendie, et qu'il était désespéré plutôt qu'agressif. Je commençais à douter de mon instinct, de cette intuition essentielle aux journalistes. Puis je décidai de rester sur mes positions, quelles que soient les apparences.

Il y avait autre chose qui flottait vaguement dans mon subconscient tandis que je conduisais. Ça me revint soudain : c'était le visage de l'homme que j'avais vu apparaître à la porte de Lynn. Je l'avais déjà vu. Mardi, il se trouvait devant l'hôpital quand j'avais été interviewée.

Pauvre garçon, pensai-je. Il avait l'air tellement abattu. Un membre de sa famille venait peut-être d'être hospitalisé.

Ce soir-là, je dînai avec Gwen Harkins chez Neary, dans la 57e Rue-Est. Comme moi, Gwen avait passé sa jeunesse à Ridgewood. Nous habitions la même rue et avions fait ensemble nos études primaires et secondaires. Puis elle était partie à l'université dans le Sud, à Georgetown, et moi dans le Nord, à Boston, mais nous nous étions retrouvées à Londres et à Florence dans les mêmes universités d'été. Elle avait été ma demoiselle d'honneur quand j'avais épousé le nul du siècle et c'était elle qui m'avait soutenue après la mort de mon bébé et quand mon cher mari était parti en Californie.

Gwen est une grande asperge rousse toujours juchée sur des hauts talons. Ensemble, nous formons une drôle de paire. Je suis célibataire grâce à un décret selon lequel l'Etat de New York peut défaire ce que Dieu a uni. Elle a eu deux ou trois hommes dans sa vie qu'elle aurait pu épouser, mais aucun, dit-elle, ne l'a jamais émue au point de rester accrochée au téléphone de peur de louper son appel. Sa mère, comme la mienne, lui jure qu'elle rencontrera un jour l'« homme de sa vie ». Gwen est avocate pour un grand groupe pharmaceutique, et j'avais deux raisons de lui proposer de dîner avec moi.

La première, naturellement, était que nous avons toujours plaisir à nous retrouver. La seconde, que je voulais lui parler de Pierre-Gen et savoir ce que les gens en disaient dans le milieu de l'industrie pharmaceutique.

Comme toujours, il y avait de l'ambiance chez Neary. Pour beaucoup, c'était un club où les gens se sentaient chez eux. Vous ne saviez jamais quelle célébrité ou personnalité politique occuperait l'une des tables d'angle.

75

Jimmy Neary vint nous saluer à notre table et, tout en savourant un verre de vin rouge, je lui parlai de mon nouveau job. « Nick Spencer venait ici de temps en temps, dit-il. Je lui aurais donné le bon Dieu sans confession. Ça prouve qu'on ne sait jamais. » Il désigna deux hommes installés au bar : « Ces deux types ont perdu de l'argent dans Pierre-Gen et je sais que c'est un drame pour eux. Leurs gosses sont encore à l'université. »

Gwen commanda des filets de rascasse. Je choisis quelque chose de plus substantiel, un de mes régals, des tranches de bœuf en sandwich avec des frites. Nous reprîmes notre conversation.

« C'est moi qui t'invite, Gwen, dis-je. J'ai besoin de tes lumières. Comment Nick Spencer a-t-il pu créer un tel battage autour de son vaccin s'il s'agissait d'une imposture ? »

Gwen haussa les épaules. En bonne avocate, elle ne répondait jamais à une question directement.

« Carley, des nouveaux médicaments miracles, on en découvre pratiquement tous les jours. On peut comparer ça aux transports. Jusqu'au dix-neuvième siècle les gens se déplaçaient en voiture à cheval, en diligence ou à cheval. L'invention du chemin de fer puis de l'automobile a permis au monde d'avancer plus vite. Au vingtième siècle, on a eu des avions à hélice, puis des avions à réaction, puis des avions supersoniques, avant de passer au vaisseau spatial. Cette même accélération du progrès se produit dans les laboratoires médicaux. Réfléchis. L'aspirine n'a été découverte qu'à la fin des années 1890. Avant, on saignait les patients pour faire chuter la fièvre. Quant à la variole, le vaccin n'a pas plus de quatre-vingts ans et il a éradiqué la maladie. Et il y a encore cinquante ans sévissait la poliomyélite. Les vaccins de Salk puis de Sabin y ont mis fin. Je pourrais continuer comme ça indéfiniment la liste des découvertes majeures.

— L'ADN ?

— Exactement. N'oublie pas que l'ADN a non seulement permis de dépister les maladies héréditaires, mais qu'il a révolutionné le système légal. »

Je songeai aux prisonniers qui avaient échappé à la peine de mort après que leur ADN eut prouvé leur innocence.

Gwen continua sur sa lancée :

« Souviens-toi de tous ces livres qui débutent par un enlèvement d'enfant et finissent par l'apparition d'un adulte qui frappe à la porte en disant : "C'est moi, maman." Aujourd'hui on ne se fonde plus sur une ressemblance. Ce sont les tests d'ADN qui font la différence. »

On nous apporta nos commandes. Gwen avala deux bouchées avant de poursuivre :

« Carley, j'ignore si Nick Spencer était un charlatan ou un génie. Les premiers résultats de son vaccin contre le cancer qui ont été annoncés dans les publications médicales paraissaient très prometteurs. Mais regardons les choses en face : au bout du compte, personne n'a pu les confirmer. Et, pour finir, Spencer disparaît et on s'aperçoit qu'il a vidé les caisses de la société.

— L'as-tu jamais rencontré ?

— Parmi d'autres personnes à l'occasion de séminaires médicaux. Un bonhomme impressionnant. Mais tu sais, Carley, connaissant les sommes qu'il a volées à de pauvres gens, les espoirs qu'il a brisés, je ne ressens pas une étincelle de sympathie pour lui. Son avion s'est écrasé ? En ce qui me concerne, il n'a eu que ce qu'il méritait. »

10

L E Connecticut est un Etat magnifique. Les cousins de mon père y vivaient lorsque j'étais jeune et nous leur rendions visite de temps en temps. J'imaginais alors que tout l'Etat ressemblait à Darien. Mais, comme les autres régions, le Connecticut possède des villes ouvrières plus modestes, ce que je découvris le lendemain matin en arrivant à Caspien, un hameau situé à une quinzaine de kilomètres de Bridgeport.

Moins d'une heure et demie de trajet. J'avais quitté mon garage à neuf heures et passai devant le panneau : BIENVENUE À CASPIEN à dix heures vingt. Le panneau en question, une plaque de bois gravée, représentait un soldat révolutionnaire armé d'un mousquet.

Je parcourus lentement les rues pour saisir l'atmosphère locale. La majorité des maisons comportaient deux niveaux, dans le style des habitations du Cape Cod des années cinquante. Beaucoup avaient été agrandies, preuve qu'une nouvelle génération avait remplacé les propriétaires d'origine, anciens combattants de la Seconde Guerre mondiale. Il y

79

avait des bicyclettes et des skateboards rangés dans des abris ou appuyés aux grilles, près des portes. La grande majorité des voitures stationnées dans les allées étaient des 4 × 4 ou des breaks.

C'était une ville familiale. La plupart des maisons étaient bien entretenues. Comme partout, il y avait des rues plus cossues, avec des habitations plus grandes, des jardins plus vastes. Mais aucune demeure tape-à-l'œil. Ceux qui avaient fait fortune mettaient un écriteau : À VENDRE, et allaient s'installer dans des lieux plus chics comme Greenwich, Westport ou Darien.

Je longeai Main Street, le cœur de Caspien. S'étendant sur quatre blocs, la rue offrait l'habituel mélange de magasins et de bâtiments commerciaux et administratifs propre aux petites agglomérations : GAP, J. Crew, Pottery Barn, un bureau de poste, un antiquaire, un coiffeur, une pizzeria, quelques restaurants, une compagnie d'assurances. J'arrivai à un croisement. Dans Elm Street, je passai devant un funérarium et un centre commercial abritant un petit supermarché, un teinturier, un marchand de spiritueux et un cinéma. Dans Hickory Street j'aperçus un snack-bar et, un peu plus loin, un bâtiment d'un étage portant l'inscription : CASPIEN TOWN JOURNAL.

D'après mon plan, la maison de la famille Spencer était située au 71, Winslow Terrace, une avenue qui partait en biais à l'extrémité de Main Street. A cette adresse se dressait une grande maison en bois entourée d'une galerie, typique des habitations du début du vingtième siècle, semblable à celle où j'avais grandi. Il y avait une seule plaque à l'exté-

rieur sur laquelle on lisait : PHILIP BRODERICK, MÉDECIN.
Je me demandai si le Dr Broderick habitait au premier étage, où la famille Spencer avait vécu.

Lors d'une interview, Nicholas Spencer avait
brossé un tableau idyllique de son enfance. « Je
n'avais pas le droit de déranger mon père lorsqu'il
recevait ses patients, mais il me suffisait de le savoir
là, tout près, pour me sentir heureux. »

Je rendrais visite au Dr Phillip Broderick, mais un
peu plus tard. Pour l'instant, je rebroussai chemin
vers l'immeuble qui abritait le *Caspien Town Journal*,
m'arrêtai le long du trottoir et pénétrai à l'intérieur
des locaux.

La solide réceptionniste qui trônait à l'entrée
était tellement occupée à consulter l'Internet
qu'elle sursauta en entendant la porte s'ouvrir. Elle
se reprit rapidement et me lança un joyeux
« Bonjour » avant de demander en quoi elle pouvait
m'aider. De grandes lunettes sans monture agran-
dissaient ses yeux bleu clair.

Préférant ne pas mentionner que j'étais journaliste au *Wall Street Weekly*, je dis que j'étais à la
recherche de certains numéros récents du journal.
L'avion de Spencer s'était écrasé presque trois
semaines auparavant. Le scandale des fonds détournés et du vaccin avait éclaté peu après. J'imaginais
que le journal de sa ville natale avait couvert en
détail les deux événements.

Décidément peu curieuse, la femme ne me posa
aucune question et disparut au fond du couloir
d'où elle revint avec les exemplaires des dernières
semaines. Je payai trois dollars, calai les journaux
sous mon bras et me dirigeai vers le snack-bar voi-

sin. J'avais avalé un demi-muffin et une tasse de café soluble en guise de petit déjeuner. Un bagel et un vrai café seraient les bienvenus.

L'endroit était modeste et confortable, avec des rideaux à petits carreaux aux fenêtres et des assiettes décorées de poules et de poussins alignées le long du mur derrière le comptoir. Deux vieux messieurs s'apprêtaient à partir. La serveuse, une petite boulotte énergique, débarrassait leurs tasses vides.

Elle leva les yeux en me voyant entrer. « Asseyez-vous où vous voulez, dit-elle. Vous avez le choix entre les quatre points cardinaux. » Sur sa blouse un badge indiquait qu'elle s'appelait Milly. Elle avait plus ou moins l'âge de ma mère mais, contrairement à elle, ses cheveux étaient rouge carotte.

Je choisis la table ronde du coin pour pouvoir y étaler mes journaux. A peine étais-je installée que Milly se dressa devant moi, prête à prendre ma commande.

L'avion de Spencer s'était écrasé le 4 avril. Le journal le plus ancien de ma pile datait du 9 avril. Le titre annonçait : « Nicholas Spencer est porté disparu. »

L'article était un hymne à la mémoire de l'enfant du pays qui avait réussi. La photo était récente. Elle avait été prise le 15 février lorsque Spencer avait reçu la médaille de « citoyen éminent de la ville », une distinction encore jamais décernée à Caspien. Je fis un calcul rapide. Du 15 février au 4 avril. Il lui restait quarante-huit jours à passer sur cette terre. Je m'étais souvent demandé si les gens avaient le pressentiment que leur temps était compté. Je pense que mon père l'avait eu. Il était parti se promener le matin de sa mort, voilà huit ans, mais ma mère m'avait raconté qu'il avait hésité sur le pas de la porte, qu'il était revenu déposer un baiser sur ses cheveux. Trois rues plus loin, il avait été terrassé par une crise cardiaque. D'après le médecin, il était mort avant de s'écrouler sur le sol.

Nicholas Spencer souriait sur cette photo, mais son regard était pensif, presque inquiet.

Les quatre premières pages du journal lui étaient consacrées. Il y avait un portrait de lui en joueur de base-ball, à l'âge de huit ans. Il avait été lanceur des Tigers. Une photo le montrait à dix ans avec son père dans le laboratoire familial. Il avait fait partie de l'équipe de natation du lycée. On le voyait poser avec un trophée. Sur une autre photo, il était déguisé en acteur shakespearien et brandissait un objet semblable à un Oscar. Elu meilleur comédien du lycée.

La photo où il se trouvait en compagnie de sa première femme, le jour de leur mariage douze ans auparavant, me fit sursauter. Janet Barlowe Spencer, originaire de Greenwich, était une blonde élancée aux traits délicats. Peut-être pas le sosie de Lynn, mais on ne pouvait nier que la ressemblance était criante. Etait-ce cette similitude qui l'avait attiré ?

Venaient ensuite les hommages que lui rendaient une demi-douzaine de personnalités locales, parmi lesquelles on trouvait un avocat qui disait avoir été son meilleur ami au lycée, un professeur qui louait sa soif de connaissances, une voisine envers laquelle il s'était toujours montré serviable. Je sortis mon calepin et notai leurs noms. Je trouverais sans doute leurs adresses dans l'annuaire du téléphone.

Un exemplaire de la semaine suivante relatait que le vaccin Pierre-Gen, annoncé par la société de Spencer comme un remède radical contre le cancer, était un échec. L'article soulignait que le co-directeur de Pierre-Gen avait admis qu'ils avaient peut-être montré trop de hâte à proclamer leurs premiers succès. La photo qui accompagnait l'article avait visiblement été fournie par la société.

Le numéro du journal, publié cinq jours auparavant, utilisait la même photo, mais avec une légende différente : « Spencer soupçonné d'avoir détourné des millions de dollars. » Ils utilisaient le mot « présumé » tout au long de l'article, mais un éditorial insinuait que le prix que lui avait décerné la municipalité aurait dû être un Oscar du meilleur comédien et non une distinction destinée à un estimable citoyen.

Milly vint m'offrir encore un peu de café. J'acceptai et vis ses yeux briller de curiosité à la vue des photos de Spencer étalées sur la table. Je ne risquais rien à l'interroger.

« Connaissiez-vous Nicholas Spencer ? »

Elle secoua la tête.

« Non. Il avait déjà quitté la ville à l'époque où je suis arrivée, il y a vingt ans. Mais je peux vous dire que le jour où ces histoires ont éclaté à propos de ses escroqueries et de l'inefficacité de son vaccin, il y en a beaucoup ici qui ont été drôlement affectés. Ils étaient nombreux à avoir acheté des actions de sa société après qu'il eut reçu sa médaille. Dans son discours, il avait dit qu'il s'agissait peut-être de la découverte la plus importante depuis le vaccin contre la polio. »

Ses ambitions étaient devenues de plus en plus démesurées, pensai-je. Son objectif avait-il été d'attirer le plus grand nombre de gogos avant de disparaître ?

« Il y avait un monde fou dans le restaurant, continua Milly. Il faut dire que Spencer était apparu sur les couvertures de deux magazines nationaux. Les gens voulaient le voir de près. C'était la seule célébrité qui soit jamais née dans cette ville. Le but de l'opération était de recueillir de l'argent, c'est sûr. J'ai entendu dire qu'après avoir écouté son discours, les administrateurs de l'hôpital ont acheté un gros paquet d'actions. Tout le monde aujourd'hui est furieux contre tout le monde. Chacun accuse l'autre de lui avoir donné cette médaille et de l'avoir fait venir pour la lui remettre. Et maintenant, ils ne peuvent plus construire la nouvelle aile de pédiatrie. »

La cafetière dans la main droite, la gauche sur sa hanche, elle conclut :

« Sachez-le, dans cette ville le nom de Spencer est synonyme de salopard. Que Dieu ait son âme », ajouta-t-elle à regret.

Puis elle me regarda. « Pourquoi vous intéressez-vous tellement à Spencer ? Vous êtes journaliste ou un truc de ce genre ?

— Oui, c'est ça.

— Vous n'êtes pas la première à vous intéresser à lui. Un type du FBI est venu poser des questions, il a demandé s'il avait des amis. J'ai répondu qu'il ne lui en restait plus un seul. »

Sur cette dernière remarque, je payai l'addition, donnai ma carte à Milly « au cas où vous voudriez me contacter », et regagnai ma voiture. Cette fois je me dirigeai vers le 71, Winslow Terrace.

11

PARFOIS la chance vous sourit. Le Dr Philip Broderick ne consultait pas le vendredi après-midi. J'arrivai à midi moins le quart, au moment où s'en allait son dernier patient. Je tendis une de mes cartes du *Wall Street Weekly* à l'hôtesse. Avec une moue sceptique, elle me pria d'attendre pendant qu'elle prévenait le docteur de ma venue. Je croisai les doigts.

A son retour, elle m'annonça : « Le docteur va vous recevoir. » Elle semblait étonnée et, à dire vrai, je l'étais autant qu'elle. J'avais tenté ma chance en me présentant sans téléphoner. L'expérience m'avait appris qu'on a autant de probabilités d'obtenir une interview en sonnant directement à la porte qu'en demandant un rendez-vous par téléphone. Ma théorie était que les gens en général n'osent pas vous repousser, soit par simple politesse, soit parce qu'ils craignent que vous n'écriviez par la suite quelque chose de désagréable à leur sujet.

Quelles que fussent les raisons de ce médecin, je m'apprêtais à le rencontrer. Il avait dû entendre le bruit de mes pas car il se leva de derrière son bureau à l'instant où j'entrai dans son cabinet. C'était un homme de haute taille, mince, d'environ cinquante-cinq ans, avec une masse de cheveux gris. Son accueil fut courtois, mais strictement professionnel. « Madame DeCarlo, je vais être franc. Je n'ai accepté de vous recevoir qu'en raison de l'intérêt que je porte au journal que vous représentez. Sachez cependant que quantité de vos confrères m'ont déjà téléphoné ou ont demandé à me voir. »

De combien de journaux Nicholas Spencer allait-il faire la une ? J'espérais seulement dénicher pour le nôtre des informations à la fois intéressantes et nouvelles. Je voulais examiner l'affaire sous un certain angle et j'espérais y parvenir. Je remerciai rapidement le Dr Broderick de me recevoir ainsi à l'improviste, pris le siège qu'il m'indiquait, et allai droit au fait :

« Docteur, puisque vous êtes un lecteur régulier de notre magazine, vous savez que notre politique éditoriale est de dire la vérité sans détour ni sensationnalisme. C'est la ligne que j'entends suivre pour mon article, mais aussi sur un plan personnel. Il y a un an ma mère, veuve, s'est remariée. Ma demi-sœur, que je connais peu, est l'épouse de Nicholas Spencer. Elle a été hospitalisée pour des brûlures subies lors de l'incendie criminel qui a ravagé sa maison. Elle ne sait que penser de son mari ni de toute cette histoire, mais elle désire ardemment connaître la vérité. Je vous serais infiniment reconnaissante de l'aide que vous pourriez apporter.

— J'ai appris la nouvelle de l'incendie. »

Je décelai dans sa voix la compassion que j'avais

voulu susciter chez lui, et me reprochai en même temps de jouer cette carte.

« Connaissiez-vous Nicholas Spencer ? demandai-je.

— Je connaissais son père, le Dr Edward Spencer ; c'était un ami. Je partageais son intérêt pour la microbiologie et venais souvent observer ses expériences. Pour moi, il s'agissait d'un passe-temps passionnant. Nicholas Spencer était déjà sorti de l'université et s'était installé à New York à l'époque où j'ai ouvert mon cabinet ici.

— Quand avez-vous vu Nicholas Spencer pour la dernière fois ?

— Le 16 février, le lendemain de la réunion destinée à recueillir des fonds.

— A-t-il passé la nuit en ville ?

— Non, il est revenu le lendemain. Je ne m'attendais pas à le voir. Laissez-moi vous expliquer. Vous savez sans doute que c'est dans cette maison qu'il a vécu.

— Oui.

— Le père de Nick est mort brutalement d'une crise cardiaque, il y a douze ans, à peu près à l'époque où Nick s'est marié. J'ai proposé d'acheter la maison. Elle plaisait à ma femme et j'étais à l'étroit dans mon cabinet. J'avais alors l'intention de conserver le laboratoire et de poursuivre certaines des premières expériences dont le Dr Spencer disait qu'elles ne menaient à rien. Je demandai à Nick l'autorisation de photocopier les notes correspondant à ces expériences. Au lieu de quoi, il me les confia. Il prit les documents les plus récents de son père, qui lui paraissaient intéressants sur le plan de la recherche. Sa mère était morte très jeune d'un cancer et Edward Spencer n'avait eu de cesse de découvrir un remède à la maladie. »

Je me rappelai l'intensité du regard de Nick quand il m'avait raconté cette histoire.

« Avez-vous utilisé les notes du Dr Spencer ? demandai-je.

— Non. Pas réellement. » Le Dr Broderick haussa les épaules. « On ne fait pas toujours ce que l'on veut. J'étais trop occupé, puis j'ai eu besoin de l'espace occupé par le laboratoire pour créer deux nouvelles salles d'examen. J'ai rangé les documents dans le grenier au cas où Spencer reviendrait les chercher. Il ne s'est jamais manifesté, jusqu'à ce fameux 16 février.

— Un mois et demi avant sa mort ! Pourquoi est-il revenu les chercher ce jour-là à votre avis ? »

Broderick hésita.

« Je ne peux vous répondre. Il ne m'a fourni aucune explication. Il était visiblement troublé. Tendu, pour être plus précis. Mais lorsque je lui ai annoncé qu'il avait fait le trajet pour rien, il a paru interloqué.

— Que lui avez-vous dit ?

— Qu'à l'automne dernier une personne de sa société était venue réclamer les documents et que, naturellement, je les lui avais remis.

— Comment a réagi Nick ? »

Je commençais à être intriguée.

« Il m'a demandé de lui donner le nom de la personne en question, ou de la décrire. Je fus incapable de me souvenir de son nom, mais je lui en fis la description. La quarantaine, de taille moyenne, élégamment vêtu, avec des cheveux bruns tirant sur le roux.

— Nick a-t-il pu l'identifier ?

— Je n'en suis pas certain, mais il était visiblement bouleversé. Il m'a dit : "J'ai moins de temps que je ne pensais", et il est parti.

— Savez-vous s'il est allé voir quelqu'un d'autre en ville ?

— Probablement. Une heure plus tard, en me rendant à l'hôpital, je l'ai croisé en voiture. »

J'avais eu l'intention de m'arrêter à l'ancien lycée de Nick. Je voulais savoir quel genre d'enfant il avait été. Mais, après ma conversation avec le Dr Broderick, je changeai d'avis. Je décidai de me rendre directement à Pierre-Gen, de trouver le type aux cheveux roux et de lui poser quelques questions.

S'il travaillait pour Pierre-Gen, ce dont je doutais fortement.

12

En quittant l'hôpital, Ned rentra chez lui et s'allongea sur le canapé. Il avait fait de son mieux. Mais il avait failli à sa promesse. Il avait versé de l'essence dans un bocal, fourré une longue ficelle dans une de ses poches, le briquet dans l'autre. Une minute de plus, et la chambre aurait connu le même sort que la maison.

Puis il avait entendu le déclic de la porte de l'ascenseur et vu apparaître les flics de Bedford. Ils le connaissaient. Il était sûr qu'ils ne s'étaient pas trouvés assez près pour voir son visage, mais il n'avait pas envie qu'ils s'interrogent sur sa présence à l'hôpital maintenant qu'Annie était morte.

Bien sûr, il aurait pu leur dire qu'il avait rendez-vous avec le Dr Greene. C'était la vérité. Malgré son emploi du temps surchargé, le Dr Greene l'avait reçu pendant l'heure du déjeuner. Un brave homme, même s'il avait reconnu avec Annie que Ned aurait dû discuter avec elle de la vente de la maison de Greenwood Lake.

Il n'avait pas dit au Dr Greene qu'il était en

colère. Il lui avait seulement dit qu'il était triste. « Annie me manque. Je l'aime tant. »

Le Dr Greene ignorait la vraie raison de la mort d'Annie, il ne savait pas qu'elle était sortie en trombe hors de la maison, qu'elle était montée dans la voiture et qu'elle avait été heurtée par le camion des éboueurs, tout ça parce qu'elle était furieuse qu'il ait acheté des actions de Pierre-Gen. Greene ignorait que Ned avait travaillé pour le jardinier de la propriété de Bedford et qu'il connaissait donc les lieux comme sa poche.

Le médecin lui avait prescrit un calmant ainsi que des somnifères. Ned en avait pris deux en rentrant de l'hôpital et s'était endormi sur le canapé. Il avait dormi quatorze heures d'affilée, jusqu'à onze heures le vendredi matin.

C'était alors que sa propriétaire, Mme Morgan, avait sonné à la porte. L'appartement appartenait à sa mère, vingt ans auparavant, lorsque Annie et lui s'y étaient installés, mais Mme Morgan en avait pris possession l'an dernier.

Ned ne l'aimait pas. C'était une grosse bonne femme au visage hostile. Il se posta dans l'embrasure, bloquant le passage, mais il savait qu'elle lorgnait du coin de l'œil derrière lui, cherchant quoi critiquer.

Quand elle s'adressa à lui, sa voix n'avait pas son accent rogue habituel : « Ned, je vous croyais parti travailler à cette heure. »

Il n'avait pas répondu. Qu'il ait été viré une fois de plus ne la regardait pas.

« Vous savez combien je suis désolée... pour Annie.

— Ouais. Bien sûr. »

Il était encore sous l'emprise des somnifères et avait du mal à articuler.

« Ned, il y a un problème. » La compassion avait déserté sa voix qui prit un ton de femme d'affaires. « Votre bail expire le 1er juin. Mon fils va se marier et a besoin de l'appartement. Je regrette, mais vous savez comment c'est. En souvenir d'Annie cependant, je ne vous ferai pas payer le mois de mai. »

Une heure plus tard, il alla faire un tour en voiture à Greenwood Lake. Il aperçut quelques-uns de leurs anciens voisins dans leurs jardins, en train de tondre. Il s'arrêta devant le terrain sur lequel s'était érigée leur maison. Il ne restait plus que la pelouse. Même les fleurs amoureusement plantées par Annie avaient disparu. La vieille Mme Schafley, dont la maison jouxtait jadis la leur, taillait les mimosas dans son jardin. Elle leva la tête, l'aperçut et l'invita à prendre une tasse de thé.

Elle sortit un biscuit au café fait maison et se souvint qu'il prenait toujours son thé très sucré. Elle s'assit en face de lui.

« Vous avez une mine épouvantable, Ned », dit-elle. Ses yeux s'embuèrent de larmes. « Annie n'aimerait pas vous voir ainsi débraillé. Elle tenait à ce que vous soyez bien mis.

— Je suis obligé de déménager, dit-il. Ma propriétaire veut reprendre l'appartement pour son fils.

— Où comptez-vous aller ?

— Je ne sais pas. » Luttant contre les effets résiduels du barbiturique, il lui vint une idée. « Madame Schafley, pourrais-je louer votre chambre d'amis, le temps de trouver une solution ? »

Il vit le refus immédiat dans ses yeux. « Je vous en prie, acceptez en souvenir d'Annie », ajouta-t-il. Il savait que la vieille dame avait eu beaucoup d'affection pour Annie. Mais elle secoua la tête.

« Ned, ça ne marcherait pas. La maison est petite et nous finirions par nous disputer. »

Ned sentit la colère monter en lui.

« Je croyais que vous m'aimiez bien.

— Bien sûr que je vous aime bien, dit-elle d'un ton conciliant, mais ce n'est pas pareil quand il faut vivre avec quelqu'un. » Elle regarda par la fenêtre. « Tiens, voilà Harry Harnik. »

Elle courut à la porte et le héla.

« Ned est venu me faire une visite », cria-t-elle.

Harry Harnik était le voisin qui avait offert d'acheter leur maison pour s'agrandir. S'il n'avait pas fait cette proposition, Ned ne l'aurait pas vendue et il n'aurait pas mis l'argent dans cette compagnie. Maintenant Annie n'était plus là, sa maison n'était plus là et la propriétaire voulait le mettre dehors. Mme Schafley, qui s'était toujours montrée si prévenante du vivant d'Annie, refusait même de lui louer une chambre. Et c'était le moment que choisissait Harry Harnik pour faire son apparition, un sourire de compassion plaqué sur le visage.

« Ned, je n'ai appris la nouvelle que récemment. Je suis désolé. C'était une si gentille fille.

— Si gentille », répéta Mme Schafley comme un écho.

C'était l'offre d'Harnik qui avait, en quelque

sorte, provoqué la mort d'Annie. Mme Schafley l'avait invité à entrer uniquement parce qu'elle ne voulait pas rester seule avec Ned. *Elle a peur de moi,* songea Ned. *Même Harnik le regardait d'une drôle de façon. Il a peur de moi lui aussi.*

Sa logeuse, avec ses airs fanfarons, avait également peur de lui. Elle lui avait proposé de rester gratuitement dans l'appartement pendant le mois de mai, mais son fils ne viendrait jamais s'installer avec elle. Ils ne s'entendaient pas. *Elle veut seulement se débarrasser de moi,* pensa Ned.

Lynn Spencer avait eu l'air terrifié en le voyant apparaître à la porte de sa chambre d'hôpital. Sa sœur, cette DeCarlo, l'avait croisé sans lui jeter un regard quand elle avait accordé cette interview, et elle avait à peine tourné la tête vers lui la veille. Mais elle ne perdait rien pour attendre. Elle apprendrait à avoir peur de lui, elle aussi.

Toute la rage et la douleur accumulées bouillonnaient. Il les sentait monter. Se transformer en une sensation de puissance, semblable à celle qu'il éprouvait quand il était môme et qu'il tirait des balles en caoutchouc sur les écureuils dans les bois. Harnik, Schafley, Lynn Spencer, la sœur, tous des écureuils. Voilà comment il les traiterait, comme des écureuils.

Il pourrait partir ensuite, les laissant réduits en bouillie et sanglants, comme il laissait les écureuils jadis.

Quel était cet air qu'il chantait en voiture ? « A la chasse nous irons.... » Oui, c'était ça.

Il éclata de rire.

Harry Harnik et Mme Schafley fixaient sur lui un

97

regard interdit. « Ned, dit Mme Schafley, est-ce que vous prenez régulièrement vos médicaments depuis la mort d'Annie ? »

Il ne fallait pas éveiller leurs soupçons. Il réprima son hilarité et répondit calmement :

« Oh oui ! Annie ne serait pas contente si je les oubliais. Je riais simplement en me rappelant votre colère, Harry, le jour où j'ai ramené cette bagnole à la maison pour la réparer. Vous vous êtes mis dans une rogne noire.

— Vous en aviez deux, Ned. Elles faisaient mauvais effet dans le quartier, heureusement Annie vous a forcé à vous en débarrasser.

— Je me souviens. C'est pour ça que vous avez acheté la maison, parce que vous ne vouliez pas que je retape des vieilles voitures. C'est aussi pour ça que vous avez empêché votre femme de téléphoner à Annie pour s'assurer qu'elle était d'accord. Et vous, madame Schafley, vous saviez qu'Annie aurait eu le cœur brisé en apprenant qu'elle n'avait plus de maison. Vous ne l'avez pas prévenue non plus. Vous ne l'avez pas aidée à la garder, parce que vous vouliez que je fiche le camp. »

La consternation était peinte sur leurs figures, sur le visage rougeaud de ce crâneur d'Harnik, sur les joues pleines de rides de Mme Schafley. Ils avaient peut-être aimé Annie, mais pas assez pour ne pas la priver de sa maison.

Il ne devait pas leur montrer ce qu'il ressentait vraiment. Il ne devait pas se trahir. « Il faut que je parte, dit-il. Mais ne vous faites pas d'illusions, je sais ce que vous avez manigancé tous les deux et j'espère que vous brûlerez en enfer pour ça. »

Il sortit en courant de la maison, se pencha, cueillit une tulipe et la brandit vers le ciel. Je te vengerai, Annie, promit-il. Lynn Spencer, Carley DeCarlo, sa logeuse Mme Morgan, Harry Harnik, Mme Schafley. Et la femme d'Harnik, Bess ? En s'éloignant au volant de sa voiture, Ned réfléchit, puis ajouta Bess Harnik à la liste. Elle aurait pu téléphoner à Annie de son propre chef et l'avertir de la vente imminente de la maison. Elle ne méritait pas de vivre, pas plus que les autres.

13

Je marchais peut-être sur les brisées de Ken Page en retournant au siège de Pierre-Gen, mais je n'avais pas le temps d'entrer dans ces considérations, j'avais le sentiment qu'il me fallait agir sans tarder. J'empruntai la I-95 entre le Connecticut et le Westchester. Je roulais vite, tournant et retournant une hypothèse dans ma tête. Et si l'homme qui était venu réclamer les dossiers du Dr Spencer travaillait pour une agence d'investigations engagée par la société ?

Dans son allocution aux actionnaires, Charles Wallingford avait affirmé, ou plutôt laissé entendre, que la disparition de l'argent et les problèmes liés au vaccin les avaient tous laissés stupéfaits. Pourtant, des semaines avant l'accident d'avion de Spencer, quelqu'un avait récupéré ces vieux dossiers. Pourquoi ?

« J'ai moins de temps que je ne le pensais », avait dit Nick au Dr Broderick. Moins de temps pour quoi faire ? Pour brouiller les pistes ? Pour préparer son avenir dans un nouveau pays sous un nouveau nom, voire se donner un nouveau visage, le tout avec des millions de dollars ? Ou existait-il une raison radicalement différente ? Pourquoi mon esprit revenait-il obstinément à cette seconde hypothèse ?

Cette fois-ci, je demandai à rencontrer le Dr Celtavini en ajoutant que c'était urgent. Sa secrétaire me pria d'attendre et je patientai plus d'une minute avant de la voir réapparaître pour m'annoncer que le docteur était occupé mais que son assistante, le Dr Kendall, allait me recevoir.

Le laboratoire était situé à l'arrière, sur la droite du bâtiment principal et des bureaux de la direction, et on y accédait par un long couloir. Un garde vérifia mon sac et me fit franchir un portique de détection. J'attendis dans une salle d'attente que le Dr Kendall vînt me chercher.

C'était une femme à l'air sérieux, d'un âge indéterminé, avec des cheveux bruns et raides et un menton volontaire.

Elle me conduisit à son bureau. « Je me suis déjà entretenue hier avec votre collègue, M. Page, dit-elle. Le Dr Celtavini et moi-même lui avons consacré beaucoup de temps. Je pensais que nous avions pleinement répondu à ses questions.

— Il y a une question que Ken Page n'a pas pu vous poser car elle porte sur un fait que j'ai appris ce matin seulement, dis-je. Si j'ai bien compris, l'intérêt que portait Nicholas Spencer au vaccin Pierre-Gen avait pour origine les recherches entreprises par son père dans son laboratoire personnel. »

Elle hocha la tête.

« C'est ce que l'on m'a dit, en effet.

— Les dossiers antérieurs du Dr Spencer avaient été conservés à l'intention de Nick Spencer par le médecin qui a acheté sa maison de Caspien dans le Connecticut. A l'automne dernier, quelqu'un s'est présenté de la part de Pierre-Gen pour reprendre ces documents.

— Pourquoi dites-vous de la part de Pierre-Gen ? »

Je me retournai brusquement. Le Dr Celtavini se tenait dans l'embrasure de la porte. « Pour la simple raison que Nick Spencer est venu en personne dans l'intention de les récupérer et, d'après le Dr Broderick, il s'est montré très troublé en apprenant qu'ils n'étaient plus là. »

Le visage du Dr Celtavini ne laissa rien deviner de ses pensées. Eprouvait-il de la surprise ? De l'inquiétude ? Ou tout autre chose, une sorte de tristesse ? J'aurais donné cher pour le savoir.

« Connaissez-vous le nom de la personne qui a emporté les documents ? demanda le Dr Kendall.

— Le Dr Broderick ne s'en souvient plus. Il m'a décrit un homme aux cheveux bruns tirant sur le roux, bien mis, d'une quarantaine d'années. »

Les deux médecins échangèrent un regard. Celtavini secoua la tête.

« Je ne connais personne au labo qui corresponde à cette description. La secrétaire de Nick Spencer, Vivian Powers, pourrait peut-être vous aider. »

J'avais bien d'autres questions à poser au Dr Celtavini. Mon instinct me disait que cet homme était en conflit avec lui-même. Hier, il avait déclaré avoir le plus profond mépris pour Nick Spencer non seulement à cause de sa duplicité, mais aussi parce qu'il avait entaché sa propre réputation. Je ne doutais pas de sa sincérité sur ce sujet, mais j'aurais parié qu'il y avait autre chose qui le tracassait dans cette histoire. Il s'adressa au Dr Kendall :

« Laura, quand nous envoyons chercher des documents, nous utilisons nos propres coursiers, n'est-ce pas ?

— Je suppose.

— Moi aussi. Madame DeCarlo, avez-vous le numéro de téléphone du Dr Broderick ? J'aimerais lui parler. »

Je le lui donnai et quittai la pièce. Je m'arrêtai à la réception et eus la confirmation que M. Spencer avait toujours recours aux trois coursiers de l'établissement lorsqu'il désirait que lui soit livré quelque chose. Je demandai également à voir Vivian Powers, sa secrétaire depuis six ans, mais elle avait pris un congé pour la journée.

En quittant Pierre-Gen, j'étais au moins convaincue d'une chose : le rouquin qui s'était présenté chez le Dr Broderick pour prendre les documents du Dr Spencer avait agi sans autorisation.

Restait une interrogation : qu'étaient devenues ces fameuses notes et quelle information contenaient-elles ?

14

JE me demande si je ne suis pas en train de tomber amoureuse de Casey Dillon ; Kevin Curtis Dillon de son vrai nom, mais on l'a toujours appelé Casey, tout comme on m'appelle Carley. Il est chirurgien-orthopédiste. Nous avions tous les deux vécu à Ridgewood au temps de nos vertes années et il m'avait invitée au grand bal de fin d'études quand j'étais en seconde au lycée. J'avais le béguin pour lui, mais il était parti à l'université et ne s'était plus intéressé à moi.

Nous nous sommes retrouvés par hasard voilà six mois à l'entrée d'un théâtre off-Broadway. J'étais seule ; il accompagnait une amie. Il m'a téléphoné un mois plus tard. M'a rappelée deux semaines après. Il est clair que le Dr Dillon, séduisant chirurgien de trente-six ans, ne recherche pas désespérément ma compagnie. Disons qu'il me fait signe assez régulièrement.

J'avoue que, même si je reste sur mes gardes, craignant d'avoir le cœur brisé une seconde fois, je suis heureuse en compagnie de Casey. Il m'arrive même de rêver de lui. L'autre nuit, je nous ai vus en train de faire des courses dans un grand magasin et d'acheter des serviettes de table brodées à nos deux noms « Casey et Carley ». Comment peut-on être aussi idiote ?

Nos rendez-vous sont en général planifiés à l'avance, mais en rentrant ce soir de ma journée d'investigations, je trouvai un message sur le répondeur : « Carley, veux-tu manger un morceau avec moi ? »

Pourquoi pas ? Casey habite 85e Rue-Ouest, et nous nous retrouvons parfois dans un restaurant du côté de la 50e Rue. Je rappelai, laissai un message pour lui dire d'accord, notai soigneusement les événements de la journée, puis décidai qu'une douche bien chaude s'imposait.

La pomme de douche, bien que remplacée à deux reprises, commença par cracher un filet d'eau, suivi d'un jet brûlant, et je regrettai le bain bouillonnant que j'avais rêvé de faire installer dans le nouvel appartement. Aujourd'hui, mes économies s'étaient envolées et le jacuzzi avec elles.

Casey me rappela pendant que je me séchais les cheveux. Nous convînmes de nous retrouver à huit heures au Shun Lee West, un restaurant chinois. Il avait une opération prévue tôt dans la matinée et j'avais besoin de préparer ma réunion de neuf heures au journal avec Don et Ken.

J'arrivai au Shun Lee à huit heures tapantes. Casey était déjà installé à une table, comme s'il prenait un malin plaisir à me faire croire que j'étais en retard. Nous commandâmes le vin, étudiâmes le menu, hésitâmes, pour finir par choisir des crevettes piquantes et du poulet aux cinq parfums. Puis

106

nous passâmes en revue ce que nous avions fait pendant les deux semaines écoulées.

Je lui racontai que j'avais été engagée par le *Wall Street Weekly*, ce qui ne manqua pas de l'impressionner. Puis je lui parlai du reportage sur Nicholas Spencer, et me mis à penser tout haut, comme souvent en sa présence.

« Mon problème, dis-je en mordant dans un nem, c'est que la colère que suscite Spencer est d'ordre très personnel. Bien sûr, il y a l'argent, et pour certains il s'agit uniquement de ça, mais pour beaucoup d'autres il y a davantage. Ils ont l'impression d'avoir été trahis.

— Ils le prenaient pour un dieu capable d'imposer ses mains bienfaisantes et de les guérir, eux et leurs enfants, dit Casey. Je suis médecin, je connais le culte qui nous est voué lorsque nous sortons d'affaire un patient. Spencer avait promis de libérer le monde entier de la menace du cancer. Quand le vaccin s'est révélé inopérant, il a peut-être perdu les pédales.

— Qu'est-ce que tu entends par perdre les pédales ?

— Carley, pour je ne sais quelle raison, il a piqué le fric. Le vaccin est un échec. Lui-même est déshonoré et n'a d'autre issue que la prison. Je me demande quel était le montant de son assurance. Quelqu'un l'a-t-il vérifié ?

— Je suppose que Don Carter, qui est chargé de la partie business du reportage, va s'en occuper, si ce n'est déjà fait. Tu crois donc que Nick Spencer aurait délibérément provoqué l'accident ?

107

— Il ne serait pas le premier à avoir choisi cette porte de sortie.

— Sans doute.

— Carley, tu sais que les labos de recherches sont les bouillons de culture de rumeurs en tout genre. J'ai parlé avec des types que je connais bien. Le bruit courait depuis plusieurs mois que les derniers tests de Pierre-Gen ne tenaient pas la route.

— Tu crois que Spencer était au courant ?

— Si tout le monde dans le milieu le savait, je ne vois pas comment il aurait pu l'ignorer. Réfléchis. Les produits pharmaceutiques représentent une industrie qui brasse des milliards de dollars, et Pierre-Gen n'est pas la seule entreprise à tenter à tout prix de trouver un remède contre le cancer. La société qui découvrira la potion magique détiendra des brevets valant des milliards. Ne te fais pas d'illusions. Les autres sociétés se réjouissent que le vaccin de Spencer ait échoué. Il n'en est pas une seule qui ne tente avec acharnement de remporter la mise. L'argent et le prix Nobel sont des aiguillons puissants.

— Tu ne présentes pas l'industrie pharmaceutique sous son meilleur jour, Casey.

— Je ne prétends pas la présenter sous un jour quelconque. Je la décris telle qu'elle est. Idem en ce qui concerne les hôpitaux. Nous sommes en concurrence pour attirer les patients. Les patients sont des sources de revenus. Les revenus permettent aux hôpitaux d'acquérir les équipements dernier cri. Comment attires-tu les patients ? En ayant des médecins de premier plan dans tes équipes. Pourquoi crois-tu que les médecins renommés dans leur spécialité sont constamment sollicités ? La lutte est permanente pour les attirer, et elle l'a toujours été.

« J'ai des amis dans des labos de recherche hospitaliers qui disent se tenir constamment sur leurs gardes. Ils redoutent la présence d'espions. Dérober des informations concernant de nouveaux médicaments ou de nouveaux vaccins est une pratique courante. Et même s'il ne s'agit pas de vol proprement dit, la course à qui découvrira la dernière molécule ou le dernier vaccin miracle se poursuit sept jours sur sept. Voilà les adversaires que Nick Spencer avait à affronter. »

Je sursautai en entendant le mot « espion » et pensai aussitôt à l'inconnu qui était venu chercher les dossiers de Spencer au cabinet du Dr Broderick. Je mis Casey au courant.

« Carley, tu dis que Nick Spencer a emporté la plupart des dossiers de son père il y a douze ans et qu'à l'automne dernier quelqu'un est venu récupérer ce qu'il en restait. Cela signifie que ce quelqu'un a pensé qu'ils présentaient un certain intérêt, et qu'il est arrivé à cette conclusion avant Spencer.

— "J'ai moins de temps que je ne le pensais." Casey, ce sont les derniers mots prononcés par Spencer en quittant le Dr Broderick, à peine six semaines avant son accident d'avion. Ils me trottent dans la tête.

— Que voulait-il dire d'après toi ?

— Je n'en sais fichtre rien. Mais à combien de personnes aurait-il confié que les notes de son père étaient restées dans son ancienne maison ? A mon avis, quand tu déménages, les nouveaux propriétai-

109

res jouent rarement le rôle de garde-meubles pour toi. Certes, les circonstances étaient particulières. Le Dr Broderick avait espéré travailler à ses moments perdus dans le laboratoire. Mais il prétend qu'il a fini par transformer le local en salle d'examen. »

Nos plats arrivèrent, fumants, alléchants, présentés avec art. Je me souvins que je n'avais rien pris depuis le bagel et le café avalés dans le snack-bar de Caspien. Je me rappelai aussi qu'après la réunion prévue le lendemain avec Ken Page et Don Carter il me faudrait retourner à Caspien.

J'avais été étonnée que Broderick me reçoive aussi facilement ce matin. Et qu'il admette si vite avoir été en possession de certains des dossiers du Dr Spencer et les avoir remis quelques mois auparavant à un homme dont il avait oublié le nom. Nick avait toujours reconnu que les premiers travaux de son père avaient contribué au développement de Pierre-Gen. Il avait laissé ces dossiers sur place à la demande de Broderick. Ce dernier était censé en prendre le plus grand soin.

Peut-être en avait-il pris grand soin, en effet. Peut-être n'existait-il pas de rouquin.

« Casey, tu es une formidable incitation à la réflexion », dis-je en me concentrant sur mes crevettes. « Tu ferais un excellent psy.

— Tous les médecins sont des psys, Carley. Certains ne l'ont pas encore découvert. C'est tout. »

15

J'ÉTAIS heureuse de travailler au *Wall Street Weekly*, d'y avoir un box dans la salle de rédaction, avec mon bureau, mon ordinateur. Certains rêvent d'être constamment sur la route, pas moi. Non qu'il me déplaise de voyager, j'ai fait des portraits de célébrités ou de gens connus qui m'ont amenée à aller en Europe, en Amérique latine, en Australie, mais au bout de deux semaines je n'ai qu'une envie, regagner mes pénates.

Mes pénates. C'est-à-dire un vaste et merveilleux territoire dénommé Manhattan. L'East Side, le West Side, toute la ville. J'aime m'y promener par un paisible dimanche, j'aime sentir la présence de ces grands immeubles que mes arrière-grands-parents ont découverts en débarquant à New York, l'un venant d'Irlande, l'autre de Toscane.

Telles étaient les pensées qui me traversaient l'esprit tandis je disposais quelques objets personnels sur mon nouveau bureau avant de relire mes notes en vue de la réunion prévue dans quelques instants dans le bureau de Ken.

Dans un monde gouverné par les dates de remise

et les nouvelles de dernière minute, chaque seconde compte. Nous nous mîmes tout de suite au travail. Ken était installé à sa table. Il portait un pull sur une chemise à col ouvert et ressemblait à un joueur de football à la retraite. « A toi, Don », fit-il.

Petit, tiré à quatre épingles, Don feuilleta ses papiers.

« Il y a quatorze ans, son MBA de la business school de Cornell en poche, Spencer est entré dans la société de fournitures médicales Jackman. A cette époque, c'était une entreprise familiale qui connaissait des difficultés. Avec l'aide de son beau-père, Nick a fini par racheter les parts de la famille Jackman. Voilà huit ans, quand il a créé Pierre-Gen, il a fusionné les deux affaires et est entré en Bourse pour financer la recherche. C'est le département des fournitures médicales qu'il a pillé.

« Il a acheté la maison de Bedford et l'appartement de New York, continua Don. Bedford valait au départ trois millions, mais si l'on compte les travaux de rénovation et la hausse de l'immobilier la maison valait beaucoup plus quand elle a été incendiée. L'appartement a été acheté quatre millions, et s'y sont ajoutées certaines améliorations. Ce n'était pas un de ces duplex ou penthouses hors de prix décrits par certains médias. A ce propos, les deux propriétés étaient grevées d'emprunts qui furent remboursés par la suite. »

Je me souvins que Lynn m'avait dit habiter l'appartement de la première femme de Nick.

« Le pillage du département des fournitures médicales ne date pas d'hier. Il y a un an et demi, Spencer a commencé à emprunter en donnant ses propres actions en garantie. Personne ne sait pourquoi.

— Pour la suite des événements, à moi de prendre la relève, dit Ken. C'est à cette époque, d'après Celtavini, que des problèmes sont apparus au laboratoire. Des générations de souris vaccinées ont commencé à développer des cellules cancéreuses. Spencer a probablement pris conscience que son château de cartes allait s'écrouler, et il s'est mis à vider les caisses de la société. Il semblerait que la réunion à Porto Rico était juste un premier pas sur la route de la fuite. Puis la chance a tourné. »

Je l'interrompis à mon tour :

« Nick a avoué au Dr Broderick qu'il lui restait moins de temps qu'il ne le pensait. »

Je parlai alors des documents que Broderick prétendait avoir remis à un individu aux cheveux brun roux, soi-disant envoyé par le bureau de Spencer.

« Ce qui est difficile à avaler, dis-je, c'est qu'un médecin puisse remettre à un quidam des dossiers de recherche sans vérifier la validité de la demande, ni même exiger un reçu.

— Se pourrait-il que quelqu'un dans la société ait eu des soupçons concernant Spencer ? »

La question venait de Don.

« Pas si l'on en croit ce qui a été dit à l'assemblée des actionnaires, dis-je. En tout cas, le Dr Celtavini n'était pas au courant de l'existence de ces notes. Il me semble que s'il y avait eu quelqu'un susceptible de s'intéresser aux premières expériences d'un microbiologiste amateur, ç'aurait été quelqu'un comme lui.

— Le Dr Broderick a-t-il raconté à d'autres que toi cette histoire de dossiers ? demanda Ken.

— Il m'a vaguement dit en avoir parlé aux enquêteurs de la police. Etant donné qu'il m'en a informée spontanément, je le crois volontiers. »

Je m'aperçus que je n'avais pas posé directement cette question au Dr Broderick.

« Ce sont probablement les inspecteurs du procureur qui sont venus le voir. » Don referma son bloc-notes. « Ils sont chargés de retrouver la trace de l'argent, mais je ne serais pas étonné que tout se trouve sur un compte en Suisse.

— Ils pensent donc qu'il avait prévu d'aller s'installer là-bas ? demandai-je.

— Difficile à dire. Il existe d'autres endroits prêts à accueillir des gens qui ont du fric, sans poser de questions. Spencer se plaisait en Europe, il parlait couramment français et allemand, il n'aurait eu aucun mal à s'adapter à un pays ou un autre. »

Je songeai à ce que Nick avait dit de son fils, Jack : « Il est toute ma vie. » Aurait-il pu envisager d'abandonner son fils en même temps qu'il quittait son pays, sachant qu'il n'avait aucun espoir de revenir à moins d'être jeté en prison ? Je soulevai la question, mais ni Don et ni Ken n'y virent de contradiction.

« Avec les sommes détournées par Spencer, le gosse peut faire un saut en avion privé pour voir papa quand il le veut. Je peux te dresser une liste d'interdits de séjour qui sont sincèrement attachés à leur famille. En outre, combien de fois verrait-il son fils s'il était en taule ?

— Reste une inconnue, fis-je remarquer. Lynn.

114

A l'entendre, elle est étrangère à toute l'histoire. Avait-il l'intention de la plaquer quand il a mis les voiles ? Personnellement, je ne la vois pas vivant en exil. Elle a fait patiemment son chemin dans la haute société new-yorkaise. Elle prétend ne pas avoir un sou.

— Ne pas avoir un sou pour des gens comme Lynn n'a pas la même signification que pour nous trois, dit Don d'un ton sec en se levant.

— C'est exactement ce point-là que j'aimerais aborder dans notre reportage, dis-je hâtivement. Dans les faillites de ce genre, les médias mettent toujours l'accent sur l'extravagance des types qui piquaient dans la caisse, voyageaient en jet privé, possédaient une demi-douzaine de maisons. Nous n'avons rien de tel à nous mettre sous la dent. Ce que Nick Spencer a fait de l'argent est un mystère. Au lieu de mettre l'accent là-dessus, je voudrais interviewer des gens comme vous et moi, y compris le type qui a été accusé d'avoir mis le feu. Même s'il est coupable, ce dont je doute, il était hors de lui parce que sa petite fille est mourante et qu'il va perdre sa maison.

— Pourquoi doutes-tu qu'il soit coupable ? demanda Don. Pour moi l'affaire paraît entendue.

— Je l'ai vu à l'assemblée des actionnaires. J'étais pratiquement à côté de lui quand il a fait cette sortie.

— Qui a duré combien de temps ? »

Don haussa un seul sourcil, un truc que j'ai toujours envié.

« Environ deux minutes, pas plus. Mais qu'il ait allumé ou non cet incendie, il est un exemple du malheur qui frappe les victimes réelles de la faillite de Pierre-Gen.

— Essaye d'en trouver d'autres. Vois ce que tu peux en tirer, dit Ken en se rangeant à mon avis. Bon, au boulot maintenant. »

Je regagnai mon bureau et lus ce que j'avais glané concernant Spencer. Après le crash, des déclarations avaient été faites à la presse par des personnes qui avaient travaillé avec lui. Celle de Vivian Powers le couvrait d'éloges. Je décidai de lui téléphoner à son bureau de Pleasantville, espérant l'y trouver.

Elle répondit en personne. Elle avait une voix jeune, mais me signifia fermement qu'elle n'accordait aucun entretien, ni particulier ni téléphonique. Je l'interrompis avant qu'elle ne raccroche. « Je travaille avec deux journalistes du *Wall Street Weekly,* nous écrivons un article de fond sur Nicholas Spencer. Je vais être franche avec vous. J'aimerais dire quelque chose de positif à son sujet, mais les gens sont tellement remontés contre lui que le portrait risque d'être très critique. Au moment de sa mort vous avez tenu des propos très bienveillants à son égard. J'imagine que vous avez changé d'avis, vous aussi.

— Je ne croirai jamais que Nicholas Spencer a détourné un centime à son profit », dit-elle avec conviction. Puis sa voix se brisa : « C'était un homme *merveilleux,* murmura-t-elle. Je n'en dirai pas plus. »

J'eus l'impression que Vivian Powers craignait la présence d'une oreille indiscrète.

« Demain est un samedi, dis-je rapidement. Je pourrai venir chez vous ou vous retrouver à l'endroit de votre choix.

— Non, pas demain. Il faut que j'y réfléchisse. »

Il y eut un déclic et la ligne fut coupée. Que voulait-elle dire en affirmant que Spencer n'avait pas détourné un centime à son profit ?

Peut-être pas demain, mais nous aurons une conversation, madame Powers. Il faudra bien que vous me parliez.

16

QUAND Annie était là, elle lui interdisait de boire, même un seul verre. Elle disait que l'alcool avait une influence sur les médicaments. Mais, en rentrant de Greenwood Lake la veille, Ned s'était arrêté dans un magasin de spiritueux et y avait acheté plusieurs bouteilles de bourbon, de scotch et de rye. Comme il ne prenait plus ses médicaments depuis qu'elle était morte, elle ne se mettrait peut-être pas en colère. « J'ai besoin de dormir, Annie, expliqua-t-il en débouchant la première bouteille. C'est la seule chose qui m'aide à trouver le sommeil. »

L'alcool fit son effet. Mais il s'était à peine endormi dans son fauteuil qu'il eut une étrange vision. Il n'aurait su dire s'il s'agissait d'un rêve ou d'un souvenir qui revenait le hanter. Il se trouvait dans le boqueteau le jour de l'incendie, la bouteille d'essence à la main, quand une ombre était apparue sur le côté de la maison et avait descendu l'allée en courant.

Un vent violent soufflait et les branches s'agitaient dans tous les sens. Ned avait d'abord cru que c'était leur va-et-vient qui provoquait cette ombre... Mais soudain, elle avait pris forme, elle s'était transformée en une silhouette d'homme et il croyait même distinguer son visage.

Comme dans les rêves où Annie apparaissait, ceux où elle était si réelle qu'il pouvait même sentir son eau de toilette à la pêche.

C'était ça. Un rêve. C'était juste un rêve, n'est-ce pas ?

A cinq heures, comme les premières lueurs du jour pointaient derrière le store, Ned se leva. Il était tout courbaturé après avoir dormi dans le fauteuil, mais il avait surtout un chagrin atroce. Il voulait être avec Annie. Il avait besoin d'elle, mais elle était partie. Il traversa la pièce et alla chercher son fusil. Durant toutes ces années, il l'avait gardé caché derrière un bric-à-brac entassé dans leur garage. Il se rassit, les mains serrées autour du canon.

Le fusil l'emmènerait vers Annie. Quand il en aurait terminé avec ceux qui avaient provoqué sa mort, il irait la rejoindre.

Tout à coup, un souvenir lui revint. Le visage qui avait surgi dans l'allée cette nuit-là. Est-ce qu'il l'avait vu ou rêvé ?

Il s'installa plus confortablement et essaya de se rendormir, mais en vain. La brûlure de sa main s'était enflammée et lui faisait très mal. Il ne pouvait pas retourner aux urgences. Il avait entendu à la radio que le type qu'ils avaient arrêté à cause de l'incendie avait une brûlure à la main.

Il avait eu une sacrée veine de rencontrer le Dr Ryan dans le hall de l'hôpital. S'il s'était présenté aux urgences, quelqu'un aurait pu le signaler à la police. Et ils auraient découvert que, l'été précédent, il avait travaillé pour le jardinier de la propriété de Bedford. Malheureusement, il avait perdu l'ordonnance du Dr Ryan.

Et s'il tartinait du beurre sur sa main ? C'était ce qu'avait fait sa mère un jour, après s'être brûlée en allumant une cigarette à la flamme du fourneau.

Peut-être pourrait-il demander une autre ordonnance au Dr Ryan par téléphone ?

Mais le docteur risquait de faire le rapprochement, de se rappeler que Ned lui avait montré sa main brûlée quelques heures à peine après l'incendie.

Ned resta prostré dans son siège, incapable de se décider.

17

J'AVAIS découpé tous les articles concernant Nick Spencer dans le *Caspien Town Journal*. Je les parcourus après avoir parlé au téléphone avec Vivian Powers, et je découvris une photo prise au dîner du 15 février où on lui avait décerné le titre de citoyen éminent de la ville. La légende énumérait les noms des gens qui l'entouraient à la table d'honneur.

La liste comprenait le président du conseil d'administration de l'hôpital de Caspien, le maire de la ville, un sénateur d'Etat, un pasteur, ainsi que plusieurs personnalités locales, hommes et femmes, que l'on invite habituellement à ces réceptions dont le but est de recueillir des fonds.

Je notai leurs noms et cherchai leurs numéros de téléphone. Je voulais trouver la personne que Nick Spencer avait vue après avoir quitté le Dr Broderick. Mes chances étaient faibles, mais qui sait, peut-être s'agissait-il d'un des convives assis à sa table ? J'écartai pour le moment le maire et le président du conseil d'administration de l'hôpital. J'envisageai de m'entretenir avec l'une des femmes présentes à ce dîner.

Selon le Dr Broderick, Spencer était revenu à Caspien le lendemain matin à l'improviste et avait paru bouleversé en apprenant que le médecin n'était plus en possession des notes concernant les premières expériences de son père. Comme toujours, j'essayai de me mettre à la place de celui que je cherchais à comprendre. Voyons. Si j'avais été dans la situation de Nick, si je n'avais rien eu à cacher, j'aurais sur-le-champ regagné mon bureau et j'aurais mené une enquête.

La veille au soir, après avoir quitté Casey, je m'étais mise au lit, bien calée sur les oreillers, et j'avais étalé autour de moi le contenu du dossier Spencer. Or, parmi la quantité d'articles que j'avais recueillis, je n'avais rien trouvé, pas la moindre allusion au fait qu'il ait laissé chez le Dr Broderick les notes sur les premières expériences de son père.

Il est vrai que seul un petit nombre de personnes était susceptible de s'intéresser à ce type d'information. Cependant, à croire le Dr Celtavini et le Dr Kendall, ils ne semblaient pas au courant de l'existence de ces notes, et l'homme aux cheveux roux n'était pas un coursier habituel de la société.

Dans ce cas, comment quelqu'un d'extérieur à la société pouvait-il connaître l'existence de ces notes et, surtout, pourquoi aurait-il voulu se les approprier ?

Je passai trois coups de fil et laissai des messages. La seule personne que je pus joindre fut le révérend Howell, le pasteur presbytérien, qui avait prononcé quelques mots d'introduction au début du dîner. Il se montra aimable, mais précisa qu'il avait peu parlé avec Nick Spencer ce soir-là. « Je l'ai félicité naturellement. Par la suite, comme tout le monde, j'ai été attristé et choqué d'apprendre les malversations dont on l'accusait et les conséquences financières désastreuses qu'elles avaient sur l'hôpital.

— Mon révérend, au cours de ce genre de réunions, les invités ont coutume de se lever pendant le dîner et d'aller d'une table à une autre. Avez-vous remarqué si Nicholas Spencer s'était entretenu avec quelqu'un en particulier ?

— Je n'ai rien remarqué, mais je pourrais me renseigner si vous le désirez. »

Mon enquête ne progressait guère. J'appelai l'hôpital où l'on m'annonça que Lynn était partie.

D'après les journaux du matin, Marty Bikorsky avait été inculpé d'incendie volontaire et de mise en danger d'autrui par imprudence. Il avait été libéré sous caution. Son adresse était dans l'annuaire de White Plains. Je composai le numéro et laissai un message sur son répondeur. « Mon nom est Carley DeCarlo et je suis journaliste au *Wall Street Weekly*. Je vous ai vu à l'assemblée générale de Pierre-Gen et vous ne m'avez pas paru être le genre d'homme à mettre le feu à une maison. J'attends votre appel. J'aimerais vous aider. »

Mon téléphone sonna sitôt que j'eus raccroché. « Marty Bikorsky à l'appareil. » La voix était lasse et tendue. « Je ne pense pas que quelqu'un puisse m'aider, mais vous pouvez toujours essayer. »

Une heure et demie plus tard, je me garai devant chez lui, une maison ancienne à deux niveaux bien entretenue. Un drapeau américain flottait au sommet d'un mât planté sur la pelouse. Le temps était toujours aussi capricieux. La veille, la température avait atteint vingt-cinq degrés. Aujourd'hui, elle était redescendue à douze et le vent soufflait. Je regrettais de n'avoir qu'un chemisier sous ma veste printanière.

Bikorsky surveillait sans doute mon arrivée car la porte s'ouvrit avant même mon coup de sonnette. J'eus le cœur serré à la vue de son visage. Le pauvre garçon. Il avait l'air si abattu et fatigué que j'eus pitié de lui. Malgré tout, il fit un effort visible pour redresser les épaules et parvint à esquisser un sourire.

« Entrez, madame DeCarlo. Je suis Marty Bikorsky. »

Il me tendit la main, mais la retira aussitôt. Elle était recouverte d'un épais bandage. Je savais qu'il avait dit s'être brûlé à la flamme du fourneau.

L'étroit couloir menait à la cuisine. Le séjour donnait à droite de la porte d'entrée. « Ma femme a préparé du café, me dit-il. Si vous en désirez une tasse, nous pourrions nous installer à la table.

— Volontiers. »

Je le suivis dans la cuisine où une femme, le dos tourné, sortait un biscuit du four. « Rhoda, je te présente Mme DeCarlo.

— Appelez-moi Carley comme tout le monde, je vous en prie. »

Rhoda Bikorsky avait pratiquement mon âge et quelques centimètres de plus que moi. Une jolie silhouette, de longs cheveux blond foncé et des yeux d'un bleu profond. Elle avait les joues rouges et je me demandai si c'était son teint naturel ou si les bouleversements récents de sa vie avaient pesé sur sa santé.

Comme son mari, elle portait un jean et un sweat-shirt. Un sourire passa rapidement sur ses lèvres. « J'aurais bien voulu qu'on invente un surnom pour Rhoda. » Nous nous serrâmes la main. La cuisine était immaculée et accueillante. La table et les chaises étaient de style colonial et les tommettes me rappelèrent celles de la maison de mon enfance.

A l'invitation de Rhoda, je m'assis à la table, la remerciai pour le café et acceptai volontiers une tranche de gâteau. De ma place, je distinguais à travers le bow-window un jardinet derrière la maison. Un portique avec une balançoire trahissait la présence d'un enfant dans la famille.

Rhoda Bikorsky surprit mon regard.

« C'est Marty qui l'a construit de ses mains pour Maggie. Carley, je vais être franche avec vous. Vous ne nous connaissez pas. Vous êtes journaliste. Vous avez dit à Marty que vous aimeriez nous aider. J'ai une question très simple à vous poser : pourquoi ?

— J'étais présente à l'assemblée générale de Pierre-Gen. L'accès de colère de votre mari m'a paru être davantage la réaction d'un père égaré que celle d'un homme assoiffé de vengeance. »

Son visage s'adoucit.

« Vous l'avez mieux compris que les policiers qui enquêtent sur l'incendie. Si j'avais su ce qu'ils cherchaient à prouver, je ne leur aurais jamais parlé des insomnies de Marty et du fait qu'il se lève au milieu de la nuit pour aller griller une cigarette.

— Tu es toujours sur mon dos pour que je cesse de fumer, dit Bikorsky avec amertume. J'aurais dû t'écouter.

— D'après ce que j'ai lu, vous êtes allé directement de l'assemblée à la station-service où vous êtes employé. C'est exact ? »

Il hocha la tête.

« Je travaillais de trois à onze heures cette semaine-là. J'étais en retard, mais un copain m'avait remplacé. J'étais tellement hors de moi qu'en sortant du boulot je suis allé boire une ou deux bières avant de rentrer à la maison.

— Est-il vrai que dans ce bar vous avez menacé de mettre le feu à la maison des Spencer ? »

Il fit une grimace et secoua la tête.

« Ecoutez, je ne vais pas prétendre que d'avoir perdu tout cet argent ne m'avait pas perturbé. Je le suis toujours. Cette maison est notre seul bien et nous avons dû la mettre en vente. Mais je ne suis pas plus capable d'incendier la maison de quelqu'un que de mettre le feu à la mienne. Mon problème est que je parle trop.

— Ça, c'est le moins qu'on puisse dire ! »

Rhoda Bikorsky serra le bras de son mari, puis lui prit le menton dans sa main. « Tout cela va s'arranger, Marty. »

Il avait un accent de vérité qui ne trompait pas. Toutes les charges retenues contre lui n'étaient que des présomptions. « Vous êtes sorti pour fumer une cigarette dans la nuit de lundi à mardi, vers trois heures du matin ?

— Oui. C'est une habitude détestable, mais quand j'ai une insomnie, une ou deux cigarettes m'aident à retrouver mon calme. »

En regardant par la fenêtre je vis que le vent s'était levé. Un souvenir me revint soudain.

« Attendez, dis-je. Il a fait très froid cette nuit-là, avec des bourrasques. Etes-vous resté assis dehors ? »

Il hésita.

« Non, je suis allé m'asseoir dans la voiture.

— Dans le garage ?

— Elle était garée dans l'allée. J'ai fait tourner le moteur. »

Rhoda et lui échangèrent un regard. Elle lui signifiait clairement de ne pas en dire davantage. Le téléphone sonna. Visiblement heureux d'avoir un prétexte, il quitta la table. A son retour, il avait l'air sombre.

« Carley, c'était mon avocat. Il a explosé en apprenant que je vous avais laissée venir. Il m'a dit de ne pas prononcer un mot de plus.

— Papa, tu es fâché ? »

Traînant son doudou derrière elle, une fillette de trois ou quatre ans venait d'entrer dans la cuisine. Elle avait les longs cheveux blonds et les yeux bleus de sa mère, mais son teint était d'une pâleur extrême. Elle semblait si fragile, si frêle, qu'elle me rappela ces poupées de porcelaine que j'avais vues un jour exposées dans un musée.

Bikorsky se pencha et la prit dans ses bras.

« Je ne suis pas fâché, mon bébé. Est-ce que tu as bien dormi ?

— Hm-hm. »

Il se tourna vers moi.

« Carley, voici notre Maggie.

— Papa, tu dis toujours que je suis ton petit *trésor*. »

Il prit une mine contrite.

« Comment ai-je pu oublier ? Carley, voici notre petit *trésor*, Maggie. Maggie, je te présente Carley. »

Je pris la petite main qu'elle me tendait.

« Je suis très heureuse de vous connaître, Carley », dit-elle.

Son sourire était nostalgique.

J'espérais que les larmes ne me monteraient pas aux yeux. Il était visible qu'elle était gravement malade.

« Bonjour, Maggie, je suis très heureuse de te connaître, moi aussi.

— Je vais te préparer ton chocolat pendant que maman raccompagne Carley », proposa Marty.

Elle tapota sa main bandée.

« Promets-moi de ne pas te brûler la main en le faisant réchauffer, papa.

— Promis, ma princesse. » Il me regarda. « Vous pouvez publier ça si vous voulez, Carley.

— C'est mon intention », dis-je doucement.

Rhoda me raccompagna à la porte.

« Maggie a une tumeur au cerveau. Savez-vous ce que les médecins nous ont dit il y a trois mois ? Ils nous ont dit : Ramenez-la chez vous et profitez d'elle. Qu'elle ne subisse ni chimio ni rayons, n'écoutez pas les charlatans qui vous proposeront des traitements extravagants, parce qu'ils seront sans effet. Ils ont dit que Maggie ne serait plus là à Noël prochain. » La rougeur de ses joues s'accentua. « Carley, écoutez-moi. Quand vous implorez le ciel matin, midi et soir comme nous le faisons, Marty et moi, pour qu'il épargne votre unique enfant, vous n'allez pas encourir la colère de Dieu en mettant le feu à la maison de quelqu'un d'autre. »

Elle se mordit les lèvres pour réprimer un sanglot.

« C'est moi qui ai convaincu Marty de contracter ce second emprunt. J'étais allée au centre de soins palliatifs de St. Ann pour rendre visite à une amie mourante. Nicholas Spencer y travaillait comme bénévole. C'est là que je l'ai rencontré. Il m'a parlé du vaccin qu'il était en train de mettre au point. Il était sûr qu'il guérirait le cancer. C'est alors que j'ai persuadé Marty de mettre toutes nos économies dans sa société.

— Vous avez rencontré Nicholas Spencer au centre de soins palliatifs ? Il y était... bénévole ? »

J'étais tellement interdite que j'en bafouillais.

« Oui. Puis pas plus tard que le mois dernier, quand nous avons su pour Maggie, je suis allée le revoir. Il m'a dit que le vaccin n'était pas prêt. Qu'il ne pouvait rien faire pour elle. Comment croire qu'un homme aussi convaincant puisse vous tromper, risquer... » Elle secoua la tête et porta la main à sa bouche, étouffant ses sanglots : « Ma petite fille va mourir !

— Maman.

— J'arrive, chérie. »

Rhoda tamponna fiévreusement les larmes qui coulaient maintenant le long de ses joues.

J'ouvris la porte.

131

« Mon instinct m'avait portée à croire Marty inno-cent, dis-je. Maintenant que je vous ai rencontrés tous les deux, je vous promets que s'il existe un moyen de vous venir en aide, je le découvrirai. »

Je lui serrai la main et la quittai.

Sur le trajet du retour vers New York, j'appelai chez moi et écoutai mon répondeur. Le premier message me glaça. « Bonjour, madame, c'est Milly. C'est moi qui vous ai servie au snack-bar de Caspien hier. Je sais que vous êtes allée voir le Dr Broderick ensuite et j'ai pensé que vous aimeriez être préve-nue qu'il a été renversé par un chauffard pendant qu'il faisait son jogging ce matin. Il est dans le coma. On pense qu'il ne survivra pas. »

18

J e conduisis au radar sur le chemin du retour. Incapable de penser à autre chose qu'à l'accident dont avait été victime le Dr Broderick. *Etait-ce vraiment un accident ?*

La veille, après ma conversation avec lui, j'étais allée directement au siège de Pierre-Gen et j'avais posé quelques questions pour savoir qui avait envoyé chercher ces documents. J'avais parlé au Dr Celtavini et au Dr Kendall. J'avais demandé à la réception s'ils employaient d'autres services de coursiers et fait la description d'un homme aux cheveux brun roux tel qu'il m'avait été dépeint par le Dr Broderick. Et ce matin, quelques heures plus tard, le Dr Broderick avait été agressé par un chauffard. J'employais délibérément le mot agressé plutôt que renversé.

Je composai le numéro de téléphone du snack-bar de Caspien depuis ma voiture et parlai à Milly. Elle me raconta que l'accident s'était produit vers six heures du matin dans le parc municipal, près de chez lui.

Elle ajouta : « A ce qu'on dit, la police pense que

133

le type était bourré ou quelque chose de ce genre. Il a fallu qu'il franchisse toute la chaussée pour venir heurter le docteur. C'est monstrueux, non ? »

Arrivée chez moi, je me changeai, enfilai un pull confortable, un pantalon de toile et des tennis. A cinq heures, je me servis un verre de vin accompagné de crackers et de fromage, m'installai dans le fauteuil, les pieds posés sur le pouf, et réfléchis aux événements de la journée.

Voir cette enfant qui n'avait que quelques mois à vivre avait ravivé en moi le douloureux souvenir de Patrick. Si j'avais eu le choix, aurais-je préféré garder Patrick pendant quatre ans pour le perdre ensuite ? Etait-il plus facile de l'avoir vu partir au bout de quelques jours avant qu'il ne devienne le centre de mon existence, comme Maggie l'était pour Marty et Rhoda Bikorsky ? Si seulement... si seulement Patrick n'était pas né avec une malformation cardiaque. Si seulement les cellules cancéreuses qui avaient envahi le cerveau de Maggie avaient pu être détruites...

A quoi bon tous ces « si » puisqu'il n'y avait pas de réponse ? Nous ne saurons jamais, puisque le sort en a décidé autrement. Patrick aurait dix ans aujourd'hui. Intérieurement, je l'imagine tel qu'il aurait été s'il avait vécu. Il aurait des cheveux bruns, comme Greg, son père. Il serait probablement grand pour son âge. Greg est grand et, à en juger par la taille de mes parents et de mes grands-parents, je dois avoir un gène récessif dans ce domaine. Il aurait des yeux bleus, comme les miens, ceux de Greg sont gris foncé. J'aurais aimé qu'il ait mes traits parce que je ressemble à mon père qui était le plus merveilleux — et le plus beau — des hommes.

C'est étrange. Mon bébé, qui a vécu quelques jours à peine, est toujours présent dans mon cœur, tandis que Greg, qui était au lycée en même temps que moi, avec qui j'ai été mariée pendant une année, est devenu vague et sans consistance. A la vérité, il me reste surtout de lui une interrogation : comment ai-je pu être assez aveugle pour ne pas m'apercevoir dès le début qu'il était si superficiel ? Incapable de prendre son bébé dans ses bras. Un joli bébé de deux kilos et demi avec son cœur blessé, pourtant trop lourd pour que son père puisse le porter.

J'espère qu'une seconde chance me sera donnée. Je voudrais fonder une famille, un jour. Je prie le Seigneur de m'aider à être plus lucide, à ne pas commettre une autre erreur. Je sais que je suis trop impulsive. Marty Bikorsky m'a d'emblée paru sympathique. J'ai éprouvé de la compassion pour lui et c'est cette raison qui m'a amenée à lui rendre visite. Et à le croire innocent.

C'est comme Nicholas Spencer. Lorsque je l'ai rencontré il y a un an, je l'ai trouvé d'instinct sympathique et je l'ai admiré. Aujourd'hui, je ne connais qu'une petite fraction des préjudices qu'il a causés à une quantité de gens. Il a ruiné leur vie, non seulement en réduisant à néant leur sécurité financière, mais en détruisant leur espoir que son vaccin pourrait guérir du cancer ceux qu'ils aimaient.

A moins qu'il n'existe une autre explication.

L'homme aux cheveux brun roux qui a emporté les dossiers du Dr Spencer fait partie de cette explication. J'en suis certaine. Se pourrait-il que le Dr Broderick ait été attaqué parce qu'il pouvait l'identifier ?

J'avais besoin de m'éclaircir les idées. Je sortis et marchai d'un pas rapide jusqu'à un petit restaurant sans prétention dans le Village où je commandai des linguini aux coques. Manger calma la migraine qui me guettait, mais n'apaisa nullement mon abattement. J'étais consternée à la pensée que ma visite au Dr Broderick pourrait lui avoir lui coûté la vie.

Je me réveillai le lendemain en meilleure forme. J'aime les dimanches matin, lire la presse au lit tout en savourant mon café. A neuf heures, j'allumai la radio pour écouter les nouvelles. Tôt dans la matinée à Porto Rico, des enfants, qui pêchaient à bord d'une barque près de l'endroit où s'était écrasé l'avion de Spencer, avaient trouvé un lambeau de chemise d'homme bleue taché de sang et à moitié calciné. Le présentateur disait que le financier disparu, Nicholas Spencer, accusé d'avoir détourné des millions de dollars au détriment de sa société de recherche médicale, portait une chemise de sport bleue au moment où il avait quitté l'aérodrome du comté de Westchester, quelques semaines auparavant. Le morceau d'étoffe était en cours d'analyse avant d'être comparé aux chemises de sport Paul Stuart, le chemisier de Madison Avenue où Spencer se fournissait. Une équipe de plongeurs s'apprêtait à redescendre à la recherche du corps en se concentrant sur l'endroit indiqué.

Je téléphonai à Lynn chez elle et m'aperçus que je l'avais réveillée. Sa voix était ensommeillée et grognon, mais son intonation changea dès qu'elle me reconnut. Je lui fis part des dernières nouvelles. Elle demeura silencieuse un moment, puis dit tout bas :

« Carley, j'ai tellement cru qu'on le retrouverait en vie, que toute cette histoire n'était qu'un affreux cauchemar et que j'allais me réveiller avec lui à mon côté.

— Etes-vous seule en ce moment ?

— Naturellement ! s'écria-t-elle indignée. Pour qui me prenez-vous ? »

Je l'interrompis :

« Lynn, je demande seulement si vous avez auprès de vous une femme de ménage ou quelqu'un pour vous aider pendant votre convalescence ! »

C'était mon tour de prendre un ton vexé. Comment pouvait-elle me croire capable d'insinuer qu'il y avait un homme dans les parages ?

« Oh, Carley, excusez-moi. La domestique est généralement en congé le dimanche, mais elle m'a proposé de venir un peu plus tard dans la journée.

— Aimeriez-vous avoir de la compagnie ?

— Avec plaisir. »

Nous convînmes de nous retrouver chez elle vers onze heures. J'étais sur le pas de la porte lorsque Casey téléphona. « As-tu entendu les dernières nouvelles concernant Spencer ?

— Oui.

— Cela devrait mettre fin aux rumeurs qui le disent encore en vie.

— Probablement. »

Je revis en esprit le visage de Nicholas Spencer. Pourquoi avais-je espéré qu'il réapparaîtrait inopinément, apportant des explications qui dissiperaient un terrible malentendu ?

« Il faut que je te quitte, j'ai rendez-vous avec Lynn.

— OK. A bientôt. »

Si j'avais espéré passer un moment tranquille en compagnie de Lynn, c'était raté. Je trouvai Charles Wallingford auprès d'elle, ainsi que deux hommes, les avocats de Pierre-Gen. Ils se tenaient dans le salon.

Lynn était vêtue d'un pantalon de sport beige parfaitement coupé et d'un chemisier imprimé de couleur pastel. Ses cheveux blonds, coiffés en arrière, dégageaient son visage. Elle était légèrement maquillée. Les bandages de ses mains étaient réduits à une simple gaze appliquée sur chacune de ses paumes. Elle portait des mules transparentes à travers lesquelles apparaissaient les pansements adhésifs qui lui recouvraient encore les pieds.

Je déposai gauchement un baiser sur sa joue, reçus un accueil glacial de la part de Wallingford et un signe de tête poli des deux avocats, sérieux comme des papes dans leurs costumes trois-pièces.

« Carley, expliqua Lynn, nous étions en train de mettre au point une déclaration à l'intention des médias. Nous n'en avons pas pour longtemps. Il est à craindre que nous soyons inondés d'appels téléphoniques. »

Je croisai le regard de Charles Wallingford. Je devinais ce qu'il pensait. Qu'est-ce que je fabriquais à les observer pendant qu'ils concoctaient une déclaration destinée aux médias ? N'étais-je pas moi-même une représentante de la presse ?

« Lynn, dis-je, ma place n'est pas ici. Je reviendrai plus tard.

— Carley, je veux que vous restiez. »

Durant une seconde, elle parut perdre son sang-froid naturel.

« J'ignore ce que Nick n'a pas eu le courage d'affronter, mais je sais qu'il était sincère quand il a créé sa société. Je suis sûre qu'il croyait dans son vaccin, qu'il voulait donner à tous ces gens l'occasion de participer à son succès financier. Je veux leur faire comprendre que je n'ai jamais été associée à une quelconque escroquerie. Mais je veux aussi qu'ils sachent que Nick n'avait pas l'intention de les voler. Au début, du moins. Et croyez-moi, Carley, il ne s'agit pas d'une opération de relations publiques. »

Il me déplaisait néanmoins d'être incluse dans cette opération, et j'allai m'asseoir à l'écart, près de la fenêtre et examinai la pièce. Les murs étaient d'un jaune soleil, le plafond et les moulures peints en blanc. Les deux canapés étaient houssés d'un tissu jaune et vert à motifs blancs. Une paire de fauteuils en tapisserie se faisaient face de chaque côté de la cheminée. Le grand bureau anglais et les tables d'appoint avaient la patine des meubles anciens. Les fenêtres de gauche donnaient sur Central Park. Le soleil brillait et les arbres étaient en pleine floraison. Une foule nombreuse avait envahi le parc, des gens qui couraient, marchaient ou restaient simplement assis sur les bancs à profiter de la journée.

Le décor de la pièce avait été conçu pour marier intérieur et extérieur. Il était coloré et printanier, plus décontracté que je ne l'aurais imaginé de la part de Lynn. En réalité, l'appartement était très différent de ce que j'attendais. Bien que spacieux, c'était davantage un endroit où il faisait bon se tenir en famille que le cadre luxueux d'un riche business-man.

Je me souvins alors qu'il avait été acheté par Nick et sa première femme et que Lynn avait voulu le vendre et déménager. Lynn et Nick étaient mariés depuis quatre ans. Se pouvait-il qu'elle n'ait pas refait la décoration à son goût parce qu'elle n'avait pas l'intention de rester ? J'aurais parié que c'était là l'explication.

Un instant plus tard, la sonnette de la porte retentit. Je vis la femme de chambre passer devant la salle de séjour pour aller ouvrir, mais Lynn sembla ne s'apercevoir de rien. Charles Wallingford et elle étaient occupés à comparer leurs notes. Elle lut à voix haute :

« D'après nos informations, il semblerait que le lambeau de vêtement retrouvé tôt ce matin, à deux milles de Porto Rico, provienne de la chemise que portait mon mari quand il a quitté l'aéroport de Westchester. Durant ces trois longues semaines, j'ai jour après jour conservé l'espoir qu'il avait miraculeusement survécu à l'accident et reviendrait personnellement se défendre des accusations portées contre lui. Il était absolument convaincu d'avoir

140

découvert un vaccin capable de prévenir et de guérir le cancer. Je suis sûre que les fonds qu'il a retirés, même sans autorisation, auraient été utilisés dans ce but, et dans ce but seulement.

— Lynn, je suis navré, mais je dois vous dire que la réponse à cette déclaration sera : "De qui vous moquez-vous ?" » Bien que le ton fût bienveillant, Lynn s'empourpra et laissa tomber la feuille qu'elle tenait.

« Adrian ! » s'exclama-t-elle.

Pour qui appartenait au monde de la finance, le nouveau venu n'avait pas besoin d'être présenté, comme le disent les animateurs de la télévision quand ils reçoivent des célébrités. Je le reconnus sur-le-champ. Adrian Nagel Garner, seul et unique propriétaire de la Garner Pharmaceutical Company et philanthrope de stature internationale. De taille moyenne, plutôt mince, la cinquantaine bien sonnée, des cheveux grisonnants et des traits banals, bref le type d'homme qui passe inaperçu dans la foule. Personne ne connaissait l'importance de sa fortune. Il se refusait à toute publicité, mais les rumeurs allaient bon train. Les gens parlaient avec émerveillement de sa maison dans le Connecticut avec sa somptueuse bibliothèque, son théâtre de quatre-vingts places, son studio d'enregistrement et son gymnase, pour ne nommer qu'une partie des aménagements. Deux fois divorcé, père d'enfants aujourd'hui adultes, il avait, disait-on, une liaison avec une héritière britannique.

C'était sa société qui avait offert un milliard de dollars pour obtenir les droits de distribution de Pierre-Gen à condition que le vaccin reçoive l'aval de la FDA. Je savais qu'un de ses cadres siégeait au conseil de Pierre-Gen, mais il ne s'était pas manifesté lors de l'assemblée générale. Adrian Nagel Garner n'avait certainement pas envie que sa compagnie se retrouve liée par la suite au scandale de Pierre-Gen dans l'esprit du public.

Il était visible que Lynn ne s'attendait pas à sa visite. Elle sembla déconcertée. « Adrian, quelle bonne surprise », dit-elle. Elle en bégayait presque.

« Je montais déjeuner chez les Parkinson quand je me suis aperçu que vous habitiez le même immeuble et j'ai décidé de passer vous voir. J'ai entendu la nouvelle ce matin. »

Il se tourna vers Wallingford. « Bonjour, Charles. » Il y avait une nette froideur dans son salut. Il gratifia les deux avocats d'un vague signe de tête puis se tourna vers moi.

« Adrian, je vous présente ma demi-sœur, Carley DeCarlo », dit Lynn. Elle n'avait pas retrouvé son aplomb. « Carley écrit un article sur Nick pour le *Wall Street Weekly.* »

Il resta silencieux et me regarda d'un air interrogateur. Je me reprochai amèrement de n'avoir pas tourné les talons dès la minute où j'avais vu Wallingford et les avocats.

« Je suis passée voir Lynn dans la même intention que vous, monsieur Garner, dis-je d'un ton sec. Pour lui faire part de ma tristesse lorsque j'ai appris qu'il était désormais certain que Nick était mort dans le crash de l'avion.

— Je ne partage pas cet avis, madame DeCarlo, dit Adrian Garner. Je ne pense pas qu'il y ait une quelconque certitude. Pour une personne qui croira que ce bout de chemise est la preuve de sa mort, dix autres diront que Nick l'a intentionnellement abandonné dans la zone où ont été découverts les débris de l'appareil. Les actionnaires et les employés sont déjà suffisamment amers et furieux, et vous admettrez comme moi que Lynn a assez souffert de leur ressentiment. Tant que le corps de Nick Spencer ne sera pas retrouvé, elle ne devrait rien dire qui puisse être interprété comme une tentative de pression sur le public. L'attitude la plus digne et la plus convenable, à mon sens, serait de dire simplement : "Je ne sais quoi penser." »

Il se tourna vers Lynn.

« Lynn, vous ferez ce qui vous semblera approprié, naturellement. Je voulais simplement vous assurer de ma sympathie. »

Avec un signe de tête poli à l'intention du reste de l'assistance, l'un des hommes les plus riches et les plus puissants du pays se retira.

Wallingford attendit d'entendre claquer la porte d'entrée pour s'exclamer :

« Pour qui se prend-il ?

— Il se peut qu'il ait raison », dit doucement Lynn.

Wallingford haussa les épaules.

« Il n'y a rien qui soit dicté par la raison dans tout ce gâchis », fit-il. Il se reprit. « Lynn, je suis désolé, mais vous comprenez ce que je veux dire.

— Oui, je comprends.

— Le plus cruel est que j'aimais sincèrement Nick, dit Wallingford. J'ai travaillé avec lui pendant huit ans et ce fut un privilège pour moi. Tout ce qui s'est passé me paraît tellement incroyable. » Il

143

secoua la tête, se tourna vers les avocats et haussa les épaules. « Lynn, je vous tiendrai au courant si nous en apprenons davantage. »

Elle se leva avec peine et je compris en voyant son visage se crisper qu'elle avait encore du mal à se tenir debout.

Malgré son épuisement, elle m'invita à rester un moment avec elle et m'offrit un Bloody Mary. Elle avait besoin de se détendre et nous évoquâmes nos liens familiaux. Je lui dis que j'avais téléphoné à son père mardi, à mon retour de l'hôpital, pour lui donner de ses nouvelles.

« J'ai parlé à papa le jour où on m'a emmenée à l'hôpital, ainsi que le lendemain, dit Lynn. Puis je lui ai dit que je préférais ne plus téléphoner. J'avais besoin de me reposer. J'ai promis de le rappeler pendant le week-end. Je le ferai un peu plus tard dans l'après-midi, après avoir pris un peu de repos. »

Je me levai, posai mon verre vide et la quittai.

Il faisait si beau que je décidai de parcourir à pied les deux miles qui me séparaient de chez moi. Marcher m'éclaircit toujours les idées et j'avais besoin de me concentrer. Ces quelques minutes avec Lynn donnaient matière à réflexion. A ma deuxième visite à l'hôpital, je l'avais trouvée en train de téléphoner. Au moment de raccrocher, elle avait murmuré : « Je t'aime, moi aussi. » Et en me voyant apparaître dans la chambre, elle avait dit qu'elle téléphonait à son père.

Se trompait-elle sur la date ? Ou y avait-il quelqu'un d'autre à l'autre bout de la ligne ? Une amie, peut-être. Il m'arrive de clore une conversation par un mot affectueux avant de raccrocher. Mais il y a manière et manière de dire « je t'aime moi aussi » et le ton de Lynn était assez éloquent.

Une hypothèse troublante me traversa l'esprit : Mme Nicholas Spencer était-elle ce jour-là en train de s'entretenir affectueusement avec son mari disparu ?

19

ARLEY DeCarlo. Il devait trouver où elle habitait. Elle était la demi-sœur de Lynn Spencer, c'était tout ce qu'il savait d'elle. Pourtant il avait l'impression que son nom ne lui était pas inconnu, qu'Annie l'avait mentionné devant lui. A quelle occasion ? Comment Annie aurait-elle pu la connaître ? Avait-elle été une de ses patientes à l'hôpital ? C'était possible.

Maintenant qu'il avait concocté son plan, nettoyé et chargé son fusil, Ned se sentait plus calme. Il commencerait par Mme Morgan. Une proie facile. Elle verrouillait toujours sa porte, mais il monterait à l'étage et lui annoncerait qu'il avait un cadeau pour elle. Il ferait vite. Avant de tirer, il lui dirait bien en face qu'elle n'aurait pas dû mentir en prétextant vouloir reprendre l'appartement pour son fils.

Ensuite, il irait en voiture à Greenwood Lake avant le lever du jour. Mme Schafley et les Harnik. Plus facile que de tirer des écureuils, car il les surprendrait au lit. Les Harnik avaient la manie de laisser entrouverte la fenêtre à guillotine de leur chambre. Il soulèverait le châssis et enjamberait l'appui avant même qu'ils sachent ce qui leur arrivait. Et il n'aurait même pas besoin de pénétrer à l'intérieur de la maison de Mme Schafley. Il lui suffirait de se poster devant la fenêtre de sa chambre et de braquer une lampe-torche sur elle. Elle se réveillerait, il dirigerait ensuite le faisceau de la lampe vers son propre visage afin qu'elle puisse le voir et comprendre ce qu'il allait faire. Puis il tirerait.

Lorsque la police mènerait son enquête, elle commencerait par l'interroger. C'était sûr. Mme Schafley avait probablement raconté en ville à qui voulait l'entendre qu'il avait proposé de lui louer une chambre. « Quel toupet quand même ! » C'était ce qu'elle dirait. Elle utilisait toujours cette expression quand elle se plaignait de quelqu'un. « Quel toupet quand même ! » avait-elle dit à Annie le jour où le gamin qui tondait sa pelouse lui avait demandé une augmentation. Et quand le livreur de journaux avait insinué qu'elle avait oublié de lui donner ses étrennes à Noël.

Que penserait-elle pendant la seconde qui précéderait le coup de feu ? Quel toupet quand même de me tuer ?

Il savait où habitait Lynn Spencer. Mais il lui fallait découvrir où logeait sa demi-sœur. Carley DeCarlo. Pourquoi diable ce nom lui paraissait-il si familier ? Annie lui en avait-elle parlé ? Avait-elle lu quelque chose à son sujet ? « C'est ça », murmura Ned. Carley DeCarlo tenait une chronique dans le journal du dimanche qu'Annie lisait régulièrement.

On était dimanche aujourd'hui.

148

Il alla dans la chambre. Le dessus-de-lit en piqué auquel Annie était tellement attachée était toujours en place. Il n'y avait pas touché. Il la revoyait ce matin-là, tirant les coins avec soin afin qu'ils retombent de façon égale, rentrant le surplus de tissu sous les oreillers.

Il aperçut un ancien supplément du dimanche qu'Annie avait laissé plié sur sa table de nuit. Il s'en empara et l'ouvrit, tourna lentement les pages. Il vit enfin son nom et sa photo : Carley DeCarlo. Elle tenait une chronique financière. Annie lui avait posé une question un jour et elle avait attendu en vain de trouver la réponse dans sa rubrique. Annie avait néanmoins continué à apprécier ses articles et elle lui en lisait parfois des extraits. « Ecoute ça, Ned. Elle dit qu'on perd beaucoup d'argent à trop acheter à tempérament. »

L'année passée, Annie s'était fichue en rogne parce qu'il avait acheté à crédit une nouvelle boîte d'outillage. Il avait acquis une vieille voiture chez un casseur avec l'intention de la remettre en état. Il lui avait dit que le prix des outils n'avait aucune importance. Il pouvait les rembourser sur une longue période. C'est alors qu'elle lui avait lu l'article.

Ned examina attentivement la photo de Carley DeCarlo. Une pensée lui vint. Ce serait drôlement jouissif de lui faire peur à elle aussi. Depuis ce jour de février où elle avait découvert que la maison était vendue jusqu'à celui où le camion avait percuté sa voiture, Annie avait été inquiète et nerveuse. Elle pleurait tout le temps. « Si ce vaccin ne voit pas le jour, nous n'aurons plus rien, Ned, rien », répétait-elle sans cesse.

Pendant des semaines entières Annie s'était tourmentée. Ned voulait que Carley DeCarlo souffre de la même manière, qu'elle ait peur. Et il savait comment s'y prendre. Il lui enverrait un e-mail : « Préparez-vous au Jugement dernier. »

Il avait besoin d'un peu d'air frais. Il allait prendre le bus, se rendre en ville, passer devant l'endroit où habitait Lynn Spencer, un immeuble de luxe sur la Cinquième Avenue. Il lui suffisait de savoir qu'elle était peut-être à l'intérieur pour avoir la sensation qu'il la tenait dans sa ligne de mire.

Une heure plus tard, Ned était posté en face de l'entrée de l'immeuble de Lynn Spencer. Il se tenait là depuis moins d'une minute quand il vit le portier ouvrir la porte et Carley DeCarlo sortir. D'abord, il crut rêver comme il avait rêvé l'homme qui courait hors de la maison de Bedford avant qu'elle ne s'embrase.

Il la suivit. Elle parcourut un long trajet, jusqu'à la 37e Rue, avant de traverser en direction de l'est. Finalement, elle gravit les marches d'une des anciennes maisons particulières typiques de ce quartier et il sut qu'elle était rentrée chez elle.

Maintenant, je sais où elle habite, pensa Ned, et quand j'estimerai le moment venu, elle aura droit au même traitement que les Harnik et Mme Schafley. Pas plus difficile que de tirer un écureuil.

20

« C'EST plutôt inquiétant de constater à quel point Adrian Garner avait deviné juste, hier », dis-je à Don et à Ken le lendemain matin.

Arrivés tous les trois de bonne heure, nous nous étions retrouvés dans le bureau de Ken pour boire un café.

Comme l'avait prévu Garner, le bruit s'était rapidement répandu que le lambeau de chemise n'était qu'un stratagème utilisé par Spencer pour camoufler sa fuite. La presse populaire s'en donnait à cœur joie.

Des photos de Lynn s'étalaient en première page du *New York Post* et en page trois du *Daily News*. Elles avaient visiblement été prises la veille, devant la porte de son immeuble et, sur chacune, Lynn paraissait à la fois très belle et émouvante. Ses yeux étaient gonflés par les larmes. Elle tenait sa main gauche ouverte, montrant discrètement le pansement qui lui recouvrait la paume. Son autre main s'appuyait au bras de sa fidèle domestique. Le titre du *Post* disait : « Mme Spencer ignore si son mari a coulé ou regagné la côte. » Celui du *News* : « En larmes, Mme Spencer avoue : "Je ne sais que penser." »

J'avais appelé l'hôpital plus tôt et appris que le Dr Broderick était toujours dans un état critique. Je décidai de mettre Ken et Don au courant et de leur faire part de mes soupçons.

« Tu crois donc que l'accident de Broderick pourrait avoir un lien avec la conversation que tu as eue avec lui, concernant ces documents ? » demanda Ken.

Dès que nous avions commencé à travailler ensemble, j'avais remarqué que Ken ôtait toujours ses lunettes lorsqu'il gambergeait. Il les ôtait par intermittence et les balançait dans sa main droite, exactement comme maintenant. Une barbe naissante noircissait son menton et ses joues, indiquant qu'il avait décidé de la laisser pousser, à moins qu'il n'ait été anormalement pressé ce matin. Il portait une chemise rouge mais, quand je le regardais, je l'imaginais en blouse blanche avec un bloc d'ordonnances pointant hors de sa poche et un stéthoscope au cou. Barbu ou non, vêtu de rouge ou de blanc, Ken a toujours l'air d'un toubib.

« Tu as peut-être raison au fond, continua-t-il. Tout le monde sait que la concurrence est féroce entre les sociétés pharmaceutiques. La première à mettre sur le marché un médicament efficace contre le cancer vaudra des milliards.

— Ken, pourquoi se donnerait-on la peine de voler les notes d'un bonhomme qui n'était même pas biologiste ? objecta Don.

— Nicholas Spencer a toujours affirmé que les

dernières recherches de son père avaient été à la base de ses travaux sur le vaccin qu'il voulait développer. Quelqu'un a peut-être imaginé que les dossiers antérieurs contenaient quelque chose d'intéressant », suggéra Ken.

Je partageais son hypothèse.

« Le Dr Broderick était le seul lien entre ces dossiers et l'homme qui les a emportés, dis-je. Etaient-ils importants au point qu'on tente de le tuer, de peur qu'il puisse identifier l'individu aux cheveux roux ? N'est-ce pas la preuve que ledit individu craint que l'on retrouve sa trace ? Il fait peut-être partie de Pierre-Gen, ou y connaît quelqu'un suffisamment proche de Nick Spencer pour avoir eu connaissance de l'existence de Broderick et des dossiers.

— Reste une autre possibilité que nous ne pouvons écarter, dit lentement Don. C'est que Nick Spencer en personne ait envoyé un sbire reprendre ces papiers, puis feint d'être surpris par leur disparition devant Broderick. »

Je le regardai, interdite.

« Pour quelle raison l'aurait-il fait ?

— Carley, Spencer est, ou était, un escroc qui possédait juste ce qu'il fallait de connaissances en microbiologie pour trouver le financement d'une start-up, mettre à sa tête un homme comme Wallingford – dont la meilleure référence est d'avoir mené à la ruine l'affaire familiale –, faire entrer au conseil d'administration une bande de crétins incapables de distinguer leur droite de leur gauche et, enfin, prétendre qu'il était sur le point de trouver le traitement définitif contre le cancer. Il a donné le change pendant huit ans. Il menait un train relativement modeste pour un type dans sa situation. Tu veux savoir pourquoi ? Parce qu'il savait que son truc ne pouvait pas marcher et qu'il amassait une fortune dans l'intention de se barrer quand son château de cartes s'écroulerait. En outre, ça l'aurait arrangé de faire croire qu'on avait volé des informations importantes et qu'il était victime d'une machination. A mon avis, c'est en pensant aux médias qu'il feignait de tout ignorer de la disparition des fameuses notes. Il imaginait déjà ce que l'on écrirait à son sujet.

— Et l'élimination du Dr Broderick fait partie du scénario ?

— Tu vas voir qu'on va découvrir qu'il s'agit d'une coïncidence. Je suis certain que les stations-service et les carrossiers de la région ont été alertés et priés de signaler à la police les bagnoles endommagées leur paraissant suspectes. Ils vont mettre la main sur un mec qui a forcé sur la bouteille ou un gosse qui a appuyé un peu trop sur le champignon.

— C'est possible si le chauffard est un type du coin, dis-je. Mais ça m'étonnerait. »

Je me levai.

« Et maintenant, je vais voir si la secrétaire particulière de Spencer accepte de me parler. Ensuite, j'irai faire un tour dans ce service de soins palliatifs où Nick Spencer a travaillé bénévolement. »

Vivian Powers avait pris un jour de congé. Je l'appelai chez elle et sa réaction fut immédiate : « Je ne

154

désire pas parler de Nicholas Spencer. » *Clac...* Il ne me restait plus qu'à aller sonner à sa porte.

Avant de quitter mon bureau, je consultai mes e-mails. La plupart concernaient ma chronique, la routine habituelle. Deux, cependant, me frappèrent. Le premier était ainsi rédigé : « *Préparez-vous au Jugement dernier.* »

Ce n'est pas une menace, me dis-je. Probablement l'œuvre d'un fanatique religieux, un genre de message prophétique. Je ne m'y attardai pas, sans doute parce que le second e-mail me laissa interloquée. « *Qui est l'homme qui se trouvait dans la maison de Lynn Spencer une minute avant qu'elle ne prenne feu ?* »

Qui pouvait avoir vu quelqu'un sortir de la maison avant l'incendie ? Celui qui l'avait provoqué ? Une pensée me traversa l'esprit : le couple de gardiens ne s'attendait pas au retour de Lynn ce soir-là, mais avaient-ils vu quelqu'un sortir de la maison ? Dans ce cas, pourquoi ne s'étaient-ils pas manifestés ? Parce qu'ils étaient en situation irrégulière dans le pays et craignaient d'être expulsés ? C'était une possibilité.

J'avais désormais trois visites à faire dans le comté de Westchester.

Je choisis de commencer par Vivian et Joel Powers à Briarcliff Manor, une des agglomérations voisines de Pleasantville. A l'aide d'un plan, je trouvai leur maison, une charmante construction de pierre d'un étage datant sans doute du début du XIXᵉ siècle. L'écriteau d'une agence immobilière était planté au milieu de la pelouse : À VENDRE.

Croisant les doigts comme le jour où je m'étais

présentée à l'improviste chez le Dr Broderick, je sonnai. Il y avait un judas percé dans la lourde porte et je me sentis observée. Puis le battant s'entrouvrit, bloqué par la chaîne de sûreté.

La femme qui se tenait dans l'entrebâillement était une véritable beauté, brune, âgée d'une trentaine d'années. Elle n'était pas maquillée et n'en avait pas besoin. Ses yeux marron étaient bordés de longs cils noirs. En voyant son nez et sa bouche au dessin délicat, ses pommettes hautes, je me demandai si elle avait jamais été mannequin. En tout cas, elle en avait l'apparence.

« Je m'appelle Carley DeCarlo, dis-je. Etes-vous Vivian Powers ?

— Oui, et je vous ai déjà signifié que je ne voulais pas vous parler », répondit-elle.

La voyant prête à refermer la porte, je dis précipitamment :

« J'essaye d'écrire un article honnête et sans préjugé sur Nicholas Spencer. Je suis convaincue qu'il y a derrière sa disparition beaucoup plus que ce qui est rapporté par les médias. Lorsque je vous ai téléphoné samedi, j'ai eu le sentiment que vous étiez sur la défensive.

— En effet. Au revoir, madame DeCarlo. Et s'il vous plaît, ne revenez pas. »

Il me restait une petite chance.

« Madame Powers, je suis allée à Caspien vendredi, dans la ville où Nick Spencer a passé sa jeunesse. J'ai parlé à un certain Dr Broderick qui a acheté la maison des Spencer et conservait chez lui certaines notes du père de Nick. Il est à l'hôpital à l'heure qu'il est, il a été renversé par une voiture et

156

se trouve entre la vie et la mort. Je crains que la conversation qu'il a eue avec moi à propos des dossiers du Dr Spencer ne soit à l'origine de ce soi-disant accident. »

Je retins mon souffle, attendant sa réaction. Puis je vis la stupéfaction se refléter dans ses yeux. Elle détacha la chaîne. « Entrez », dit-elle.

La maison était en cours de déménagement. Les tapis roulés, les piles de cartons portant l'indication de leur contenu, les tables et des murs nus témoignaient de l'imminence d'un départ. Je remarquai que Vivian Powers portait une alliance. Où était son mari ?

Elle me conduisit jusqu'à une petite véranda qui n'avait pas été vidée. Il y avait des lampes sur les tables et un petit tapis recouvrait les larges lattes du plancher. Les meubles étaient en rotin, les sièges agrémentés de coussins en chintz de couleur vive. Vivian prit place sur la causeuse, me laissant le choix du fauteuil assorti qui lui faisait face. Je me félicitai secrètement de l'avoir quasiment forcée à m'ouvrir sa porte. Tous les agents immobiliers vous diront qu'une maison est plus facile à vendre lorsqu'elle est habitée. Quelle était alors la raison de ce départ précipité ? Et quand cette propriété avait-elle été mise sur le marché ? J'étais prête à parier qu'elle ne l'était pas avant la disparition de Spencer.

« La véranda est mon refuge depuis que les déménageurs ont commencé à emballer, dit Vivian.

— Quand partez-vous ?

— Vendredi.

— Comptez-vous rester dans les environs ?

157

— Non. Mes parents vivent à Boston. J'habiterai chez eux en attendant de trouver où me loger. Et je louerai un garde-meubles. »

A priori, Joel Powers n'était pas inclus dans les projets de sa femme.

« Puis-je vous poser quelques questions ? dis-je d'un ton détaché.

— Je ne vous aurais pas fait entrer si je n'avais pas résolu de satisfaire votre curiosité, dit-elle. Mais j'aimerais que vous me fournissiez certaines explications auparavant.

— J'espère pouvoir vous répondre.

— Qu'est-ce qui vous a incitée à aller voir le Dr Broderick ?

— Je voulais seulement avoir une idée de ce qu'était la maison familiale de Nicholas Spencer et recueillir du Dr Broderick des informations sur le laboratoire qui avait été installé là jadis.

— Vous saviez qu'il avait gardé chez lui les notes concernant les premières recherches du Dr Spencer ?

— Non, c'est lui qui me l'a appris. Il était visiblement étonné que Nicholas Spencer ne soit jamais venu les reprendre. Spencer vous avait-il dit qu'elles n'étaient pas en sa possession ?

— Oui, il me l'avait dit. » Elle marqua un moment d'hésitation : « Il s'est passé quelque chose au cours de cette soirée de gala en février, quelque chose qui avait un rapport avec une lettre que Nick avait reçue aux environs de Thanksgiving. Son auteur, une femme, disait vouloir lui révéler un secret qu'elle avait partagé avec le père de Nick, elle affirmait qu'il avait guéri sa fille de la sclérose en plaques. Elle donnait même son numéro de téléphone. A l'époque, Nick m'avait remis la lettre en me disant d'envoyer la réponse standard. "C'est une aberration, m'avait-il dit. Absolument impossible."

— Mais cette lettre a bien reçu une réponse, n'est-ce pas ?

— Comme toutes les autres. Les gens écrivaient pour un oui ou pour un non. Certains proposaient de participer aux expériences, prêts à faire n'importe quoi pour avoir une chance de bénéficier du vaccin. D'autres rapportaient qu'ils avaient été guéris de maladies diverses et variées et lui demandaient de tester leurs potions magiques et de les commercialiser. Nous avions deux ou trois réponses types.

— Conserviez-vous des copies de ces lettres ?

— Non, juste la liste des gens qui les envoyaient. Aucun de nous n'a gardé le souvenir du nom de cette femme. Deux employées de la société sont chargées de ce genre de courrier. Et puis il y a eu ce fameux dîner. Nick était très agité le lendemain matin, il m'a prévenue qu'il devait retourner immédiatement à Caspien. Il venait d'apprendre une nouvelle d'une extrême importance. Il m'a dit que son instinct l'avertissait qu'on aurait dû prendre au sérieux la lettre de cette femme qui affirmait que son père avait guéri sa fille.

— Il est donc retourné en hâte à Caspien dans l'intention de récupérer les notes de son père et a appris qu'elles avaient disparu. C'était aux environs de Thanksgiving que la lettre lui était parvenue. C'est bien ça ?

— Exactement.

159

— J'essaye de comprendre, Vivian. D'après vous, il y aurait un lien entre cette lettre et le fait que les notes du père de Nick aient été soustraites au Dr Broderick peu après ?

— J'en suis convaincue, et Nick n'a plus été le même par la suite.

— Vous a-t-il jamais dit qui il était allé voir en quittant le Dr Broderick ?

— Non.

— Pourriez-vous vérifier son emploi du temps ce jour-là ? La soirée a eu lieu le 15 février, sa visite au Dr Broderick le 16. Peut-être a-t-il noté un nom ou un numéro. »

Elle secoua la tête.

« Il n'a rien inscrit ce matin-là et il n'a plus rien noté sur son agenda après cette date. Aucun rendez-vous en dehors du bureau.

— Et si vous aviez besoin de le joindre, comment faisiez-vous ?

— Je l'appelais sur son portable. A dire vrai, certains événements étaient prévus de longue date, des séminaires médicaux, des dîners ou des conseils d'administration, ce genre de choses. Mais Nick est souvent parti durant ces quatre ou cinq dernières semaines. Lorsque les inspecteurs du procureur se sont présentés au siège, ils nous ont dit qu'on l'avait vu en Europe à deux reprises. Mais il n'avait pas utilisé l'avion de la société et personne au bureau ne connaissait ses projets, pas même moi.

— Les autorités semblent penser qu'il avait prévu de subir une intervention de chirurgie esthétique pour changer de visage, ou de trouver un nouveau lieu de résidence. Qu'en pensez-vous ?

160

— Je pense qu'un drame se préparait et qu'il le savait. Je pense qu'il craignait d'avoir été mis sur écoute. J'étais présente le jour où il a appelé le Dr Broderick et je me demande, après coup, pourquoi il ne lui a pas parlé au téléphone des documents de son père. Il a simplement dit qu'il désirait le voir. »

Il était clair que Vivian Powers cherchait désespérément à croire que Nick Spencer avait été victime d'une machination.

« Vivian, demandai-je, pensez-vous qu'il s'attendait sérieusement à ce que le vaccin soit efficace ? Ou a-t-il toujours su qu'il était défectueux ?

— Non. Son souhait le plus profond était de trouver un remède contre le cancer. Il avait perdu sa femme et sa mère à cause de cette terrible maladie. En fait, je l'ai rencontré dans un service de soins palliatifs, il y a deux ans. Mon mari y était soigné et Nick y travaillait bénévolement.

— C'est là que vous avez connu Nick ?

— Oui. A St. Ann. Quelques jours avant la mort de Joel. Quand j'ai cessé de travailler pour m'occuper de lui, j'étais l'assistante du président d'une firme de courtage. Nick est entré dans la chambre de Joel et a bavardé avec nous. Puis, quelques jours après la mort de Joel, il m'a téléphoné. Il m'a dit de venir le voir si je souhaitais travailler pour Pierre-Gen. Il me trouverait un emploi. Six mois plus tard, je l'ai pris au mot. Je n'imaginais pas être engagée pour travailler avec lui personnellement, mais le hasard s'en est mêlé. Son assistante était enceinte et désirait prendre un congé de deux ans. J'ai obtenu le poste. Une bénédiction pour moi.

161

— Comment s'entendait-il avec les autres membres de la direction ? »

Elle sourit.

« Très bien. Il aimait beaucoup Charles Wallingford. Il se moquait de lui parfois, disait que s'il faisait allusion une fois de plus à son arbre généalogique, il le ferait couper. Je crois, cependant, qu'il avait moins d'atomes crochus avec Adrian Garner. Il le trouvait arrogant, mais le supportait à cause de tout l'argent qu'il pouvait mettre sur la table. »

Je perçus à nouveau dans sa voix l'émotion que j'y avais notée lorsque je lui avais téléphoné le samedi matin.

« Nick Spencer était un homme entièrement dévoué à sa cause. Il aurait ciré les bottes de Garner, si nécessaire, pour lancer son vaccin et le mettre à la disposition du monde entier.

— Mais s'il s'est rendu compte que le vaccin était défectueux et qu'il avait pris de l'argent qu'il ne pouvait pas rembourser, que s'est-il passé selon vous ?

— J'admets qu'il ait pu perdre la tête. Il était nerveux, inquiet. Il m'avait aussi parlé d'un incident survenu une semaine avant l'accident d'avion, un incident qui aurait pu mal tourner. Il rentrait de New York vers Bedford, un soir tard, quand l'accélérateur de sa voiture s'était bloqué.

— En avez-vous jamais parlé à quelqu'un d'autre ?

— Non. Il n'y avait pas attaché d'importance sur le moment. Il disait avoir eu de la chance. La circulation était fluide et il était parvenu à garder le

contrôle de sa voiture, à couper le moteur et s'arrêter. C'était une vieille voiture à laquelle il tenait,
mais il a dit qu'il était temps de la remplacer. » Elle
s'interrompit, soudain pensive. « Carley, je me
demande maintenant s'il est possible que quelqu'un ait saboté l'accélérateur. »

Je me bornai à hocher la tête. Je ne voulais pas
lui montrer que je partageais son analyse car j'avais
autre chose à lui demander, dont je voulais avoir la
confirmation.

« Que savez-vous de sa relation avec Lynn ?

— Rien. Bien qu'il fût d'apparence sociable,
Nick était un homme très secret. »

Je vis un chagrin sincère dans ses yeux.

« Vous lui étiez très attachée, n'est-ce pas ? »

Elle acquiesça d'un signe de tête.

« Tous ceux qui ont eu la chance d'approcher
Nick l'appréciaient. Il était différent des autres. Il
était l'âme de cette société. Elle est proche de la
faillite aujourd'hui. Les employés vont soit être
remerciés, soit partir de leur plein gré, et tous accu-
seront et haïront Nick. Or il est possible que lui
aussi soit une victime. »

Je quittai Vivian quelques minutes plus tard, avec
sa promesse de rester en contact avec moi. Elle
demeura sur le seuil pendant que je longeais l'allée
et me fit un geste de la main au moment où je montais dans ma voiture.

Les idées se bousculaient dans ma tête. Il y avait
un lien entre l'accident survenu au Dr Broderick,
l'accélérateur bloqué et le crash de l'avion. Il était
impossible que les trois soient dus au hasard. Impossible ! Se posait alors la question qui me tracassait

163

depuis un certain temps : Nicholas Spencer avait-il été assassiné ?

Mais lorsque que je m'entretins avec le couple de gardiens de la propriété de Bedford, un autre scénario surgit, qui changea radicalement mes réflexions.

21

« J'AI rêvé l'autre nuit que je retournais à Manderley. » Je songeais à cette première phrase obsédante de *Rebecca* tandis que je quittais la route pour pénétrer dans Bedford. Je m'arrêtai devant la grille de la propriété des Spencer et sonnai.

Pour la deuxième fois de la journée j'avais pris le risque de me présenter à l'improviste. Lorsqu'une voix à l'accent espagnol me demanda poliment de me nommer, je répondis que j'étais la demi-sœur de Mme Spencer. Suivit un instant de silence puis mon interlocuteur m'indiqua de contourner la zone incendiée et de rester sur la droite.

Je conduisis lentement, prenant le temps d'admirer le parc superbement entretenu qui entourait les vestiges de la maison. Il y avait une piscine à l'arrière et une cabine de bain sur une terrasse en surplomb. Sur ma gauche, je distinguai un jardin à l'anglaise. Pourtant, j'imaginais mal Lynn en jardinière, occupée à remuer la terre. Etait-ce Nick et sa première femme qui avaient aménagé l'espace environnant, ou un propriétaire précédent ?

165

La maison où logeaient Manuel et Rosa était un petit cottage pittoresque avec un toit de tuiles pentu. Un rideau d'arbustes à feuillage persistant le cachait à la vue de la maison principale, préservant l'intimité de chacun. On comprenait tout de suite pourquoi les gardiens ne s'étaient pas aperçus du retour de Lynn la semaine précédente. Tard dans la soirée, elle avait pu composer le code qui commandait l'ouverture de la grille et rentrer sa voiture dans le garage à leur insu. Je m'étonnai de l'absence de caméras de surveillance dans la propriété, mais je savais que la maison était protégée par une alarme.

Je me garai, gravis les marches du perron et sonnai. Manuel Gomez ouvrit la porte et m'invita à entrer. C'était un homme sec et nerveux, de taille moyenne, brun avec un visage mince et un regard vif. Je le suivis dans le couloir et le remerciai de me recevoir ainsi sans rendez-vous.

« Vous avez failli ne pas nous trouver, madame DeCarlo, dit-il avec froideur. A la demande de votre sœur, nous aurons quitté les lieux à une heure de l'après-midi. Nous avons déjà déménagé nos effets personnels. Ma femme a acheté les provisions que Mme Spencer a commandées et elle jette un dernier coup d'œil aux pièces du haut. Voulez-vous inspecter la maison vous aussi ?

— Vous partez ! Mais pourquoi ? »

Il comprit que mon étonnement n'était pas feint.

« Mme Spencer dit qu'elle n'a plus besoin d'être servie à plein temps et elle a l'intention d'habiter le cottage en attendant d'avoir décidé de reconstruire ou non la maison.

— Mais l'incendie s'est produit il y a tout juste une semaine, protestai-je. Avez-vous eu le temps de chercher une nouvelle place ?

— Non. Nous allons prendre quelques jours de vacances à Porto Rico et rendre visite à la famille. Puis nous habiterons chez notre fille jusqu'à ce que nous trouvions du travail. »

Je pouvais comprendre que Lynn ait envie de rester à Bedford. Elle y avait des amis. Mais mettre ces gens à la porte avec si peu de préavis me paraissait presque inhumain.

Il s'aperçut que j'étais restée dans l'entrée.

« Je vous prie de m'excuser, madame DeCarlo, voulez-vous venir dans le living-room ? »

Tout en lui emboîtant le pas, je jetai un rapide regard autour de moi. Un escalier assez raide menait de l'entrée au premier étage. Sur la gauche, se trouvait une petite pièce, sans doute un bureau, avec des bibliothèques le long des murs et un poste de télévision. Le séjour, de belles dimensions, avait des murs crépis blanc cassé, une cheminée et des fenêtres à petits carreaux. Il était confortablement meublé d'un vaste canapé et de bergères recouvertes de tapisserie. Il régnait dans la pièce l'atmosphère d'une paisible maison de campagne anglaise.

Tout était d'une propreté méticuleuse et des fleurs fraîches étaient disposées dans un vase sur la table basse.

« Asseyez-vous, je vous en prie », dit Gomez.

Lui-même resta debout.

« Monsieur Gomez, depuis combien de temps travaillez-vous ici ?

— Depuis le mariage de M. et Mme Spencer, je

167

veux dire la première Mme Spencer, il y a une douzaine d'années. »

Douze ans, et moins d'une semaine de préavis ! C'était insensé. Je brûlais d'envie de lui demander si Lynn leur avait offert une indemnité, et de quel montant, mais je n'osai pas – du moins pas pour l'instant.

« Monsieur Gomez, je ne suis pas venue inspecter la maison. Je voudrais simplement vous parler, à vous et à votre femme. Je suis journaliste et j'écris un article pour le *Wall Street Weekly* sur Nicholas Spencer. Mme Spencer est au courant. Je sais que beaucoup de gens disent des choses détestables à propos de M. Spencer, mais je veux être scrupuleusement honnête. Puis-je vous poser quelques questions à son sujet ?

— Permettez-moi d'aller chercher ma femme à l'étage », dit-il doucement.

En son absence, je m'avançai discrètement vers une arcade au fond de la pièce. Elle donnait sur la salle à manger. Au-delà se trouvait la cuisine. La maison semblait avoir été conçue à l'origine pour y loger des invités et non des domestiques.

J'entendis des pas dans l'escalier et me rassis dans le fauteuil où Gomez m'avait laissée. Puis je me levai à nouveau pour saluer Rosa Gomez, une femme de petite taille, rondelette, dont les yeux gonflés trahissaient qu'elle avait pleuré récemment.

« Asseyons-nous tranquillement tous les trois », proposai-je.

Je me sentis aussitôt ridicule. Après tout, ils étaient encore chez eux.

Je n'eus aucun mal à les faire parler de Nicholas

et de Janet Spencer. « Ils étaient si heureux ensemble », dit Rosa, son visage s'éclairant au fur et à mesure qu'elle évoquait ses souvenirs. « Lorsque Jack est né, on aurait dit qu'il était le seul enfant au monde. Je ne peux pas croire que ses deux parents ne soient plus là. C'étaient des gens merveilleux. »

Les larmes lui montèrent aux yeux à nouveau. Elle les essuya impatiemment du revers de la main.

Ils me racontèrent ensuite que les Spencer avaient acheté la maison peu après leur mariage et les avaient aussitôt engagés à leur service. « Nous habitions la maison principale alors, précisa Rosa. Il y avait un joli appartement dans l'aile à côté de la cuisine. Mais quand M. Spencer s'est remarié, votre sœur... »

« Ma *demi-sœur* », eus-je envie de rectifier. Au lieu de quoi j'expliquai posément : « Madame Gomez, je veux que vous sachiez que le père de Mme Spencer et ma mère se sont mariés voilà un an en Floride. Nous sommes donc officiellement demi-sœurs, mais nous ne sommes pas intimes. Je suis ici en tant que journaliste, pas en tant que parente. »

Ce n'était pas vraiment une façon de me faire l'avocate de Lynn, mais j'avais besoin de connaître la vérité, non d'entendre des réponses soigneusement pesées.

Manuel Gomez nous regarda tour à tour, sa femme et moi.

« Mme Lynn Spencer n'a pas voulu que nous restions dans la maison principale. Elle préférait, comme beaucoup de gens, que les employés aient un logement indépendant. Elle a fait remarquer à M. Spencer qu'ils avaient cinq chambres d'invités et qu'elles étaient amplement suffisantes pour les amis qu'ils souhaitaient recevoir. Il n'a fait aucune objection à ce que nous nous installions ici, et nous avons été très contents d'avoir cette jolie petite maison pour nous tout seuls. Jack, naturellement, vivait chez ses grands-parents.

— M. Spencer était-il resté proche de son fils ? demandai-je.

— Oh oui ! répondit vivement Manuel. Mais il était souvent en voyage, et il ne voulait pas que Jack soit élevé par une nounou.

— Et après le second mariage de son père, Jack n'a pas voulu vivre avec Mme Lynn, le coupa Rosa. Il croyait qu'elle ne l'aimait pas. C'est ce qu'il m'a dit.

— Il vous a dit ça !

— Oui. Vous savez, nous le connaissons depuis sa naissance et il se sentait en confiance avec nous. Nous étions un peu sa famille. Mais son papa et lui... » Elle sourit et secoua pensivement la tête. « Ils s'entendaient si bien. Deux copains. C'est une tragédie pour ce petit garçon. D'abord sa mère, puis son père. J'ai parlé à la grand-mère de Jack. Elle m'a dit qu'il était sûr que son père était en vie.

— Pourquoi en est-il si sûr ?

— M. Nicholas avait fait de la voltige aérienne quand il était étudiant. Jack s'accroche à l'espoir que son père aurait pu s'éjecter de l'avion avant qu'il ne s'écrase. »

La vérité sortirait-elle de la bouche des enfants ? J'écoutai Manuel et Rosa me livrer tour à tour des anecdotes sur ces années passées avec Nick, Janet et Jack Spencer. Puis j'en vins à la question cruciale :

« Rosa, Manuel, j'ai reçu un e-mail d'une personne qui prétend avoir vu quelqu'un sortir de la maison une minute avant le début de l'incendie. L'un de vous saurait-il quelque chose à ce sujet ? »

Ils parurent interloqués.

« Nous n'avons pas d'e-mail et, si nous avions vu quelqu'un sortir de la maison avant l'incendie, nous aurions prévenu la police, se récria Manuel avec vivacité. Croyez-vous que ce soit l'auteur de la lettre qui ait allumé le feu ?

— Peut-être. Le monde est peuplé de cinglés qui passent leur temps à ces petits jeux. Pourquoi m'a-t-on écrit à moi plutôt qu'à la police, je l'ignore.

— Je me reproche de n'avoir pas pensé à vérifier si la voiture de Mme Lynn était dans le garage, dit Manuel. Elle ne rentre pas si tard d'habitude, bien que ça lui arrive parfois.

— Est-ce qu'ils utilisaient souvent la maison ? demandai-je. Je veux dire, venaient-ils en week-end, pendant la semaine ou de temps en temps ?

— La première Mme Spencer adorait cet endroit. A cette époque, ils venaient tous les week-ends et, avant que Jack n'aille à l'école, elle restait souvent pendant la semaine lorsque M. Spencer était en voyage. Mme Lynn Spencer voulait vendre la maison *et* l'appartement. Elle avait déclaré à M. Spencer qu'elle n'avait pas envie de vivre dans les meubles d'une autre femme. Ils se disputaient souvent à ce sujet.

— Rosa, tu ne devrais pas parler de Mme Spencer », l'interrompit Manuel.

Elle haussa les épaules.

« Je ne dis que la vérité. Cette maison ne lui plai-

171

sait pas. M. Spencer lui avait demandé d'attendre que le vaccin soit approuvé avant de se lancer dans des projets immobiliers. Au cours de ces derniers mois, j'ai compris qu'il y avait des problèmes avec le vaccin. Il était très inquiet. Il voyageait beaucoup. Et quand il était là, il allait souvent à Greenwich retrouver Jack.

— Je sais que Jack vit chez ses grands-parents. Mais lorsque M. Spencer était à la maison, est-ce que son fils venait passer le week-end avec lui ? »

Rosa haussa les épaules.

« Pas souvent. Jack n'était jamais à l'aise en présence de Mme Lynn. Ce n'est pas quelqu'un qui est naturellement proche des enfants. Jack avait cinq ans à la mort de sa maman. Mme Lynn lui ressemble un peu physiquement mais, bien sûr, ce n'est pas elle. C'est encore plus difficile, et même perturbant pour lui.

— Diriez-vous que Lynn et M. Spencer s'entendaient bien ? »

Je poussais peut-être un peu loin l'indiscrétion, mais j'avais besoin d'en savoir plus sur leurs relations.

« Quand ils se sont mariés, il y a quatre ans, j'aurais dit oui, répondit lentement Rosa. Mais si vous voulez mon avis, ça n'a pas duré. Elle amenait souvent des invités, et il s'absentait ou allait à Greenwich voir Jack.

— Vous avez dit que Mme Spencer n'avait pas l'habitude de venir le soir, mais que ça lui arrivait de temps en temps. Vous prévenait-elle dans ce cas ?

— Elle téléphonait parfois. Elle nous demandait de lui préparer un dîner froid ou un repas léger

172

pour son arrivée. Sinon, elle nous appelait dans la matinée pour annoncer qu'elle était là et souhaitait qu'on lui apporte son petit déjeuner. En général nous commencions notre travail à neuf heures. C'était une grande maison qui avait besoin d'être constamment entretenue. Qu'elle soit occupée ou non. »

Il était temps que je parte. Je sentais que Manuel et Rosa n'avaient pas envie de retarder davantage le moment douloureux où ils quitteraient la maison. Pourtant, j'avais l'impression d'avoir à peine effleuré l'histoire des gens qui avaient vécu ici.

« J'ai constaté avec surprise qu'il n'y a aucune caméra vidéo pour surveiller la propriété, dis-je.

— Les Spencer avaient un labrador, un bon chien de garde. Mais Jack l'a emmené à Greenwich et Mme Lynn n'a pas voulu d'un autre chien, expliqua Manuel. Elle disait qu'elle était allergique aux animaux. »

Cette explication n'a aucun sens, pensai-je. A Boca Raton, il y a des photos d'elle enfant entourée de chiens et de chevaux.

« Où couchait le chien ?

— Il restait dehors durant la nuit, sauf quand il faisait très froid.

— Aurait-il aboyé en présence d'un intrus ? »

Ils échangèrent un sourire. « Et comment ! fit Manuel. Mme Lynn disait qu'en plus de lui donner des allergies, Shep était trop bruyant. »

Trop bruyant parce qu'il annonçait *ses* arrivées nocturnes, ou parce qu'il alertait tout le monde de l'arrivée d'autres visiteurs ?

Je me levai.

173

« Vous avez été très aimables de me consacrer tout ce temps. J'aurais préféré que tout finisse mieux pour tout le monde.

— Je prie, dit Rosa. Je prie pour que Jack aille bien et que M. Spencer soit toujours en vie. Je prie pour que son vaccin voie enfin le jour et que les problèmes d'argent soient résolus. » Des larmes gonflèrent ses yeux à nouveau et se mirent à couler sur ses joues. « Et j'espère un miracle. La mère de Jack ne peut pas revenir, mais je voudrais tant que M. Spencer et cette jolie fille qui travaille avec lui puissent vivre ensemble.

— Rosa, tais-toi, ordonna Manuel.

— Non, je ne me tairai pas, se rebiffa-t-elle. Quel mal y a-t-il à en parler maintenant ? » Elle se tourna vers moi. « Quelques jours avant son accident d'avion, M. Spencer est venu chercher une mallette qu'il avait oubliée à la maison. La jeune dame était avec lui. Elle s'appelle Vivian Powers. On voyait bien qu'ils étaient amoureux, et ça m'a fait plaisir pour lui. Il a connu tellement de malheurs dans sa vie. Mme Lynn n'est pas quelqu'un de gentil. Si M. Spencer est mort, je suis heureuse qu'il ait rencontré à la fin une femme qui l'aimait vraiment. »

Je leur donnai ma carte et les quittai, m'efforçant de mesurer les implications de ce que je venais d'apprendre.

Vivian avait quitté son travail, vendu sa maison et mis ses meubles au garde-meubles. Elle parlait de commencer un nouveau chapitre de son existence. Je pariais à cinq contre un que ce chapitre ne se déroulerait pas à Boston. Et qu'en était-il de cette lettre soi-disant mise au rebut et dans laquelle une

femme disait que le Dr Spencer avait miraculeusement guéri sa fille ? La lettre, les dossiers disparus,
l'accélérateur bloqué, tous ces éléments faisaient-ils
partie d'un plan machiavélique destiné à faire
croire que Nick Spencer était la victime d'un sinis-
tre complot ?

Je pensai au titre du *Post* : « En larmes, l'épouse
avoue : "Je ne sais que penser." »

Je pouvais proposer un autre titre : « La demi-
sœur est sacrément perplexe, elle aussi. »

22

L E hall d'entrée de l'aile des soins palliatifs de l'hôpital St. Ann était recouvert d'une moquette épaisse, et la réception confortablement agencée, avec une baie vitrée donnant sur un petit lac. L'endroit respirait la paix et la sérénité, à l'inverse du bâtiment principal et de l'autre aile où j'avais rendu visite à Lynn.

Les patients arrivaient ici en sachant qu'ils n'en ressortiraient pas. Ils venaient pour être soulagés de leurs souffrances, autant qu'il était humainement possible, et pour mourir dans la dignité, entourés de leurs proches, et d'un personnel dévoué dont la présence serait nécessaire aussi pour réconforter ceux qui resteraient.

Bien qu'étonnée de m'entendre demander à voir la directrice sans rendez-vous, la réceptionniste ne repoussa pas ma requête, preuve supplémentaire que mentionner le *Wall Street Weekly* ouvrait les portes. Je fus rapidement introduite auprès du Dr Katherine Clintworth, une femme à la cinquantaine séduisante, et aux longs cheveux blonds qu'elle portait raides. Ses yeux étaient l'élément dominant de

177

son visage – d'un bleu d'hiver, couleur de l'eau sous un soleil de janvier. Elle portait une veste et un pantalon de jersey.

Les excuses que je présentais pour mes visites impromptues, suivies des explications concernant l'article que je rédigeais pour le *Wall Street Weekly*, étaient à présent bien rodées. Elle les écarta d'un geste de la main.

« Je répondrai volontiers à vos questions, dit-elle. J'admirais Nicholas Spencer. Comme vous pouvez vous en douter, rien ne nous plairait plus que de voir les soins palliatifs devenir inutiles parce que l'on aurait éliminé le cancer.

— Combien de temps Nicholas Spencer a-t-il travaillé bénévolement dans votre service ? demandai-je.

— Il est venu après la mort de sa femme, Janet, il y a cinq ans. Nous aurions pu prendre soin d'elle à domicile, mais elle avait un enfant de cinq ans et elle a préféré passer chez nous ses derniers jours. Nick nous a été très reconnaissants de l'assistance que nous avions apportée, non seulement à Janet, mais aussi à lui-même, à son fils et aux parents de Janet. Quelques semaines plus tard, il est revenu nous proposer ses services.

— J'imagine que fixer un emploi du temps avec lui tenait du prodige, étant donné la fréquence de ses voyages.

— Il nous faisait parvenir la liste de ses jours disponibles deux semaines à l'avance, et nous avons toujours trouvé le moyen de nous arranger. Tout le monde aimait beaucoup Nick.

« — Il venait donc encore ici à l'époque de l'accident d'avion ? »

Elle hésita.

« Non. Nous ne l'avions pas revu depuis environ un mois.

— Y avait-il une raison ?

— Je lui avais fait remarquer qu'il avait besoin de se reposer. Une pression terrible semblait peser sur lui depuis quelque temps. »

Visiblement, elle mesurait chacun de ses mots.

« Quelle *sorte* de pression ? demandai-je.

— Il semblait inquiet et extrêmement tendu. Je lui ai dit que travailler du matin au soir à l'élaboration du vaccin et venir ensuite s'occuper de patients qui le suppliaient de le tester sur eux, c'était un fardeau trop lourd d'un point de vue psychologique.

— Il vous a écoutée ?

— Je pense qu'il a compris. Il est rentré chez lui ce soir-là et je ne l'ai plus jamais revu. »

Le non-dit qu'impliquaient ses propos me frappa comme un coup de massue.

« Docteur Clintworth, Nicholas Spencer a-t-il jamais testé son vaccin sur un patient ?

— C'eût été illégal, répondit-elle fermement.

— Ce n'est pas ma question. Docteur Clintworth, je cherche à savoir si Nicholas Spencer n'a pas été victime d'agissements criminels. Soyez franche avec moi. »

Elle hésita avant de me répondre :

« Je suis convaincue qu'il a administré le vaccin à une personne qui était hospitalisée ici. En vérité, je sais fort bien qu'il l'a fait, encore que ce patient

179

refuse de l'admettre. Je crois qu'il l'a également administré à quelqu'un d'autre, mais, là aussi, le démenti a été formel.

— Qu'est-il arrivé à ce patient auquel le vaccin a été inoculé ?

— Il est rentré chez lui.

— *Guéri ?*

— Non, mais je sais qu'il connaît une rémission. Le développement de la maladie a ralenti de façon spectaculaire. C'est une chose qui arrive, quoique rarement.

— Suivez-vous l'évolution de son état ?

— Comme je vous l'ai dit, il n'a pas voulu reconnaître qu'on lui avait inoculé le vaccin.

— Pouvez-vous me dire de qui il s'agit ?

— C'est impossible. Ce serait une violation du secret médical. »

Je sortis une de mes cartes et la lui tendis.

« Pourriez-vous demander à ce patient de prendre contact avec moi ?

— Je le ferai, mais je peux vous assurer que vous n'aurez pas de ses nouvelles.

— Et l'autre patient ?

— En ce qui le concerne, je n'ai que des soupçons. A présent, madame DeCarlo, je dois assister à une réunion. Si vous désirez une déclaration de ma part concernant Nicholas Spencer, voici ce que je peux dire : "C'était un homme bon et animé d'une noble ambition. S'il s'est égaré en chemin, je suis sûre que ce n'est pas pour des motifs d'intérêt personnel." »

23

Sa main l'élançait si fort, était si douloureuse, que Ned ne pouvait penser à rien d'autre. Il essaya de la baigner dans de l'eau glacée et de l'enduire de beurre, mais rien n'y fit. Puis, à dix heures moins dix, juste avant l'heure de la fermeture, il alla au petit drugstore au coin de chez lui et se dirigea vers le rayon des médicaments contre les brûlures. Il en prit deux qui lui semblèrent susceptibles de le soulager.

Le vieux M. Brown, le propriétaire, était en train de fermer la boutique. La seule autre employée était Peg, la caissière, une fouineuse qui adorait les potins. Ned ne voulait pas qu'elle voie qu'il avait la main abîmée, aussi mit-il les baumes dans un des petits paniers empilés à l'entrée, passa l'anse autour de son bras droit, et prépara la monnaie dans sa main gauche. Il garda la droite dans sa poche. Le pansement était taché, bien qu'il l'ait changé deux fois dans la journée.

Il y avait deux personnes dans la queue devant lui et il se balança impatiemment d'un pied sur l'autre. Maudite main, pensa-t-il. Il ne se serait pas brûlé et

Annie ne serait pas morte s'il n'avait pas vendu la maison de Greenwood Lake et mis tout l'argent dans cette foutue société. Quand il ne pensait pas à Annie et à ces dernières minutes – ses larmes et sa fureur quand elle l'avait frappé de ses poings et s'était enfuie de la maison, puis le fracas de la voiture heurtant le camion des éboueurs –, il se rappelait ces gens qu'il détestait, il imaginait ce qu'il allait leur faire. Les Harnik et Mme Schafley et Mme Morgan et Lynn Spencer et Carley DeCarlo.

Sur le coup, ses doigts ne lui avaient pas fait très mal, mais ils étaient tellement gonflés à présent que la moindre pression était douloureuse. A moins d'une amélioration, il serait incapable de tenir son fusil droit et à plus forte raison d'appuyer sur la détente.

Ned regarda l'homme devant lui ramasser ses achats. Il attendit de le voir s'éloigner pour poser son panier sur le comptoir avec le billet de vingt dollars, détournant la tête pendant que Peg faisait le total de ce qu'il lui devait.

Il savait bien qu'il aurait dû aller au service des urgences pour faire examiner sa brûlure, mais il n'osait pas. Il entendait déjà le médecin l'interroger : « Qu'est-il arrivé ? Pourquoi avez-vous tant tardé ? » C'étaient des questions auxquelles il ne voulait pas répondre.

S'il leur disait que le Dr Ryan à St. Ann l'avait soigné, ils risquaient de lui demander pourquoi il n'y était pas retourné pour faire soigner sa main quand la brûlure avait empiré. Peut-être devrait-il aller aux urgences de l'hôpital de Queens, ou dans le New Jersey ou dans le Connecticut.

« Hé. Ned ! Réveillez-vous. »

Il sursauta. Il n'avait jamais aimé Peg. Elle avait des yeux trop rapprochés, d'épais sourcils noirs et des cheveux noirs aux racines grises – elle lui faisait penser à un écureuil. Elle s'impatientait uniquement parce qu'il n'avait pas remarqué qu'elle avait mis ses médicaments dans un sac et lui rendait la monnaie. Elle lui présentait l'argent d'une main et le sac de l'autre, et elle fronçait les sourcils.

Il tendit la main gauche pour prendre le sac et, d'un geste machinal, sortit sa main droite de sa poche pour récupérer la monnaie. Il vit le regard étonné de Peg quand elle aperçut le pansement.

« Mon Dieu, Ned, s'exclama-t-elle. Vous avez joué avec des allumettes ou quoi ? Votre main est dans un sale état. Vous devriez aller voir un médecin. »

Ned se maudit de s'être ainsi trahi.

« Je me suis brûlé en faisant la cuisine, grommela-t-il. Je ne m'en occupais jamais avant la mort d'Annie. Je suis allé voir le docteur à l'hôpital où Annie travaillait. Il m'a dit de revenir dans une semaine. Ça va faire une semaine demain. »

Il se rendit compte de sa bourde. Il venait d'avouer à Peg qu'il avait vu le docteur mardi dernier, et c'était justement ce qu'il ne voulait pas dire. Il savait qu'Annie bavardait avec Peg quand elle faisait des courses au drugstore. A son avis, Peg n'était pas aussi fouineuse que ça ; elle était curieuse simplement parce qu'elle s'intéressait aux gens. Annie avait grandi dans une petite ville près d'Albany, et elle disait qu'il y avait une femme, au drugstore, qui savait tout sur tout le monde et que Peg lui ressemblait.

Qu'est-ce qu'Annie avait raconté d'autre à Peg ? Qu'ils avaient perdu la maison de Greenwood Lake ? Qu'il avait investi tout l'argent dans Pierre-Gen ? Qu'il passait en voiture avec Annie devant la propriété des Spencer à Bedford et lui promettait qu'elle aurait une maison semblable un jour ?

Peg le dévisageait.

« Vous pourriez au moins montrer votre main à M. Brown, dit-elle. Il vous donnera autre chose que ces pommades. »

Il la regarda d'un air irrité.

« J'ai dit que je verrais le docteur demain matin. »

Peg le fixait d'une drôle de façon. Comme l'avaient fixé Harnik et Mme Schafley. Avec une expression inquiète. Peg avait peur de lui. Avait-elle peur parce qu'elle se rappelait ce qu'Annie lui avait raconté sur la maison, l'argent, la propriété des Spencer, et qu'en mettant tout ça bout à bout elle en avait conclu que c'était Ned qui avait fichu le feu à la maison ?

Elle paraissait troublée.

« Oh, je suis contente que vous voyiez un médecin demain. » Puis elle ajouta : « Les visites d'Annie me manquent, Ned. Je sais à quel point c'est douloureux pour vous. » Son regard se porta derrière lui. « Excusez-moi, Ned, je dois m'occuper de Garret. »

Ned s'aperçut qu'un jeune type attendait derrière lui. « Bien sûr, allez-y, Peg », dit-il, et il s'écarta.

Il fallait qu'il quitte les lieux. Il ne pouvait pas rester planté comme une bûche. Mais il devait faire quelque chose.

Il sortit, monta dans sa voiture et prit le fusil posé sur le plancher, à l'arrière. Puis il attendit. De sa place, il distinguait l'intérieur du magasin. Dès que le dénommé Garret eut décampé, Peg vida la caisse enregistreuse et remit les reçus à M. Brown. Puis elle s'affaira, éteignant les lumières dans le magasin.

Si elle avait l'intention d'appeler les flics, elle attendrait probablement d'être rentrée chez elle. Peut-être voulait-elle en discuter d'abord avec son mari.

M. Brown et Peg sortirent ensemble du magasin. M. Brown lui dit bonsoir et tourna le coin de la rue. Peg commença à marcher d'un pas rapide dans la direction opposée, vers l'arrêt d'autobus, au bout de la rue. Ned vit le bus s'approcher. Il la regarda courir pour tenter de l'attraper, le rater. Elle était seule devant l'arrêt quand il arriva à sa hauteur, s'arrêta et ouvrit à demi la portière. « Je vais vous raccompagner chez vous, Peg », proposa-t-il.

Il vit la même expression envahir son visage, mais cette fois il y avait de la terreur dans ses yeux. « Oh, ce n'est pas la peine, Ned. Je vais attendre. Ce ne sera pas long. » Elle regarda autour d'elle ; il n'y avait personne alentour.

Il ouvrit la portière en grand, bondit hors de la voiture et la saisit par le bras. Il ressentit une violente douleur quand il lui plaqua la main droite sur la bouche pour l'empêcher de crier, mais il parvint à l'y maintenir. De la main gauche, il lui tordit le bras, l'entraîna à l'intérieur du véhicule et la poussa brutalement sur le plancher, à l'avant. Il verrouilla les portes au moment où il démarrait.

« Qu'est-ce qu'il vous prend, Ned ? Que faites-vous ? » gémit-elle.

Recroquevillée sur le plancher, elle portait la main à sa tête, à l'endroit où elle avait heurté le tableau de bord.

Il tenait le fusil d'une seule main, braqué sur elle.

« Je n'ai pas envie que vous alliez raconter à je ne sais qui que je jouais avec des allumettes.

— Ned, pourquoi irais-je le raconter ? »

Elle s'était mise à pleurer.

Il se dirigea vers l'aire de pique-nique du parc.

Quarante minutes plus tard, il était chez lui. Il s'était fait mal au doigt et à la main en appuyant sur la détente, mais il n'avait pas raté son coup. Comme quand il tirait les écureuils.

24

J E m'étais arrêtée au journal en sortant de l'hôpital St. Ann, mais Don et Ken étaient déjà partis. Je notai les points dont je désirais discuter avec eux le lendemain. Deux têtes valent mieux qu'une seule, et trois mieux que deux – une théorie qui ne se vérifie pas toujours, certes, mais applicable quand vous intégrez deux types comme eux dans l'équation.

Je voulais leur avis sur un certain nombre de questions. Vivian Powers avait-elle l'intention de rejoindre Nicholas Spencer quelque part ? Les notes du Dr Spencer avaient-elles réellement disparu, ou servaient-elles de rideau de fumée pour mettre en doute la culpabilité de Nick ? Y avait-il quelqu'un d'autre dans la maison des Spencer quelques minutes avant qu'on y mette le feu ? Et le plus effarant, Nick avait-il testé le vaccin sur un malade en phase terminale, lequel malade avait pu quitter l'hôpital ?

J'étais déterminée à connaître le nom de ce patient.

Pourquoi n'avait-il pas clamé haut et fort qu'il

jouissait d'une rémission ? Parce qu'il craignait qu'elle fût de courte durée ou parce qu'il ne voulait pas être pourchassé par les médias ? J'imaginais les gros titres des journaux si la nouvelle se répandait que le vaccin de Pierre-Gen était efficace, au bout du compte.

Et qui était l'autre patient auquel on avait administré le vaccin ? Comment persuader le Dr Clintworth de me communiquer son nom ?

Nicholas Spencer avait fait partie d'une équipe de natation au lycée. Son fils s'accrochait à l'espoir qu'il était en vie parce qu'il était champion de voltige aérienne à l'université. Avec un tel passé, on pouvait imaginer sans trop s'avancer qu'il ait mis en scène sa propre mort à quelques milles en mer avant de regagner la côte à la nage.

J'aurais aimé partager ces interrogations tant qu'elles étaient encore fraîches dans mon esprit. Je noircis mon bloc-notes et me résolus, enfin, à rentrer chez moi. La journée avait été bien remplie.

Il y avait une demi-douzaine de messages sur mon répondeur – des amis qui m'invitaient à sortir, un appel de Casey me proposant de manger un plat de pâtes chez Il Tinello. Pourquoi pas ? me dis-je, sans savoir si je devais être flattée d'être invitée deux fois en sept jours, ou si je faisais partie des « au besoin, elle fera l'affaire » parce qu'il avait épuisé la liste de celles qu'il fallait prévenir plus longtemps à l'avance.

Quoi qu'il en soit, j'interrompis le répondeur et rappelai Casey sur son portable. Nous eûmes notre brève conversation habituelle.

A son sec « Docteur Dillon, à l'appareil », je répondis : « Casey, c'est moi.

— Des pâtes ce soir, cela te va ?

— Très bien.

— Huit heures chez Il Tinello ?

— Hm-hm.

— Parfait. »

Clac.

Je lui demandai un jour s'il était aussi rapide au chevet de ses malades qu'au téléphone.

« Sais-tu combien de temps les gens passent inutilement au téléphone ? fit-il en guise de réponse. Crois-moi, j'ai étudié la question.

— Et auprès de qui as-tu fait cette étude ?

— A la maison, voilà vingt ans. Auprès de ma sœur, Trish. Lorsque nous étions au lycée, je me suis amusé à calculer le temps qu'elle perdait à téléphoner à ses copines. Souvent plus d'une ou deux heures par jour, pour raconter des trucs sans le moindre intérêt.

— Elle s'en est plutôt bien sortie », lui rappelai-je.

Trish était aujourd'hui chirurgien dans un service de pédiatrie en Virginie.

Souriant à ce souvenir, mais un peu mécontente tout de même de devoir constater que j'étais toujours prête à répondre aux invitations de Casey, je remis en route le répondeur pour écouter le dernier message.

La voix était sourde et affolée. Bien qu'elle ne se fût pas présentée, je sus tout de suite que l'appel provenait de Vivian Powers. « Carley, il est quatre heures. Je suis à la maison. J'y emportais parfois cer-

189

tains dossiers. Je suis en train de ranger mon bureau. Je crois savoir qui a volé les notes du Dr Spencer. Rappelez-moi, s'il vous plaît. »

Je regrettai qu'elle n'ait pas tenté de m'appeler sur mon portable dont j'avais noté le numéro sur ma carte de visite. J'avais quitté l'hôpital à quatre heures et j'aurais pu rebrousser chemin et aller directement chez elle. Je pris mon agenda dans mon sac, trouvai son numéro et l'appelai.

Je choisis mes mots : « Je suis heureuse d'avoir de vos nouvelles, Vivian. Il est sept heures moins le quart. Je serai chez moi jusqu'à sept heures trente et de retour deux heures après. Rappelez-moi. »

Moi non plus je ne laissai pas mon nom, sans trop savoir pourquoi. Si Vivian avait une fonction d'identification de l'appelant, elle verrait mon numéro s'inscrire sur l'écran de son répondeur. Mais si elle écoutait ses messages en présence de quelqu'un, c'était une manière plus discrète d'opérer.

Une douche rapide élimina la tension accumulée pendant la journée. Tandis que je jouais avec les robinets d'eau chaude et froide, je me rappelai une citation concernant la reine Elizabeth Ire : « La reine prend un bain une fois par mois, qu'elle en ait besoin ou non. » Elle aurait peut-être fait décapiter moins de gens si elle avait pu se détendre tous les jours sous une douche chaude, pensai-je.

Je m'habille sport dans la journée, mais le soir j'enfile volontiers un chemisier de soie, un pantalon et des escarpins à talons. Je me sens d'une taille plus acceptable ainsi. Bien que la température au-dehors eût commencé à chuter en fin d'après-midi, je choisis un châle en guise de manteau. Ma mère me l'a acheté lors d'un voyage en Irlande. Il est d'un rouge profond et j'y tiens beaucoup.

Je m'inspectai dans la glace. Pas mal. Mon sourire se transforma en grimace. Je ne devrais pas faire autant de chichis pour Casey, me dis-je sombrement.

Je quittai l'appartement en avance, mais ne pus trouver un seul taxi. C'était à croire que tous les chauffeurs de taxi de New York avaient décidé de mettre leur signal « hors service » en même temps.

Du coup, j'arrivai en retard – un quart d'heure. Mario, le patron, me conduisit à la table où Casey était installé et avança ma chaise. Casey avait la mine sévère et je me dis, bon sang, il ne va pas en faire un plat quand même ! Il se leva, m'embrassa rapidement sur la joue et me demanda : « Tout va bien ? »

Voilà l'explication ! J'étais si ponctuelle à l'accoutumée qu'il s'était inquiété à mon sujet. J'en éprouvais plus de plaisir que je n'aurais dû. Le brillant Dr Kevin Curtis Dillon, séduisant célibataire de son état, est naturellement très demandé auprès d'une flopée de ravissantes New-Yorkaises, et je n'ai nulle envie de jouer le rôle de la bonne amie. C'est une situation aigre-douce. Je tenais un journal intime lorsque j'étais au lycée. Je l'ai relu après être tombée par hasard sur Casey au théâtre. L'état de ravissement dans lequel j'étais plongée à la perspective d'aller au bal des étudiants avec lui, ma profonde déception en constatant qu'il ne m'avait plus appelée par la suite, la lecture de ce fatras sentimental m'avait embarrassée.

191

Je me rappelai mentalement de jeter ce journal à la corbeille.

« Tout va bien. Juste un problème de taxi. »

Il n'eut pas l'air soulagé pour autant. Quelque chose le troublait visiblement. « Tu as des ennuis, Casey ? » demandai-je.

Il attendit qu'on nous apportât le vin qu'il avait commandé pour me répondre : « J'ai eu une journée difficile. La chirurgie a ses limites, et c'est souvent horriblement frustrant de constater que, malgré tous nos efforts, on reste dans une certaine mesure impuissant. Ce matin, j'ai opéré un gamin qui a heurté un camion avec sa moto. Il a de la chance de garder un pied, mais il restera en partie invalide. »

Les yeux de Casey s'étaient assombris. Je songeai à Nick Spencer qui voulait si désespérément sauver les vies de malades atteints du cancer. Avait-il franchi les limites du risque en essayant de prouver qu'il en était capable ? La question m'obsédait.

Je posai ma main sur celle de Casey. Il me regarda et son expression se radoucit.

« C'est agréable d'être avec toi, Carley, dit-il. Merci d'être venue comme ça, à la dernière minute.

— Je t'en prie.

— Même si tu es arrivée en retard. »

Le moment d'intimité était passé.

« Tu n'as qu'à t'en prendre aux taxis.

— Raconte-moi plutôt où tu en es dans l'affaire Spencer. »

En dégustant nos champignons à la Portobello, la salade de cresson, et les linguini aux coques, je lui parlai de mes rencontres avec Vivian Powers,

Rosa et Manuel Gomez ainsi que de mon entretien avec le Dr Clintworth à l'hôpital.

Il se rembrunit en apprenant que Nicholas Spencer avait peut-être testé son vaccin sur des patients.

« Si c'est vrai, ce serait non seulement illégal, mais condamnable moralement, dit-il avec force. Souviens-toi de ces médicaments qui paraissaient miraculeux et n'ont pas tenu leurs promesses. La thalidomide en est l'exemple typique. Elle a été autorisée en Europe voilà quarante ans pour soulager les nausées des femmes enceintes. Heureusement pour nous, le Dr Frances Kelsey de la FDA y a mis son veto. Aujourd'hui, en particulier en Allemagne, il y a des adultes qui souffrent d'horribles déformations génétiques, comme des bras en forme de nageoires, parce que leurs mères croyaient le médicament inoffensif.

— Mais j'ai lu que la thalidomide était efficace dans le traitement d'autres affections.

— C'est absolument vrai. Mais on n'en délivre pas aux femmes enceintes. Les nouveaux médicaments doivent être expérimentés sur une longue période de temps, Carley, avant d'être mis en circulation.

— Casey, si tu avais le choix de mourir dans quelques mois ou de rester en vie avec le risque de souffrir de terribles effets secondaires, que ferais-tu ?

— Heureusement, c'est une question qui ne s'est jamais posée à moi, Carley. Je sais seulement qu'en tant que médecin je ne pourrais pas enfreindre mon serment et utiliser un être humain comme cobaye. »

Mais Nicholas Spencer n'était pas médecin, me

dis-je. Son raisonnement était autre. Et dans le service de soins palliatifs, il avait affaire à des patients en phase terminale, qui n'avaient d'autre perspective que de mourir, à défaut de servir de cobayes.

Pendant que nous savourions notre café, Casey m'invita à l'accompagner le dimanche après-midi à un cocktail que donnait un couple de ses amis à Greenwich. « Ces gens te plairont, dit-il. Et tu leur plairas. »

J'acceptai, naturellement. En quittant le restaurant, je m'apprêtais à reprendre un taxi pour rentrer chez moi, mais il insista pour faire le trajet avec moi. Lorsque je lui proposai de monter prendre un verre, il prétexta que le taxi attendait et se contenta de me reconduire jusqu'à la porte de mon appartement. « Tu devrais habiter un immeuble avec un portier, fit-il remarquer. Ce système où on utilise une clé personnelle n'est absolument pas sûr. Quelqu'un pourrait entrer en même temps que toi en te bousculant par-derrière. »

J'écarquillai les yeux, stupéfaite. « Qu'est-ce qui t'a mis une idée pareille en tête ? »

Il me regarda d'un air grave. Casey mesure plus d'un mètre quatre-vingts. Même avec des talons, je lui arrive à peine au menton. « Je n'en sais rien, Carley. Je me demande seulement si tu ne t'es pas embarquée dans une histoire plus importante que tu ne le crois, avec cette enquête sur Spencer. »

Je ne me doutais pas à quel point ces paroles étaient prophétiques. Il était presque dix heures trente lorsque je pénétrai dans mon appartement. Mon répondeur ne clignotait pas. Vivian Powers n'avait pas rappelé.

Je composai son numéro, mais n'obtins aucune réponse.

Le téléphone sonna le lendemain, à l'instant où je partais pour le journal. C'était un agent du poste de police de Briarcliff Manor. Alors qu'elle promenait son chien, une voisine de Vivian Powers avait remarqué que sa porte était ouverte. Elle avait sonné et, ne recevant pas de réponse, elle était entrée. La maison était déserte. Une table et une chaise étaient renversées sur le sol et la lumière était allumée. Elle avait prévenu la police. Ils avaient écouté le répondeur et trouvé mes messages. Est-ce que je savais où pouvait se trouver Vivian Powers et, à ma connaissance, avait-elle des ennuis ?

25

KEN et Don m'écoutèrent avec attention rapporter ma journée dans le comté de Westchester et l'appel que j'avais reçu le matin même de la police de Briarcliff Manor.

« Qu'en penses-tu, Carley ? demanda Ken. S'agit-il d'une mise en scène destinée à faire croire que quelque chose d'autre se trame ? Le couple de gardiens t'a bien dit que Nick Spencer et Vivian Powers avaient l'air de deux tourtereaux ? Aurait-elle projeté d'aller habiter chez papa et maman à Boston pendant un certain temps, puis de recommencer une nouvelle vie en Australie, à Monaco ou à Tombouctou une fois que les choses se seront tassées ?

— C'est possible. Mais, dans ce cas, la mise en scène de la porte ouverte, de la table et de la chaise renversées est en trop... »

Je m'interrompis.

« A quoi songes-tu ? demanda Ken.

— En y réfléchissant, je crois qu'elle a eu peur. Quand Vivian m'a ouvert sa porte, elle a laissé la chaîne de sécurité enclenchée pendant quelques minutes avant de me faire entrer.

— Tu te trouvais chez elle vers onze heures trente, c'est ça ? demanda Ken.

— Oui.

— A-t-elle laissé entrevoir qu'elle avait peur ?

— Pas franchement, mais elle m'a rapporté que l'accélérateur de la voiture de Nick Spencer s'était coincé huit jours avant le crash de son avion. Elle commençait à penser que dans les deux cas ce n'était pas un accident. »

Je me levai.

« Je vais retourner chez elle. Puis j'irai à Caspien. A moins qu'il ne s'agisse d'une farce, le fait que Vivian Powers m'ait appelée pour me prévenir qu'elle croyait connaître l'identité de ce fameux rouquin signifie peut-être qu'elle-même était devenue une menace. »

Ken hocha la tête.

« Vas-y. J'ai quelques relations là-bas. Je vais enquêter à St. Ann. Peu de gens entrent au service de soins palliatifs pour en sortir sur pied peu après. Identifier ce type ne doit pas être sorcier. »

J'étais la petite nouvelle du trio. Ken était le chef. Pourtant, je ne pus me retenir de lui demander :

« Ken, quand tu le trouveras, j'aimerais être là pour lui parler. »

Ken réfléchit un moment.

« OK », dit-il enfin.

J'ai un assez bon sens de l'orientation. Cette fois je n'eus pas besoin de mon plan pour retrouver la maison de Vivian. Il y avait un seul policier à la porte, qui me regarda d'un air soupçonneux. J'expliquai que j'avais vu Vivian Powers la veille et reçu un appel téléphonique de sa part.

« Laissez-moi vérifier », dit-il. Il entra dans la maison et en ressortit aussitôt. « L'inspecteur Shapiro dit que vous pouvez venir. »

Avec sa voix douce, sa calvitie naissante et ses yeux noisette au regard pénétrant, l'inspecteur ressemblait plus à un intellectuel qu'à un policier. Il annonça d'emblée que l'enquête venait à peine de commencer. Les parents de Vivian Powers avaient été contactés et, vu les circonstances, ils avaient donné l'autorisation de pénétrer dans sa maison. En apprenant qu'on avait trouvé sa porte ouverte, la table et la chaise renversées et sa voiture encore stationnée dans l'allée, ils avaient craint que leur fille n'ait été victime d'un acte criminel.

« Vous vous trouviez donc ici hier, madame DeCarlo ? dit Shapiro.

— Oui.

— J'imagine qu'entre le vide qui règne dans la maison et les cartons des déménageurs, il n'est pas aisé d'avoir une certitude. Mais remarquez-vous quelque chose de changé dans ces pièces par rapport à hier ? »

Nous nous trouvions dans la salle de séjour. Je regardai autour de moi, me rappelant avoir vu les mêmes piles de cartons, les même tables nues que j'avais devant moi aujourd'hui. Mais *il y avait quelque chose* de différent. Il y avait une boîte sur la table basse qui ne s'y trouvait pas la veille.

Je la désignai du doigt.

« Cette boîte n'était pas là. »

L'inspecteur Shapiro s'en approcha et s'empara

du dossier qui se trouvait dessus. « Vivian Powers travaillait pour Pierre-Gen, n'est-ce pas ? » demanda-t-il.

Je lui fournis la réponse que je tenais pour sûre, sans rien lui dire de mes soupçons. J'imaginais son expression si je lui avais balancé : « Vivian Powers a probablement mis en scène toute cette histoire parce qu'elle est partie rejoindre Nicholas Spencer qui est censé avoir trouvé la mort dans le crash de son avion. » Ou mieux encore : « Je me demande si Nicholas Spencer n'a pas été victime d'un meurtre déguisé, si un médecin de Caspien n'a pas été renversé par une voiture parce qu'il détenait certains documents, et si Vivian Powers n'a pas disparu parce qu'elle pouvait identifier l'homme qui a repris ces mêmes documents. »

Je me limitai à rapporter que j'avais interviewé Vivian Powers dans le cadre d'un article que j'écrivais sur son patron, Nicholas Spencer.

« Vous a-t-elle appelée après votre départ ? »

Visiblement, cet inspecteur avait compris que je ne lui disais pas tout.

« Oui. J'avais discuté avec elle de la disparition de dossiers scientifiques appartenant à Nicholas Spencer. Selon elle, l'homme qui les avait récupérés en prétextant être envoyé par Spencer n'y était pas autorisé. Le bref message qu'elle a laissé sur mon répondeur laisse entendre qu'elle était à même d'identifier l'individu en question. »

L'inspecteur tenait toujours entre ses mains la chemise du dossier Pierre-Gen, mais elle était vide.

« Se pourrait-il qu'elle ait fait le rapprochement en compulsant ce dossier ?

— Je l'ignore, mais c'est probable.

— Bon, il n'y a plus rien dans ce dossier et Vivian a disparu. Qu'en pensez-vous, madame DeCarlo ?

— Je pense qu'il n'est pas exclu que Vivian Powers ait été elle aussi victime d'un acte criminel. »

Il me lança un regard perçant.

« En venant ici, avez-vous allumé la radio ?

— Non, je n'y ai pas pensé. »

Je ne lui expliquai pas que, lorsque je prépare une enquête journalistique, j'aime profiter de la tranquillité d'un trajet en voiture pour réfléchir, comparer les différents scénarios qui se présentent à moi.

« Vous n'avez donc pas appris que Nicholas Spencer aurait été aperçu à Zurich par un homme qui l'avait déjà vu auparavant, à l'occasion de différentes assemblées générales ? »

Il me fallut une bonne minute pour assimiler ce qu'il me disait.

« Et vous pensez que cet individu est fiable ?

— Non, mais c'est un nouvel élément dans cette affaire qu'on ne peut négliger. Naturellement, l'information va être vérifiée.

— Si elle se révèle exacte, je ne me ferai plus de souci pour Vivian Powers. Dans ce cas, elle se prépare à le rejoindre au moment où nous parlons, si ce n'est fait déjà.

— Elle avait une liaison avec lui ? interrogea vivement Shapiro.

— C'est ce que pense le couple de gardiens de la maison des Spencer, et cela signifierait que la soi-disant disparition des documents fait tout bonnement partie d'une vaste entreprise de dissimulation.

— Vous avez bien dit que la porte d'entrée était ouverte ? » demandai-je à Shapiro.

Il acquiesça d'un signe de tête.

« Peut-être un moyen comme un autre d'attirer l'attention sur son absence, dit-il. Je vais être franc avec vous, madame DeCarlo, toute cette mise en scène est louche, et je pense que vous m'avez fourni la solution. Comme vous, je parie qu'elle est en route pour rejoindre Spencer, où qu'il soit. »

26

ILLY m'accueillit comme une amie de longue date quand elle me vit franchir la porte du snack.

« J'ai raconté à tout le monde que vous écriviez un article sur Nicholas Spencer, dit-elle d'un air réjoui. Et que pensez-vous de la dernière nouvelle, qu'il mène grand train en Suisse ? Voici deux jours les deux gosses repêchaient sa chemise, et tout le monde le croyait mort. Aujourd'hui, il est en Suisse. Demain, ce sera autre chose. J'ai toujours dit qu'un type assez malin pour piquer un tel paquet de fric saurait vivre assez longtemps pour en profiter.

— Vous avez sans doute raison, Milly. Comment est la salade de poulet aujourd'hui ?

— Fabuleuse. »

Voilà ce qui s'appelle donner son avis, pensai-je en commandant la salade et un café. C'était l'heure du déjeuner et la salle était pleine. J'entendis le nom de Nicholas Spencer mentionné à plusieurs reprises à plusieurs tables et mais sans saisir ce que l'on disait de lui.

Lorsque Milly revint avec ma salade, je lui demandai si elle avait des nouvelles du Dr Broderick.

« Il va un *peu* mieux, dit-elle. Il est toujours dans un état critique, mais j'ai entendu dire qu'il a essayé de parler à sa femme. C'est bon signe, non ?

— Oui. Un très bon signe. »

En dégustant la salade, à vrai dire très fournie en céleri et plutôt pauvre en poulet, j'essayai d'envisager diverses éventualités. Si le Dr Broderick se remettait, pourrait-il identifier l'individu qui l'avait renversé, ou ne garderait-il aucun souvenir de l'accident ?

Pendant que je terminais mon deuxième café, la salle se vida peu à peu. J'attendis que Milly eût débarrassé les autres tables avant de lui faire signe de me rejoindre. J'avais apporté les photos prises à la soirée donnée en l'honneur de Nick Spencer.

Je les lui montrai. « Milly, connaissez-vous ces gens ? »

Elle chaussa ses lunettes et étudia les personnes réunies à la table de Nick.

« Bien sûr. Ici, vous avez Delia Gordon et son mari, Ralph. Elle est sympa. Lui est un mec plutôt rébarbatif. Là, c'est Jackie Schlosser. Une femme très gentille. Le suivant, c'est le révérend Howell, le pasteur presbytérien. Puis il y a l'escroc en personne, bien sûr. J'espère qu'ils vont lui mettre la main dessus. Quant à celui-là, c'est le président du conseil d'administration de l'hôpital. Il n'a pas l'air malin depuis qu'il a convaincu les administrateurs d'investir un maximum de fric dans Pierre-Gen. D'après ce qu'on dit, il va se retrouver sans boulot dès le prochain conseil, peut-être même avant. Beaucoup de gens trouvent qu'il devrait donner sa démission. Je parie qu'il le fera si on prouve que

Nick Spencer est en vie. S'il est arrêté, peut-être trouvera-t-on où il a planqué l'argent. Le couple que vous voyez ensuite, c'est Dora Whitman et son mari, Nils. Leurs deux familles habitent depuis des lustres dans cette ville. Du solide. Avec des domestiques à demeure et tout le tremblement. Tout le monde apprécie qu'ils soient restés enracinés à Caspien, mais je crois qu'ils possèdent aussi une résidence d'été à Martha's Vineyard. Tiens, au bout à droite, c'est Kay Fress. Elle dirige le service des bénévoles de l'hôpital. »

J'avais pris des notes, m'évertuant à suivre les commentaires ininterrompus de Milly. J'attendis qu'elle eût fini pour poursuivre :

« Milly, je voudrais parler à certaines de ces personnes, mais le révérend Howell est le seul que j'aie pu joindre jusqu'à aujourd'hui. Quant aux autres, soit ils sont sur liste rouge, soit ils n'ont pas daigné répondre au message que j'ai laissé sur leur répondeur. Avez-vous une idée de la façon dont je pourrais les contacter ?

— Ne dites pas que c'est moi qui vous ai renseignée, mais vous trouverez Kay Fress au bureau d'accueil de l'hôpital à l'heure qu'il est. Elle ne doit pas être difficile à joindre.

— Milly, vous êtes formidable ! »

Je la remerciai, avalai la dernière goutte de mon café, laissai un généreux pourboire et, après avoir consulté mon plan, je me dirigeai vers l'hôpital situé quatre rues plus loin.

Je m'attendais à trouver un hôpital de province et m'étonnai devant les dimensions du centre médi-

205

cal de Caspien. C'était un établissement en plein développement, avec plusieurs annexes près du bâtiment principal et une zone interdite d'accès qu'un panneau désignait sous le nom : SITE DU FUTUR CENTRE DE PÉDIATRIE.

C'était sans doute là que devait s'élever le bâtiment dont la construction avait été stoppée à cause des investissements dans Pierre-Gen.

Je garai ma voiture et pénétrai dans le hall. Il y avait deux femmes au bureau d'accueil, mais je sus immédiatement laquelle était Kay Fress. Elle avait le teint hâlé bien qu'on sortît à peine de l'hiver, des cheveux grisonnants coupés court, des yeux marron foncé derrière de petites lunettes cerclées de métal, un nez droit et des lèvres étroites, le tout dégageant un air d'autorité naturelle. Je doutais fort que quiconque puisse pénétrer dans l'hôpital à son insu. Elle se tenait non loin de l'accès aux ascenseurs.

A mon arrivée, quatre ou cinq personnes attendaient leur badge de visiteurs. Je m'avançai vers elle : « Miss Fress », dis-je.

Elle fut tout de suite sur ses gardes.

« Miss Fress, mon nom est Carley DeCarlo, je suis journaliste au *Wall Street Weekly*. J'aimerais vous parler du dîner au cours duquel Nicholas Spencer a été désigné citoyen éminent de la ville de Caspien. Je crois savoir que vous y assistiez et que vous étiez à sa table.

— Vous m'avez téléphoné il y a quelques jours.

— En effet. »

Sa collègue nous regardait avec curiosité, mais elle dut reporter son attention vers de nouveaux arrivants.

« Madame DeCarlo, le fait que je ne vous ai pas rappelée signifie que je ne désirais pas vous parler. »

Son ton était aimable mais ferme.

« Miss Fress, je sais que vous consacrez beaucoup de temps à l'hôpital. Je sais aussi que l'hôpital a dû suspendre le projet de construction d'un centre de pédiatrie à cause des sommes qui ont été investies dans Pierre-Gen. Je désire m'entretenir avec vous pour une raison bien précise. Je crois qu'on ne connaît pas encore toute la vérité sur la disparition de Nicholas Spencer et que, le jour où elle sera révélée, on retrouvera sans doute la trace de l'argent qui s'est volatilisé. »

Je vis l'hésitation et le doute sur son visage.

« Il paraît qu'on a vu Nicholas Spencer en Suisse, dit-elle. Croyez-vous qu'il soit en train d'acheter une propriété à la montagne avec l'argent destiné à sauver des vies d'enfants ?

— La soi-disant preuve définitive de sa mort faisait les gros titres des journaux voilà à peine deux jours, lui rappelai-je. Aujourd'hui, c'est autre chose. La vérité est que nous ne connaissons pas toute l'histoire. Pourriez-vous m'accorder quelques minutes ? »

Il n'y avait pas beaucoup de visiteurs au début de l'après-midi. Kay Fress se tourna vers sa collègue : « Margie, je reviens tout de suite. »

Nous nous assîmes dans un coin du hall. Kay n'était pas femme à s'embarrasser de préambules et n'avait que peu de temps à me consacrer. Je jugeai inutile de lui faire part de mes doutes concernant l'accident survenu au Dr Broderick. Je lui dis, en

207

revanche, que je soupçonnais Nicholas Spencer d'avoir appris quelque chose au cours de ce dîner, une information qui l'avait incité à se précipiter dès le lendemain matin chez le Dr Broderick pour récupérer les dossiers de son père. Puis je décidai de franchir un pas supplémentaire :

« Miss Fress, Nicholas Spencer a été visiblement bouleversé en apprenant que quelqu'un d'autre était venu récupérer les papiers de son père en prétextant agir pour son compte. Si je pouvais découvrir qui lui a fourni cette information mystérieuse, et qui il est allé voir après avoir quitté le Dr Broderick, cela nous permettrait peut-être de savoir ce qui lui est *réellement* arrivé et ce qu'est devenu l'argent. Vous êtes-vous entretenue avec Spencer pendant cette soirée ? »

Elle parut réfléchir. Kay Fress fait partie de ces gens auxquels rien n'échappe. « Les personnes qui siégeaient à la table d'honneur s'étaient rassemblées dans un salon privé une demi-heure auparavant pour une séance de photos. Bien entendu, Nicholas Spencer était le centre de l'attention générale.

— Comment vous a-t-il semblé alors ? Avait-il l'air détendu ?

— Il était chaleureux, aimable – le comportement qu'on attend de la part d'une personnalité que l'on va honorer. Il avait remis au directeur de l'hôpital un chèque personnel de cent mille dollars, destiné à la construction du centre de pédiatrie, mais il n'avait pas voulu que l'annonce en soit faite au dîner. Il avait seulement déclaré qu'une fois le vaccin approuvé, il serait en mesure de faire une donation dix fois plus importante. »

Sa bouche se crispa.

« C'était un escroc vraiment convaincant.

— Mais vous ne l'avez pas vu s'entretenir avec quelqu'un en particulier ?

— Non. Je peux seulement vous dire que, juste avant le dessert, il a bavardé pendant une dizaine de minutes avec Dora Whitman. Il paraissait très intéressé par ce qu'elle lui disait.

— Avez-vous une idée de la teneur de leur conversation ?

— J'étais assise à la droite du révérend Howell, et ce dernier s'était levé pour aller saluer des amis dans la salle. Dora se trouvait à la gauche du révérend, j'ai donc pu l'entendre distinctement. Elle citait une femme qu'elle avait entendue chanter les louanges du Dr Spencer, Edward, le père de Nicholas. D'après Dora, cette femme disait que le Dr Spencer avait guéri son bébé d'une maladie du système nerveux. »

Voilà le lien que j'essayais désespérément d'établir ! Je me souvins aussi que je n'étais pas parvenue à contacter les Whitman car leur téléphone était sur liste rouge. « Miss Fress, si vous connaissez le numéro de Mme Whitman, pourriez-vous l'appeler et la prier de me recevoir le plus tôt possible, voire tout de suite si elle est libre ? »

Son regard trahit son hésitation. Elle secoua la tête, mais je ne lui laissai pas le temps de refuser. « Miss Fress, je suis journaliste. Je découvrirai d'une manière ou une autre où habite Mme Whitman et, d'une manière ou d'une autre, je parviendrai à lui parler. Mais plus tôt j'apprendrai ce qu'elle a raconté à Nicholas Spencer ce soir-là, plus nous aurons de chances de connaître la cause de sa disparition, et de retrouver la trace de l'argent. »

Elle me regarda fixement et je compris que, loin de l'ébranler, j'avais renforcé ses réticences en évoquant mon statut de journaliste. Je ne voulus pas pour l'instant mentionner que le Dr Broderick était peut-être lui aussi victime de cette histoire, mais j'abattis une autre carte : « Miss Fress, j'ai rencontré Vivian Powers hier, l'assistante personnelle de Nicholas Spencer. Elle m'a confié qu'il s'était passé quelque chose au cours de ce dîner qui avait profondément troublé son patron. Quelques heures après notre conversation, cette jeune femme a disparu, peut-être victime d'un acte criminel. Une chose est certaine : quelqu'un tente à tout prix d'empêcher les autorités d'en savoir plus sur ces documents. Maintenant, acceptez-vous, oui ou non, de me mettre en rapport avec Dora Whitman ? »

Elle se leva. « Veuillez patienter une minute », dit-elle. Elle se dirigea vers le bureau. Je la regardai décrocher le téléphone et composer un numéro. Elle le connaissait par cœur. Elle parla rapidement et prit quelques notes sur une feuille de papier. Un groupe de visiteurs se dirigeaient vers la réception. Elle me fit signe de la rejoindre.

« Mme Whitman est chez elle, dit-elle. Elle part pour New York dans une heure. Je lui ai dit que vous passeriez la voir tout de suite. Elle vous attend. J'ai noté son adresse et son numéro de téléphone, ainsi que les indications pour se rendre jusqu'à sa maison. »

Je m'apprêtais à la remercier quand je vis son regard se porter derrière moi.

« Bonsoir, madame Broderick, dit-elle avec sollicitude. Comment va le docteur aujourd'hui ? Mieux, j'espère ? »

27

Depuis qu'Annie était morte, plus personne ne venait le voir. Le mardi matin, donc, en entendant sonner à la porte d'entrée, Ned ne se dérangea pas pour aller ouvrir. C'était sûrement Mme Morgan. Que voulait-elle encore ? Elle n'avait pas le droit de le harceler comme ça.

La sonnette retentit une seconde fois. Puis une troisième. Et maintenant, l'imbécile gardait le doigt sur le bouton. Il entendit des pas lourds dans l'escalier. Il en conclut que ce n'était pas Mme Morgan. Il y avait une voix d'homme en plus de la sienne. Il fallait qu'il aille voir de quoi il retournait, sinon elle ne se gênerait pas pour entrer avec sa propre clé.

Il se rappela de dissimuler sa main droite dans sa poche. Il avait eu beau enduire les brûlures avec le baume qu'il avait acheté au drugstore, il n'avait pas constaté d'amélioration. Il entrouvrit la porte.

Deux hommes se tenaient sur le seuil. Ils lui mirent leurs cartes sous le nez. Des flics. Je n'ai pas à me faire de bile, se rassura Ned. Le mari de Peg a sans doute signalé sa disparition, à moins qu'ils n'aient déjà retrouvé son corps. Doc Brown avait probablement dit à la police que Ned était l'une des dernières personnes à être entrées dans le magasin hier au soir. D'après leurs cartes, le plus grand était l'inspecteur Pierce, l'autre l'inspecteur Carson.

Carson demanda s'ils pouvaient avoir un petit entretien avec lui. Ned savait qu'il n'était pas en mesure de refuser – ils auraient trouvé ça louche. Il les vit lorgner en direction de sa main droite qu'il gardait dans sa poche. Il serait bien obligé de la montrer sinon ils croiraient qu'il avait un pistolet ou un truc de ce genre. De toute façon, avec le pansement qu'il s'était fabriqué, ils ne verraient pas l'importance de la brûlure. A regret, il sortit lentement sa main, réprimant une grimace de douleur. « Je vois pas d'inconvénient à vous parler », marmonna-t-il.

L'inspecteur Pierce remercia Mme Morgan de s'être donné la peine de descendre. Il était visible qu'elle crevait de curiosité et, avant de refermer la porte, Ned la vit jeter un coup d'œil chez lui. Il devina ce qu'elle pensait : l'appartement était dans un état épouvantable. Elle savait qu'Annie l'obligeait à ramasser les papiers, à rapporter les assiettes à la cuisine, à ranger son linge sale dans la corbeille. Annie aimait la propreté. Elle n'était plus là, alors à quoi bon se donner la peine de mettre de l'ordre ? Il mangeait à peine, empilait les assiettes et les tasses dans l'évier et en lavait une ou deux si nécessaire.

Il voyait bien que les deux hommes examinaient la pièce, remarquant l'oreiller et la couverture sur le divan, les journaux éparpillés par terre, la boîte de céréales et le bol sur la table, à côté de la gaze, du tube de pommade et du sparadrap. La veille, il avait jeté à la va-vite ses vêtements sur une chaise.

« Vous permettez qu'on s'assoie ? demanda Pierce.

— Sûr. »

Ned repoussa la couverture et s'installa sur le divan.

Il y avait deux chaises de part et d'autre du poste de télévision. Ils en prirent chacun une et se rapprochèrent. Il se sentit mal à l'aise. Ils étaient trop près de lui. Ils essayaient de le piéger. Fais gaffe à ce que tu vas dire, pensa-t-il.

« Monsieur Cooper, vous êtes passé au drugstore de M. Brown hier soir, peu avant la fermeture, n'est-ce pas ? » demanda Carson.

Visiblement, c'était lui le chef. Ils avaient le regard rivé sur sa main. Parle de la brûlure, se dit-il. Inspire-leur de la pitié.

« Ouais, j'y suis passé. Ma femme est morte au début du mois. Je ne suis pas habitué à faire la cuisine. Je me suis brûlé la main sur le fourneau, il y a quinze jours, et elle est toujours salement abîmée. Je suis allé chez Brown pour qu'il me donne un truc à mettre dessus. »

Ils s'attendaient sûrement à ce qu'il demande pourquoi ils étaient là, à lui poser des questions. Il se tourna vers Carson.

« Qu'est-ce qui vous amène ?

— Est-ce que vous connaissiez Mme Rice, la caissière de Brown ?

— Peg ? Bien sûr. Elle travaille au drugstore

215

depuis vingt ans. Une gentille dame. Très serviable. »

Ils se méfiaient. Ils ne lui disaient rien au sujet de Peg. Pensaient-ils qu'elle avait seulement disparu, ou avait-on déjà trouvé son corps ?

« D'après M. Brown, vous êtes l'avant-dernier client que Mme Rice ait servi. Est-ce exact ?

— C'est possible. Je me souviens qu'il y avait quelqu'un derrière moi quand j'ai payé. J'ignore si d'autres personnes sont arrivées ensuite. J'ai pris ma voiture et je suis rentré à la maison.

— Avez-vous remarqué quelqu'un en train de rôder dehors au moment où vous avez quitté le drugstore ?

— Non, comme je vous l'ai dit, je suis monté dans ma voiture et je suis rentré.

— Savez-vous qui était derrière vous à la caisse ?

— Non. Je n'ai pas fait attention. Mais Peg le connaissait. Elle l'a appelé par son nom... attendez que je réfléchisse, elle l'a appelé "Garret". »

Ned vit les deux hommes échanger un regard. Voilà ce qu'ils sont venus chercher. Brown n'avait pas su leur dire le nom de ce client. Désormais, ils allaient se concentrer sur lui.

Ils se levèrent, prêts à partir. « Nous n'allons pas vous déranger davantage, monsieur Cooper, dit Carson. Merci pour votre aide.

— Votre main a l'air vraiment gonflée, dit Pierce. J'espère que vous l'avez montrée à un docteur.

— Oui. Oui. Ça va déjà mieux. »

Il voyait bien qu'ils le regardaient d'une drôle de façon. Ce n'est qu'après avoir refermé la porte der-

216

rière eux que Ned se rendit compte qu'ils ne lui avaient pas dit ce qui était arrivé à Peg. Ils s'étonneraient sûrement qu'il n'ait pas posé la question.

Ils n'allaient pas tarder à retourner chez Brown pour s'enquérir du dénommé Garret. Ned attendit dix minutes avant de téléphoner au drugstore. Brown en personne lui répondit. « Doc, Ned Cooper à l'appareil. Je suis inquiet au sujet de Peg. Deux inspecteurs sont venus me trouver et ils m'ont posé des questions à son sujet, mais sans m'en donner la raison. Est-ce qu'il lui est arrivé quelque chose ?

— Attendez une minute, Ned. »

Il comprit que Brown couvrait le téléphone de sa main et s'adressait à quelqu'un d'autre. Puis l'inspecteur Carson prit l'appareil.

« Monsieur Cooper, j'ai le regret de vous annoncer que Mme Rice a été assassinée. »

Ned nota que Carson avait pris un ton plus amical. Il ne s'était pas trompé : ils avaient remarqué qu'il ne s'était pas enquis du sort de Peg. Il lui dit qu'il était bouleversé par la nouvelle et lui demanda de transmettre ses regrets à Doc Brown. Carson lui recommanda de ne pas hésiter à les contacter si quelque chose lui venait à l'esprit, même un détail anodin.

« Comptez sur moi », assura-t-il. Après avoir raccroché, il alla à la fenêtre. Ils reviendraient bien sûr. Mais, pour le moment, il n'avait pas à s'inquiéter. La seule chose à faire, c'était de planquer le fusil. Il ne pouvait pas le laisser dans la voiture ou derrière le bric-à-brac du garage. Où le cacher ? Il fallait trouver un endroit où personne n'aurait l'idée de le chercher.

Il contempla le petit carré de gazon envahi par les broussailles devant la maison. Il était mal entretenu et lui rappela la tombe d'Annie. Elle était enterrée dans la concession de sa mère dans le vieux cimetière de la ville. Il n'était presque plus utilisé. Personne ne s'en occupait et toutes les sépultures étaient à l'abandon. Quand il s'y était rendu la dernière fois, la tombe d'Annie était si récente que le sol n'était pas encore tassé. Il était meuble et boueux, c'était sous ce tas de terre qu'ils avaient mis Annie.

Un tas de terre... Il tenait la solution. Il envelopperait le fusil et les balles dans du plastique et une vieille couverture et les enfouirait dans la tombe en attendant le moment de les utiliser à nouveau. Et quand tout serait terminé, il retournerait au cimetière, s'allongerait sur la tombe d'Annie et il en finirait. « Annie », appela-t-il comme il le faisait toujours lorsqu'elle était dans la cuisine. « Annie, je te rejoindrai bientôt, promis. »

28

KEN et Don avaient déjà quitté le journal à mon retour de Caspien, je rentrai donc chez moi directement. Je leur avais laissé un message à chacun et ils me rappelèrent dans la soirée. Nous convînmes de nous retrouver à huit heures le lendemain matin.

Je planchai sur le sujet de ma prochaine chronique, me retrouvant plongée dans les problèmes que rencontrent quatre-vingt-dix-neuf pour cent des gens pour équilibrer leurs revenus et leurs dépenses. Je lus mes e-mails récents, espérant avoir d'autres nouvelles de l'individu qui laissait entendre avoir vu quelqu'un sortir de la maison de Lynn le soir de l'incendie. Mais il n'y avait aucun autre message de sa part.

Je terminai mon article. A onze heures moins vingt, j'enfilai une chemise de nuit et ma robe de chambre, commandai une pizza et me versai un verre de vin. Un timing parfait. Le restaurant est situé au coin de la rue dans la Troisième Avenue, et la pizza arriva pile pour le journal de onze heures.

Il s'ouvrait sur les derniers rebondissements de

l'affaire Nicholas Spencer. La presse avait fait le rapport entre sa présence présumée en Suisse et la disparition de Vivian Powers. Tous deux apparaissaient côte à côte sur des photos et la séquence était intitulée : « De nouveaux développements dans l'affaire Spencer. » En résumé, la police de Briarcliff Manor ne croyait pas à la thèse de l'enlèvement de Vivian Powers.

Il était trop tard pour téléphoner à Lynn, cette histoire confortait en tout cas ses assertions, à savoir qu'elle n'était pour rien dans les agissements de son mari. Mais, si quelqu'un *avait réellement* quitté la maison de Bedford quelques minutes avant l'incendie, on pouvait envisager une autre possibilité : Lynn n'avait pas tout dit.

Je me couchai en proie à des sentiments partagés et mis longtemps à m'endormir. Si Vivian Powers avait projeté de rejoindre Nick Spencer quelques heures après notre rencontre, j'étais obligée de m'incliner devant ses talents d'actrice. Je me félicitai d'avoir gardé son message téléphonique et je résolus de ne pas l'effacer. En attendant, j'irais m'entretenir avec les employées de Pierre-Gen qui étaient chargées de répondre au courrier.

Le lendemain à huit heures, Don et moi nous retrouvâmes dans le bureau de Ken, nos tasses de café à la main. Mes deux homologues m'interrogèrent du regard. Je proposai : « Par ordre chronologique ? »

Ken hocha la tête.

Je leur racontai le spectacle qu'offrait la maison

de Vivian Powers, soulignant que la porte ouverte, la table et de la chaise renversées donnaient l'impression d'une mise en scène. Puis j'ajoutai : « Cependant, je dois avouer que son message est plutôt convaincant quand elle dit connaître celui qui a récupéré les documents chez Broderick. »

Je les regardai. « Je crois savoir pourquoi on les a pris et ce qu'ils contenaient. Tout s'est éclairé hier. » Je posai sur le bureau de Ken la photo des personnalités qui entouraient Nick sur l'estrade et désignai Dora Whitman. « Je suis allée lui rendre visite et elle m'a dit qu'elle avait eu une conversation avec Nick Spencer au cours du dîner. Elle lui a raconté que son mari et elle avaient fait une croisière en Amérique du Sud à l'automne dernier. Ils s'étaient liés avec un couple originaire de la ville d'Ohio dont la nièce avait fait un court séjour à Caspien, treize ans auparavant. Son bébé avait été hospitalisé à Caspien où les médecins avaient diagnostiqué une sclérose en plaques. Elle l'avait amené au cabinet du Dr Spencer pour le traitement habituel et la veille du retour de la famille à Ohio, le Dr Spencer était venu chez eux et avait fait au bébé une piqûre de pénicilline parce qu'il était fiévreux. »

Je bus une gorgée de café.

« Si l'on en croit cette histoire, le Dr Spencer a téléphoné à la jeune femme à Ohio quelques semaines plus tard. Il était dans tous ses états. Il s'était rendu compte qu'il avait inoculé au bébé un vaccin encore expérimental auquel il avait jadis travaillé, et il assumait la pleine responsabilité des conséquences éventuelles de son erreur.

— Il a inoculé à ce bébé un vaccin qui n'avait jamais subi aucun test... Etonnant que l'enfant s'en soit tiré, dit Ken.

— Attends la suite. La mère lui a dit que le bébé n'avait eu aucune réaction négative. Le plus étonnant, surtout à notre époque, c'est qu'elle ne se soit pas précipitée chez un avocat après l'aveu du Dr Spencer. Quelques mois plus tard, leur nouveau pédiatre leur a annoncé que le précédent diagnostic de sclérose en plaques était sûrement erroné, car le bébé se développait normalement et ne présentait aucun symptôme de la maladie. La petite fille a aujourd'hui treize ans et elle a été victime d'un accident de voiture en novembre dernier. La radiologue qui lui a fait passer un scanner a déclaré que, si elle n'avait pas su que c'était impossible, elle aurait dit que l'examen montrait des traces infimes de sclérose dans quelques cellules. La mère a alors décidé de demander à Caspien de lui envoyer les radiographies originales. Celles-ci montraient une sclérose avancée du cerveau et de la moelle épinière.

— Les clichés ont probablement été intervertis, dit Ken. Ce sont des choses qui arrivent.

— Je sais. C'est ce que tout le monde en a déduit à Ohio, sauf la mère. Elle a écrit au Dr Spencer pour l'informer, mais il était mort plusieurs années auparavant et la lettre lui a été retournée. Dora Whitman a informé ces gens que Nicholas Spencer était le fils du Dr Spencer et qu'il aimerait certainement connaître l'histoire de leur nièce. Elle a conseillé à la jeune femme de lui écrire à son bureau de Pierre-Gen. C'est ce qu'elle a fait, mais n'a jamais reçu de réponse.

— Voilà donc l'histoire qu'a racontée Dora Whitman à Spencer durant ce dîner ? demanda Don.

— Oui.

— Et, le lendemain, il est revenu précipitamment à Caspien dans l'intention de récupérer les notes de son père et il a découvert qu'elles avaient disparu », dit Ken, balançant ses lunettes au bout de ses doigts.

C'était une habitude chez lui et je me demandai combien de fois il avait dû les faire réparer.

« Dora Whitman avait promis à Spencer de lui communiquer l'adresse et le numéro de téléphone des gens qui lui avaient parlé de leur nièce. Il est donc allé la voir après sa visite au Dr Broderick. Elle m'a dit qu'il semblait bouleversé. Il leur a téléphoné de chez elle, a obtenu le numéro de leur nièce à qui il a parlé. Elle s'appelle Caroline Summers.

Dora l'a entendu demander à la jeune femme si elle avait un fax. Elle a dû lui répondre par l'affirmative car il lui a dit qu'il comptait demander à l'hôpital de Caspien s'ils avaient conservé un jeu des radios de sa fille. Il avait besoin qu'elle lui faxe l'autorisation de les récupérer.

— C'est donc là qu'il est allé après son entrevue avec Broderick ?

— Oui. Je suis retournée à l'hôpital après avoir quitté Mme Whitman. La personne qui m'a reçue se rappelait la visite de Nick Spencer mais n'a rien pu faire pour lui. Les seules radios disponibles avaient déjà été renvoyées à Caroline Summers.

— L'enchaînement des événements semble indiquer que Mme Summers aurait écrit à Spencer dès novembre et que quelqu'un se serait ensuite dépêché d'aller récupérer les dossiers du Dr Spencer », dit Don.

Je le regardai tracer des triangles et me demandai comment un psychologue analyserait ce genre de griffonnage. Je savais pour ma part comment l'interpréter : une troisième personne chez Pierre-Gen avait pris au sérieux cette lettre, avait agi en conséquence ou passé l'affaire à quelqu'un d'autre.

« Ce n'est pas tout. Nick Spencer s'est rendu en avion à Ohio, y a rencontré Caroline Summers, a examiné sa fille et emporté les radios envoyées par l'hôpital de Caspien. Ensuite, il est allé avec elle à l'hôpital d'Ohio, a demandé à voir la personne qui avait décelé des traces de sclérose au scanner. Le compte rendu d'examen avait disparu. Quelqu'un se faisant passer pour Caroline Summers était venu le chercher quelques jours après Thanksgiving. Nick a alors prié Mme Summers de ne pas ébruiter cette affaire et lui a promis de la contacter à nouveau. Ce qu'il n'a jamais fait, bien entendu.

— Il y a une taupe dans sa société et, un peu plus d'un mois plus tard, son avion s'écrase. » Ken chaussa ses lunettes, signe qu'il était prêt à conclure. « Aujourd'hui le voilà repéré en Suisse et sa petite amie se volatilise.

— Quelle que soit la façon dont on envisage cette affaire, des millions de dollars se sont aussi envolés, dit Don.

— Carley, tu dis avoir contacté la femme du Dr Broderick. En as-tu retiré quelque chose ? demanda Ken.

— Je me suis entretenue avec elle pendant quelques minutes. Elle savait que j'étais allée voir son mari à son cabinet la semaine dernière et je pense qu'il lui avait parlé favorablement de moi. J'ai dit que j'aimerais vérifier avec elle certains détails et nous sommes convenues de nous rencontrer une fois son mari hors de danger. J'espère qu'il pourra alors me donner lui-même des indications sur ce qui lui est arrivé.

— L'accident de Broderick, le crash de l'avion, des documents volés, un compte rendu de scanner disparu, un vaccin contre le cancer inopérant, et un autre qui aurait soi-disant guéri une sclérose en plaques il y a treize ans, dit Don en se levant. Pas mal pour une histoire d'escroc en fuite.

— Il y a un truc dont je suis sûr, en tout cas, conclut Ken. C'est que jamais un vaccin n'a guéri la sclérose en plaques. »

Le téléphone sonna dans mon bureau et je courus y répondre. C'était Lynn. Ayant appris que Nick Spencer avait été vu en Suisse, et qu'il avait peut-être une liaison avec sa secrétaire, Lynn voulait que je l'aide à préparer une déclaration aux médias. Charles Wallingford et Adrian Garner l'y incitaient fortement. « Carley, même si cette rumeur se révèle fausse, le fait qu'il file le parfait amour avec sa secrétaire devrait prouver au public que je ne suis pas impliquée dans les activités de Nick. Je ferai figure d'épouse innocente. C'est bien ce que nous recherchons toutes les deux, n'est-ce pas ?

— Nous recherchons la vérité, Lynn », dis-je.

J'acceptai sans enthousiasme de la rejoindre pour déjeuner au Four Seasons.

29

COMME toujours il y avait foule au Four Seasons. Je reconnus des visages familiers, ceux que l'on voit dans la rubrique « Style » du *Times,* ainsi que dans les pages économiques et politiques.

Julian et Alex, les co-propriétaires, se tenaient à la réception. Je demandai la table de Mme Spencer. « La réservation a été faite au nom de M. Garner, m'indiqua Alex. Les autres sont déjà arrivés. Vous les trouverez dans la Pool Room. »

Ainsi, il ne s'agissait pas d'une simple invitation à se serrer les coudes entre demi-sœurs, pensai-je en suivant le garçon chargé de m'escorter jusqu'à la salle à manger. Pourquoi diable Lynn ne m'avait-elle pas prévenue de la présence de Wallingford et de Garner à ce déjeuner ? Peut-être par crainte que je me décommande. Erreur, Lynn. Je suis impatiente de mieux les connaître, surtout Wallingford. Mais il me faudrait résister à mon instinct. J'avais l'intention d'écouter et d'en dire le moins possible.

Nous atteignîmes la Pool Room, ainsi baptisée à cause du bassin carré bordé d'arbres qui symbolisent les saisons. En ce mois d'avril, nous avions droit à des pommiers en fleur. C'est une salle agréable et gaie, et je suis certaine que s'y sont conclues autant d'affaires importantes que dans quantité de conseils d'administration.

Le garçon me laissa entre les mains du maître d'hôtel qui me conduisit à la table. Même de loin, Lynn me parut ravissante. Elle portait un tailleur noir, orné d'un col et de poignets de lin blanc. Elle n'avait plus de pansements aux mains. Une large alliance en or ornait l'annulaire de sa main gauche. Plusieurs personnes s'arrêtaient pour la saluer en se dirigeant vers leur table.

Jouait-elle la comédie, ou me méfiais-je foncièrement d'elle au point de trouver ridicule son sourire affecté et ses minauderies de petite fille ? Lorsque le président d'une grande banque vint lui serrer la main, je me félicitai qu'elle eût la tête tournée. Je n'aurais pas à l'embrasser.

Adrian Garner et Charles Wallingford feignirent poliment de se lever pour m'accueillir. Je protestai et m'assis.

Je dois avouer que les deux hommes retenaient l'attention. Wallingford était extrêmement séduisant. Nez aquilin, regard bleu clair, cheveux châtains grisonnant aux tempes, un corps souple et de longues mains fines, bref la quintessence de l'aristocratie. Un costume classique gris anthracite à fines rayures, égayé d'une cravate rouge et gris sur une chemise blanche, complétait le tableau. C'était un homme qui attirait le regard des femmes.

Adrian Garner avait à peu près le même âge que Wallingford, mais la ressemblance s'arrêtait là. Il avait quelques centimètres de moins et, comme je l'avais remarqué précédemment, ni son visage ni sa silhouette n'avaient l'élégance naturelle de Wallingford. Il avait le teint coloré d'un amateur de grand air. Aujourd'hui, il portait des lunettes derrière lesquelles ses yeux marron, profondément enfoncés, semblaient vouloir vous transpercer. J'eus l'impression qu'il était capable de déchiffrer mes pensées. De lui se dégageait une force que ne mettaient certes pas en valeur une veste de sport marron et un pantalon de couleur sombre qui semblaient sortis d'un catalogue de vente par correspondance.

Le champagne était servi et je laissai le maître d'hôtel remplir ma coupe. Je vis Garner jeter un regard irrité vers Lynn qui s'attardait à bavarder avec le banquier. Elle s'en rendit compte, mit un terme à sa conversation et fit mine de s'apercevoir de ma présence.

« Oh, Carley, c'est vraiment gentil de venir nous rejoindre au pied levé. J'ai l'impression d'être prise dans un véritable tourbillon.

— Je comprends.

— Je bénis Adrian de m'avoir mise en garde contre la déclaration que je m'apprêtais à faire dimanche lorsqu'on a retrouvé ce bout de chemise. Aujourd'hui qu'on raconte que Nick se trouve peut-être en Suisse et que sa secrétaire a disparu, je ne sais vraiment plus que penser.

— Ce n'est pas le genre de chose à dire en public », l'interrompit Wallingford d'un ton ferme. Il me regarda. « Tout ceci est confidentiel, continua-t-il. Nous avons discrètement interrogé les employés de la société. Beaucoup d'entre eux se

229

doutaient que Nicholas Spencer et Vivian Powers n'étaient pas indifférents l'un à l'autre. Vivian aurait continué à travailler durant ces dernières semaines parce qu'elle voulait suivre les développements de l'enquête sur l'accident d'avion. Les inspecteurs du procureur enquêtent de leur côté, naturellement, mais nous avons engagé du nôtre une agence de détectives. Il est évident que Spencer avait tout intérêt à ce qu'on continue de le croire mort. Mais, une fois en Europe, il a vu son plan s'écrouler. C'est un homme en fuite aujourd'hui, et on peut présumer que Vivian Powers l'est également. Elle n'avait aucune raison de s'attarder davantage après l'annonce qu'il avait survécu à l'accident. Si elle était restée, les autorités n'auraient pas manqué de l'interroger.

— Il y a une chose dont je la remercie, grâce à elle les gens ont cessé de me traiter en paria, dit Lynn. Tout le monde sait dorénavant que moi aussi j'ai été trahie par Nick. Quand je pense... »

Adrian Garner l'interrompit :

« Madame DeCarlo, quand doit paraître votre article ? » demanda-t-il brusquement.

Je me demandai si j'étais la seule à la table à être choquée par la manière cavalière dont il traitait Lynn. Apparemment, Garner était coutumier du fait.

Je lui fournis exprès une réponse évasive, espérant l'irriter à mon tour :

« Monsieur Garner, il nous faut tenir compte de deux exigences parfois contradictoires dans ce reportage. L'une est d'être fidèle à l'actualité, et il est certain que Nicholas Spencer est aujourd'hui au

230

premier plan. L'autre est de relater les événements avec honnêteté, de ne pas se contenter de publier un résumé des dernières rumeurs en date. Connaissons-nous l'histoire de Spencer dans sa totalité ? Je ne le crois pas. Je suis, pour ma part, de plus en plus convaincue que nous avons à peine découvert le sommet de l'iceberg. Par conséquent, il m'est impossible de répondre à votre question. »

Je vis avec satisfaction que j'étais parvenue à l'agacer. Adrian Garner était peut-être un homme d'affaires remarquable, cela ne l'autorisait pas pour autant à se montrer grossier.

Chacun de nous campait maintenant sur ses positions.

« Madame DeCarlo... », commença-t-il.

Je le coupai. « Mes amis m'appellent Carley. » Il n'était pas le seul à pouvoir interrompre à sa guise son interlocuteur.

« Carley, nous sommes quatre à cette table, ainsi que les investisseurs et les employés de Pierre-Gen, à avoir été victimes de Nicholas Spencer. Lynn m'a dit que vous-même aviez investi vingt-cinq mille dollars dans la société.

— En effet. »

Me traversa alors l'esprit tout ce qu'on m'avait raconté concernant la luxueuse demeure de Garner et je cherchai à le mettre mal à l'aise.

« C'était la somme que j'avais économisée pour l'achat d'un appartement. Je rêvais d'un immeuble avec un ascenseur qui marche, d'une salle de bains avec une douche qui fonctionne, d'une cheminée... J'ai toujours eu un faible pour les cheminées. »

Je savais que Garner était un self-made-man mais

il ne me suivit pas sur ce terrain. Il ignora mes modestes envies d'une vie plus confortable.

« Tous ceux qui ont investi dans Pierre-Gen avaient un rêve, un projet qui a été réduit en miettes, dit-il avec habileté. Ma société a pris des risques considérables en annonçant qu'elle allait acheter les droits de distribution du vaccin. Nous n'avons pas souffert financièrement parce que notre engagement était dépendant de l'agrément de la FDA. Néanmoins, notre image, elle, a souffert auprès de la clientèle, élément essentiel dans l'avenir de toute entreprise. Les gens ont acheté du Pierre-Gen en partie à cause de la réputation irréprochable de Garner Pharmaceutical. La responsabilité indirecte est un facteur psychologique réel dans le monde des affaires, Carley. »

Il avait failli m'appeler Mme DeCarlo, mais s'était repris au dernier moment. Je n'avais jamais entendu façon plus hautaine de prononcer mon nom, et j'en conclus qu'Adrian Garner, en dépit de son pouvoir et de sa fortune, avait peur de moi.

Non, pensai-je, peur était peut-être exagéré. Disons plus précisément qu'il me *respectait* parce que j'étais à même de faire comprendre au public que non seulement Lynn mais aussi Garner Pharmaceutical avaient été victimes de la colossale escroquerie de Spencer.

Tous trois me regardaient, attendant ma réaction. Je décidai que c'était mon tour de tirer d'eux quelques informations. Je me tournai vers Wallingford. « Connaissez-vous personnellement l'actionnaire qui affirme avoir vu Nick Spencer en Suisse ? »

Garner leva la main sans lui laisser le temps de

répondre. « Peut-être devrions-nous jeter un coup d'œil à la carte auparavant. »

Debout près de notre table, le maître d'hôtel nous tendait le menu. J'ai une prédilection pour la tourte au crabe du Four Seasons que je commandai sans me donner la peine de passer en revue les autres spécialités.

Le steak tartare n'est plus à la mode de nos jours. Du bœuf cru accompagné d'un œuf tout aussi cru n'est pas considéré comme le meilleur moyen d'entretenir sa santé. C'est donc avec surprise que je vis Adrian Garner faire ce choix.

Les préliminaires étant achevés, je répétai ma question à Wallingford. Il haussa les épaules.

« Si je le *connais* ? Je me suis toujours demandé ce qu'on entendait par là. Pour moi connaître quelqu'un ne consiste pas uniquement à le rencontrer dans des assemblées générales ou des galas de charité. Cet actionnaire se nomme Barry West. Il est cadre dans un grand magasin et il semble qu'il ait toujours su gérer ses investissements avec succès. Il a assisté à nos assemblées à quatre ou cinq reprises durant les huit années écoulées et s'est toujours arrangé pour s'entretenir avec Nicholas Spencer ou avec moi-même. Il y a deux ans, lorsque Garner Pharmaceutical a accepté de prendre en charge une partie de la distribution du vaccin, Adrian a fait nommer Lowell Drexel à notre conseil pour le représenter. Barry West a immédiatement fait le siège de Drexel pour obtenir un job. »

Wallingford jeta un coup d'œil à Garner.

« Je l'ai entendu demander à Lowell si vous aviez besoin d'un cadre expérimenté, Adrian.

233

— Si Lowell est intelligent, il lui aura dit non »,
répliqua sèchement Garner.

Adrian Garner n'était certes pas un adepte du
sourire, mais pour être franche, je n'étais pas insen-
sible à sa rudesse. J'étais tellement habituée à voir
des gens manier le double langage que je trouvais
réconfortant d'entendre quelqu'un parler sans
détour.

« Bref, continua Wallingford, je pense que Barry
West a eu l'occasion d'approcher Nick assez souvent et d'assez près pour être capable de le reconnaître s'il l'a réellement vu. »

Lorsque j'avais rencontré ces deux hommes
dimanche chez Lynn, j'avais eu la nette impression
qu'ils se détestaient cordialement. Mais comme la
guerre, une société en déconfiture fait naître
d'étranges assemblages. Et il était tout aussi clair
que je n'étais pas ici uniquement pour expliquer au
monde que Lynn était l'innocente victime de l'infi-
délité et de la malhonnêteté de son mari. Il était
important pour mes trois interlocuteurs de connaître l'orientation de l'article qui paraîtrait dans le
Wall Street Weekly.

« Monsieur Wallingford... », commençai-je.

Il leva la main. Je savais qu'il allait me demander
de l'appeler par son prénom. Ce qu'il fit. J'obtem-
pérai.

« Charles, comme vous le savez, je ne couvre que
l'aspect social dans cette affaire, qu'il s'agisse de la
banqueroute de Pierre-Gen ou de la disparition de
Nick Spencer. Vous avez eu un entretien appro-
fondi avec mon confrère, Don Carter, n'est-ce pas ?

— Oui. Et avec l'assistance de nos auditeurs,

nous avons ouvert nos livres aux enquêteurs extérieurs.

— Il a volé tout cet argent et n'a même pas daigné visiter une maison à Darien qui était une véritable affaire, dit alors Lynn. Mon désir le plus cher était que notre mariage soit une réussite, mais il n'a pas voulu comprendre que je ne supportais pas d'habiter dans la maison d'une autre femme. »

C'était un argument valable. Je n'aurais pas aimé non plus vivre dans les meubles d'une autre. Et je me dis soudain que si Casey et moi devions nous installer ensemble, nous n'aurions pas ce problème.

« Votre confrère, le Dr Page, a pu visiter notre laboratoire à son gré et nous lui avons communiqué les résultats de nos expériences, continua Wallingford. Malheureusement pour nous, ces résultats ont été prometteurs au début. Ce qui n'est pas inhabituel dans le cas d'un médicament qui a pour objet d'empêcher l'apparition ou de ralentir la prolifération des cellules cancéreuses. Trop souvent les premières recherches tournent court, les sociétés font faillite. C'est ce qui est arrivé à Pierre-Gen. Pourquoi Nick a-t-il détourné de telles sommes ? Nous n'avons jamais su quand il avait commencé. Lorsqu'il a compris que le vaccin était inefficace et que l'action allait s'écrouler, il a compris qu'il n'avait aucun moyen de masquer son escroquerie, et c'est probablement alors qu'il a décidé de disparaître. »

On apprend aux journalistes à poser cinq questions fondamentales : Qui ? Quoi ? Pourquoi ? Où ? Quand ?

Je choisis celle du milieu. « Pourquoi ? demandai-je. Pour quelle raison aurait-il agi ainsi ?

— Au début, il a sans doute voulu se donner le temps de prouver que le vaccin pouvait être efficace, dit Wallingford. Ensuite, quand il s'est rendu compte qu'il n'arriverait à rien et qu'il a menti sur les résultats des recherches, la seule voie qui s'ouvrait à lui a été de détourner suffisamment d'argent pour prendre la fuite et vivre confortablement le restant de ses jours. Les prisons fédérales ne sont pas les country-clubs que décrivent les médias. »

Qui a jamais sérieusement cru qu'une prison ressemblait à un country-club ? faillis-je lui répliquer. Ce que Wallingford et Garner étaient en train de me dire, en fait, c'est que j'avais prouvé ma loyauté en soutenant Lynn et qu'il restait à nous entendre sur le meilleur moyen d'étayer son innocence. Ensuite, je les aiderais à rétablir leur crédibilité en orientant mon article.

On nous servit nos salades. Je leur annonçai ensuite que j'écrirais mon article comme je l'entendais, mais qu'afin de le rédiger le mieux possible et de relater les faits avec précision, j'aurais besoin de les rencontrer à nouveau pour des entretiens plus approfondis.

Les deux hommes acceptèrent. A regret ? Probablement.

Puis, la discussion étant plus ou moins close, Lynn me tendit la main à travers la table. « Carley, vous avez été si bonne pour moi, fit-elle avec un profond soupir. Je suis contente de sortir blanchie de cette histoire. »

Mais Nick Spencer, dont les intentions étaient

soi-disant pures au début, s'était-il ensuite vraiment rendu coupable de vol et de trahison ?

Tout le laissait penser.

Mais où étaient les preuves ?

30

Avant de quitter le restaurant, je pris rendez-vous avec Wallingford et Garner. Désireuse de pousser mon avantage, je proposai de les rencontrer chez eux. Wallingford, qui habitait Rye, l'une des banlieues les plus chics du comté de Westchester, proposa de me recevoir le samedi ou le dimanche à trois heures de l'après-midi.

Je manifestai une préférence pour le samedi, car j'avais l'intention de me rendre avec Casey au cocktail où il m'avait invitée le dimanche. Tentant le tout pour le tout, je lui glissai dans la foulée : « J'aimerais visiter votre siège et parler à quelques-uns de vos employés, je voudrais recueillir leurs impressions concernant la perte de leur fonds de pension, la faillite de la société, et tout ce qui dans cette histoire risque d'affecter leur existence. »

Le voyant chercher comment repousser poliment ma demande, j'ajoutai : « J'ai noté les noms de certains actionnaires à l'assemblée générale de la semaine dernière et j'aimerais également les interviewer. » Bien entendu, ce que je voulais surtout apprendre, c'était si la liaison de Nick Spencer et de Vivian Powers était de notoriété publique.

Il était visible que ma requête n'avait pas l'heur de lui plaire, mais il céda, voulant visiblement gagner ma bienveillance. « Je n'y vois aucun inconvénient a priori », dit-il d'un ton cassant après un instant de réflexion.

« Samedi à quinze heures, donc, dis-je vivement. Je vous promets d'être brève. Je veux seulement avoir une réaction d'ensemble pour notre article. »

Au contraire de Wallingford, Garner refusa catégoriquement d'être interviewé à son domicile. « Ma maison est mon jardin secret. Je n'y traite jamais d'affaires. »

Je me retins de lui rappeler que même Buckingham Palace était ouvert aux touristes. J'avalai la dernière goutte de mon café. Il me tardait de quitter les lieux. Un journaliste n'est pas censé se laisser influencer par ses émotions et, pourtant, je sentais la colère me gagner. Lynn avait paru plutôt satisfaite à la pensée que son mari avait eu une liaison amoureuse avant de disparaître. Elle n'en devenait que plus à plaindre aux yeux du monde, et c'était tout ce qui comptait à ses yeux.

Wallingford et Garner étaient sur la même longueur d'onde. Montrez au monde que nous sommes des victimes, c'était ce qu'ils n'avaient cessé de mettre en avant. De nous quatre, il semblait que moi seule avais envie de voir réapparaître Nicholas Spencer, et avec lui une partie de l'argent disparu. Les actionnaires s'en réjouiraient. Et peut-être pourrais-je récupérer mes vingt-cinq mille dollars. A moins que Wallingford et Garner ne présument que, même si Nick était retrouvé et extradé, nous ne reverrions jamais cet argent.

Après avoir refusé de me recevoir chez lui, Garner accepta de me rencontrer à son bureau du Chrysler Building. Il m'accorderait une courte entrevue le vendredi matin à neuf heures trente.

Sachant qu'Adrian Garner était réputé ne jamais donner d'interview, mes remerciements furent à la hauteur de ce privilège.

Avant que nous ne nous quittions, Lynn dit : « Carley, j'ai commencé de trier les effets personnels de Nick. J'ai trouvé l'insigne honorifique qui lui avait été remis en février dernier dans sa ville natale. Il l'avait rangé dans un tiroir. Vous êtes allée à Caspien pour recueillir des informations sur lui, n'est-ce pas ?

— Oui. »

Je ne précisai pas que je m'y étais rendue la veille.

« Que pense-t-on de lui là-bas maintenant ?

— Comme partout ailleurs, les gens lui ont fait confiance. Il s'est montré si convaincant que le conseil d'administration de l'hôpital de Caspien a mis beaucoup d'argent dans Pierre-Gen. Leurs pertes les ont obligés à renoncer à la construction d'une aile de pédiatrie. »

Wallingford secoua la tête. Garner avait un air fermé et il était visible qu'il commençait à s'impatienter. Le déjeuner était terminé. Il n'avait pas envie de s'attarder.

Que l'hôpital ait dû renoncer à ses projets était manifestement le cadet des soucis de Lynn. Elle demanda :

« Dites-moi plutôt ce que les gens disaient de Nick *avant* que le scandale n'éclate ?

— Après l'accident, la presse locale ne tarissait

pas d'éloges à son égard. Nick avait été un étudiant brillant, apprécié de tous et un sportif accompli. Une grande photo de lui le montrait brandissant un trophée. Il était champion de natation.

— Ce qui expliquerait qu'il ait pu provoquer le crash de l'avion et ensuite nager jusqu'à la côte », insinua Wallingford.

Peut-être, me dis-je. Mais s'il a été assez malin pour réussir un coup pareil, il est étrange qu'il ait été assez bête pour se faire remarquer en Suisse.

De retour à mon bureau, je consultai mes derniers messages. Deux d'entre eux étaient particulièrement troublants. Le premier était un e-mail : « Quand ma femme vous a écrit l'année dernière, vous n'avez pas daigné répondre à sa question et maintenant elle est morte. Vous n'êtes pas si intelligente que ça. Avez-vous découvert qui se trouvait dans la maison de Lynn Spencer avant qu'elle ne prenne feu ? »

Qui était l'auteur de ces lignes ? A première vue, à moins qu'il ne s'agisse d'une plaisanterie douteuse, ce type n'était pas dans son état normal. D'après l'adresse, c'était lui qui m'avait envoyé le même genre de message tordu deux jours plus tôt. Je l'avais conservé, mais je regrettais maintenant d'avoir effacé l'autre, celui qui m'intimait : « Préparez-vous au Jugement dernier. » Je n'y avais pas attaché d'importance, croyant qu'il provenait d'un fanatique religieux. A présent, je me demandais si le même type n'avait pas envoyé les trois e-mails.

Y avait-il eu quelqu'un dans la maison en même

temps que Lynn ? Je savais par les Gomez qu'elle recevait parfois des visiteurs à une heure tardive. Je me demandai s'il fallait mettre Lynn au courant. Il serait intéressant d'observer sa réaction.

Sur mon répondeur, je trouvai un appel de la responsable du service de radiologie de l'hôpital de Caspien. Elle disait qu'elle tenait à mettre quelque chose au clair avec moi.

Je la rappelai aussitôt.

« Madame DeCarlo, dit-elle, vous avez parlé hier à mon assistante, n'est-ce pas ?

— En effet.

— J'ai appris que vous lui aviez demandé des doubles des radios du bébé de Mme Summers.

— C'est exact.

— Mon assistante vous a dit que nous ne conservions pas de doubles des clichés. Mais, lorsque le mari de Mme Summers est venu chercher toutes les radios le 28 novembre dernier, je lui ai proposé d'en faire des copies. Il m'a dit que ce n'était pas nécessaire.

— Je comprends. »

Je cherchais mes mots. Je savais que M. Summers n'avait pas plus emporté ces radios que les résultats du scanner pratiqué à Ohio. Celui qui avait lu et compris l'importance de la lettre adressée par Carolyn Summers à Nicholas Spencer n'avait rien laissé au hasard. Utilisant le nom de Nicholas Spencer, il avait volé au Dr Broderick les notes du Dr Spencer, ensuite il avait dérobé les radios montrant l'existence de sclérose en plaques et, enfin, il s'était emparé des résultats du scanner. Il ne s'était pas donné autant de mal sans raison.

243

Don était seul dans son bureau. J'entrai.

« Tu as une minute ?

— Bien sûr. »

Je lui racontai mon déjeuner au Four Seasons.

« Bravo, s'exclama-t-il. Garner n'est pas un bonhomme facile à coincer. »

Je lui parlai ensuite des radiographies que quelqu'un était venu chercher à l'hôpital de Caspien, en prétendant être le mari de Mme Summers.

« Ils sont sacrément efficaces pour brouiller leurs pistes, dit lentement Carter. C'est la preuve qu'il y a – ou qu'il y avait – un espion chez Pierre-Gen. Est-ce que tu as abordé ce sujet pendant le déjeuner ? »

Je lui lançai un regard étonné.

« Excuse-moi, dit-il. Bien sûr que tu ne l'as pas fait. »

Je lui montrai les e-mails.

« Je n'arrive pas à savoir si ce type est dingue ou normal.

— Moi non plus, dit pensivement Don. Mais tu devrais en informer la police. Les flics ne seront pas mécontents de retrouver sa trace, car il s'agit peut-être d'un témoin important de l'incendie. Il paraît que la police de Bedford a arrêté un môme qui conduisait alors qu'il était complètement défoncé. Sa famille a engagé une star du barreau qui est en train de négocier sa libération. La monnaie d'échange : le témoignage du môme contre Marty Bikorsky. En rentrant d'une fête mardi dernier vers trois heures du matin, il est passé devant la maison des Spencer. Il jure avoir vu Marty Bikorsky au volant de sa camionnette devant la maison.

— Comment peut-il savoir qu'il s'agissait de la camionnette de Bikorsky ?

— Parce qu'il avait enfoncé une aile de sa voiture à Mount Kisco et qu'il s'est arrêté dans la station-service où travaille Marty. Il a aperçu sa voiture et trouvé que la plaque d'immatriculation portait un nom marrant. Il lui en a fait la remarque. C'est MOB. Le nom complet de Bikorsky est Martin Otis Bikorsky.

— Pourquoi n'en a-t-il pas parlé plus tôt ?

— Bikorsky avait déjà été arrêté. Le gosse s'était rendu sans permission à la fête et avait déjà suffisamment de problèmes avec ses parents. Il affirme que s'ils avaient arrêté un innocent, il se serait manifesté.

— Quel sens civique ! »

J'étais malgré tout ébranlée par les propos de Don. Je me rappelais avoir demandé à Marty s'il était resté assis dans sa voiture quand il était sorti fumer une cigarette. J'avais surpris le regard d'avertissement que lui avait lancé sa femme. De quoi voulait-elle le prévenir ? Avait-il fait un tour en voiture au lieu de rester simplement assis, le moteur en marche ? Les maisons du quartier étaient très proches les unes des autres. Un bruit de moteur au milieu de la nuit ne serait pas passé inaperçu. En proie à la colère, désespéré, avec une ou deux bières dans le nez, Bikorsky avait très bien pu faire un tour en voiture du côté de la maison des Spencer, songé à la sienne qu'il allait perdre. Et agi en conséquence.

Les e-mails que je recevais semblaient confirmer cette version des faits, me laissant perplexe.

Don m'observait.

« Tu penses que mon jugement sur les gens n'est pas d'une fiabilité terrible, hein ? lui demandai-je.

— Non, je regrette que la situation ne soit pas terrible pour ce pauvre type. A t'entendre, Marty Bikorsky est mal barré. S'il a perdu les pédales et incendié la maison, il en a pour un sacré bout de temps derrière les barreaux. Il y a trop de sommités à Bedford pour que le bougre qui a fichu le feu à une de leurs maisons s'en tire. Crois-moi, s'il peut trouver un arrangement en plaidant coupable, ce sera la meilleure solution pour lui à long terme.

— J'espère qu'il ne le fera pas, répliquai-je. Je reste convaincue qu'il est innocent. »

Je regagnai mon bureau. Un exemplaire du *Post* y était posé. Je l'ouvris à la page trois qui relatait la présence de Nick Spencer en Suisse et la disparition de Vivian Powers. Je ne lus que les deux premiers paragraphes. Le reste était une resucée de l'affaire Pierre-Gen, mais j'y trouvai l'information que je recherchais : le nom de la famille de Vivian Powers à Boston.

Allan Desmond, son père, avait fait une déclaration à la presse :

« Je ne crois pas que ma fille ait rejoint Nicholas Spencer en Europe. Au cours des semaines passées, elle nous a fréquemment téléphoné, elle s'est longuement entretenue avec sa mère, ses sœurs et moi-même. Elle était très affectée par la mort de Spencer et avait l'intention de revenir à Boston. S'il est en vie, elle l'ignore. Je *sais* qu'elle n'aurait pas volontairement plongé sa famille dans une pareille inquiétude. Quoi qu'il lui soit arrivé, c'était indépendant de sa volonté. »

C'était aussi mon avis. Vivian Powers *pleurait* la disparition de Nicholas Spencer. Il faut faire preuve d'une cruauté particulière pour se volatiliser délibérément et laisser sa famille dans les affres de l'incertitude.

Je m'attardai à compulser les notes que j'avais prises lors de ma visite chez Vivian. Une chose me frappa. Elle disait qu'on avait répondu par une lettre type à la mère de l'enfant miraculeusement guérie de la sclérose en plaques. Or Caroline Summers avait affirmé n'avoir jamais reçu de réponse. Donc quelqu'un du secrétariat avait non seulement transmis la lettre à une tierce personne, mais détruit toute trace du dossier.

Je décidai d'informer la police de Bedford des e-mails que j'avais reçus. L'inspecteur que j'eus au bout du fil me répondit aimablement, mais sans manifester un intérêt débordant. Il me demanda de lui faxer une copie de chacun. « Nous transmettrons l'information à la brigade des incendies criminels du bureau du procureur, dit-il. Et nous rechercherons de notre côté l'origine des envois, mais j'ai l'impression que vous avez affaire à un déséquilibré, madame DeCarlo. Nous sommes absolument certains de tenir le vrai coupable. »

Il était inutile de lui dire que j'étais absolument certaine du contraire. Mon appel suivant fut pour Marty Bikorsky. Son répondeur était à nouveau branché. « Marty, je sais que la situation ne se présente pas bien, mais je vous soutiens toujours. J'aimerais avoir un nouvel entretien avec vous. »

Il prit la communication. Nous décidâmes que je passerais le voir en sortant du journal. J'étais sur le point de partir quand une idée me traversa l'esprit et je rallumai l'ordinateur. Je me souvenais d'avoir lu un article sur Lynn dans *House Beautiful*. Elle y était photographiée dans sa maison de Bedford. D'après mes souvenirs, l'article comprenait plusieurs vues prises à l'extérieur. C'était une description du parc qui m'intéressait. Je trouvai l'article, le téléchargeai, me félicitai de la précision de ma mémoire et m'en allai.

Je fus prise dans les encombrements de fin d'après-midi et je n'arrivai chez Bikorsky qu'à sept heures moins vingt. Rhoda et lui avaient l'air encore plus déprimés que la dernière fois. Nous prîmes place dans le séjour. Le son de la télévision me parvenait du petit bureau, témoin de la présence de Maggie.

J'abordai tout de suite le sujet :

« Marty, j'ai eu l'impression que quelque chose ne collait pas dans votre récit l'autre jour, lorsque vous m'avez dit être resté assis dans votre voiture en laissant tourner le moteur pour vous réchauffer. Je ne crois pas que les choses se soient passées ainsi. Vous avez fait un tour dans les environs, n'est-ce pas ? »

Il était manifeste que Rhoda avait fait son possible pour dissuader Marty de me recevoir. Le visage rougi, la voix basse, elle dit :

« Carley, vous êtes certainement quelqu'un de bien, mais vous êtes avant tout journaliste et vous cherchez des informations pour votre article. Ce gosse s'est trompé. Il n'a pas vu Marty. Notre avocat est prêt à récuser ses affirmations. Le môme tente de se tirer d'affaire en s'abritant derrière les accusations portées contre Marty. Il est prêt à raconter n'importe quoi pour négocier. Des gens nous ont appelés pour témoigner qu'il ment comme il respire. Marty n'a jamais quitté l'allée de notre maison cette nuit-là. »

Je regardai Marty.

« Je voudrais vous montrer les e-mails que j'ai reçus », dis-je.

Je l'observai attentivement pendant qu'il les lisait et les passait ensuite à Rhoda.

« Qui a écrit ça ? demanda-t-il.

— Je l'ignore mais la police tente de trouver l'origine des messages. Ils finiront par découvrir qui en est l'auteur. Pour moi, il s'agit d'un déséquilibré, mais il se peut qu'il ait rôdé dans les environs. Et qu'il ait lui-même allumé l'incendie. Cependant, si vous persistez à nier que vous êtes passé en voiture devant la maison des Spencer dix minutes avant l'incendie et si c'est un mensonge, vous risquez de voir des témoins se manifester. Et dans ce cas, vous êtes *cuit*. »

Rhoda se mit à pleurer. Il lui tapota le genou et resta silencieux pendant quelques instants. Puis il haussa les épaules.

« J'y suis allé, c'est vrai, avoua-t-il d'une voix sourde. Exactement comme vous l'avez dit, Carley. J'avais bu deux ou trois bières en sortant du boulot, j'avais mal à la tête et je conduisais sans but. J'étais encore furieux, je l'avoue, fou furieux. Non seulement à cause de la maison, mais parce que le vaccin contre le cancer était inopérant. J'avais tant prié, tant espéré qu'il serait disponible à temps pour sauver Maggie. »

Rhoda enfouit son visage dans ses mains. Marty lui entoura les épaules de son bras.

« Vous êtes-vous arrêté devant la maison ?

— Moins d'une minute. Le temps d'ouvrir la vitre, de cracher en direction de la maison et de maudire tout ce qu'elle représentait. Puis je suis rentré. »

Je le croyais. Je savais qu'il disait la vérité. Je me penchai vers lui.

« Marty, vous étiez dans les parages quelques minutes avant le début de l'incendie. Avez-vous vu quelqu'un sortir ? Ou une autre voiture passer dans la rue ? Si ce garçon dit vrai, il vous a vu. Et vous, vous souvenez-vous de l'avoir aperçu ?

— Une voiture est arrivée en sens inverse et m'a croisé. C'était peut-être ce gosse. Cinq cents mètres plus loin, j'ai vu une autre voiture qui roulait en direction de la maison.

— Avez-vous remarqué quelque chose de spécial ? »

Il secoua la tête.

« Pas vraiment. A la forme des phares, j'ai pensé que c'était un modèle ancien, mais c'est imprécis dans mon souvenir.

— Et vous n'avez vu personne dans l'allée ?

— Non, mais l'individu qui vous a écrit dit peut-être la vérité. Je me souviens qu'il y avait une voiture garée derrière la grille de l'entrée.

— Vous avez vu une voiture à l'intérieur !

— Je l'ai à peine entrevue. » Il haussa les épaules. « Je l'ai remarquée pendant que j'abaissais la vitre, mais je ne suis resté que quelques secondes.

— Marty, à quoi ressemblait cette voiture ?

— C'était un berline de couleur sombre, je ne peux pas vous en dire plus. Elle était stationnée en dehors de l'allée, derrière le pilier, à gauche de la grille. »

Je sortis de mon sac l'article que j'avais téléchargé et lui montrai une vue de la propriété prise de la route.

« Pouvez-vous me montrer l'endroit ? »

Il examina la photo.

« C'est là, à cet endroit précis, que la voiture était garée. »

Il posait son doigt sur un point derrière le portail.

La légende disait : *Un joli sentier dallé mène à un étang.*

« La voiture se trouvait probablement sur ce chemin. On ne le voit pas depuis la route, dit Marty.

— Si celui qui a envoyé l'e-mail a aperçu un homme dans l'allée, c'était peut-être sa voiture.

— Pour quelle raison se serait-il arrêté à cette distance pour continuer à pied jusqu'à la maison ? demanda Rhoda.

— Parce qu'il ne voulait pas montrer qu'il était venu en voiture, dis-je. Marty, je sais que vous devriez en parler d'abord à votre avocat, mais j'ai lu attentivement les comptes rendus de l'incendie. Personne n'a mentionné l'existence d'un véhicule stationné près de la grille d'entrée, ce qui signifie qu'il n'y était plus à l'arrivée des pompiers.

— C'est peut-être le conducteur de la voiture qui

a mis le feu, dit Rhoda avec un accent d'espoir. Pourquoi l'aurait-il planquée, sinon ?

— Il reste beaucoup de pourquoi sans réponse, dis-je en me levant. La police peut retrouver l'auteur des e-mails. Je pense que cela vous donnera un répit, Marty. Ils ont promis de me tenir au courant. Je vous rappellerai aussitôt. »

En se levant pour me raccompagner, Marty posa la question que j'avais aussi à l'esprit.

« Mme Spencer a-t-elle dit si elle avait de la compagnie ce soir-là ?

— Non, elle n'a rien dit. » La franchise m'obligea à ajouter : « Etant donné l'étendue de la propriété, n'importe qui a pu s'introduire dans le parc à son insu.

— Pas en voiture, à moins de connaître le code d'entrée, ou que quelqu'un ait actionné la grille depuis la maison. La police a-t-elle interrogé les gens qui étaient employés par Mme Spencer ou suis-je le seul à l'intéresser ?

— Je ne peux pas vous répondre. Mais je peux vous assurer que je finirai par savoir la vérité. Commençons par les e-mails et voyons où ils nous mènent. »

La méfiance de Rhoda à mon égard s'était dissipée.

« Carley, dit-elle, croyez-vous sincèrement qu'il existe une chance de retrouver l'auteur de l'incendie ?

— Oui.

— Vous pensez qu'un miracle peut encore survenir ? »

Elle ne parlait pas uniquement de l'incendie.

« J'y crois, Rhoda », dis-je d'une voix ferme.

En rentrant chez moi, cependant, j'étais tristement convaincue que le miracle qu'elle appelait de ses vœux ne se produirait pas. Je savais que je ne pouvais lui être d'aucune aide dans ce domaine, je pouvais seulement aider Marty à prouver son innocence. Endurer la mort de son enfant serait une épreuve terrible pour elle, mais plus cruelle encore si elle devait être éloignée de son mari.

J'étais bien placée pour le savoir.

31

A chaque jour suffit sa peine. Tel était mon sentiment en rentrant chez moi après ma visite à Marty et Rhoda Bikorsky. Il était neuf heures. J'étais vannée et j'avais faim. Je n'avais pas envie de faire de la cuisine. Je n'avais pas envie de manger une pizza. Je ne voulais pas de cuisine chinoise. Je jetai un coup d'œil dans le réfrigérateur dont le contenu me navra : des rogatons de fromage, deux œufs, une tomate ramollie, un reste de laitue et un pain de campagne dont j'avais oublié l'existence.

Julia Childs, notre experte culinaire nationale, aurait su transformer ces restes en un repas délicieux, pensai-je. Voyons ce que je pouvais en faire.

Pour commencer, je me servis un verre de chardonnay. Ensuite, je préparai une salade avec les quelques feuilles de laitue encore fraîches, découpai le pain en tranches fines que je saupoudrai de parmesan et plaçai sous le grilloir. Les restes de fromage et les œufs me servirent à confectionner une omelette.

J'installai le tout sur un plateau et me calai dans

le confortable fauteuil de mon enfance. C'était bon d'être chez soi. J'ouvris un magazine, mais m'aperçus vite que j'étais incapable de me concentrer. Les événements de la journée m'occupaient trop l'esprit.

Vivian Powers pour commencer. Je la revoyais debout sur le seuil de sa maison pendant que je m'éloignais en voiture. Rosa Gomez s'était réjouie que Nick l'ait rencontrée. Je ne pouvais imaginer ces deux êtres, qui avaient tous deux subi un deuil douloureux dû au cancer, en train de mener la belle vie en Europe avec l'argent destiné à la poursuite des recherches sur le vaccin.

Le père de Vivian avait assuré que sa fille n'aurait jamais laissé sa famille dans l'inquiétude en ne donnant pas de nouvelles. Le fils de Nick Spencer s'accrochait à l'espoir que son père était toujours en vie. Nick laisserait-il un enfant qui avait perdu sa mère attendre jour après jour dans l'ignorance du sort de son père ?

Le prochain bulletin d'informations était à dix heures. J'allumai la télévision, impatiente d'apprendre s'il y avait du nouveau concernant Vivian Powers ou Nick Spencer. Je tombais bien. Barry West, l'homme qui prétendait avoir reconnu Nick Spencer, allait être interviewé. Après l'habituel défilé des spots publicitaires, il apparut à l'écran.

Il n'avait rien d'un Sherlock Holmes. Taille moyenne, rondouillard, avec des joues rebondies et un début de calvitie. Il était interrogé à la terrasse du café où il disait avoir aperçu Nick Spencer.

Le correspondant de *Fox News* à Zurich abrégea les préliminaires.

« Monsieur West, vous étiez assis à cette même place le jour où vous croyez avoir vu Nicholas Spencer.

— Je ne *crois* pas l'avoir vu. Je *l'ai* vu », rectifia West.

J'ignore pourquoi je m'attendais à ce qu'il ait une voix nasale ou sourde. En réalité, elle était sonore et bien timbrée.

« Ma femme et moi avions failli annuler nos vacances, poursuivit-il. Nous avions projeté ce voyage depuis longtemps pour notre vingt-cinquième anniversaire de mariage, mais nous avions perdu beaucoup d'argent avec Pierre-Gen. Bref, nous avons fini par nous décider et nous sommes arrivés vendredi dernier. Dans l'après-midi du mardi, nous étions ici, en train de bavarder, contents d'être venus, quand j'ai regardé par hasard dans cette direction. »

Il indiqua une table à l'autre extrémité de la terrasse.

« Il était là. Je n'en croyais pas mes yeux. J'avais assisté à suffisamment d'assemblées générales de Pierre-Gen pour reconnaître Nicholas Spencer. Il s'était teint les cheveux en noir. Mais peu importe. Il aurait pu porter un bonnet de ski sur la tête. Je connais trop bien son visage.

— Vous avez essayé de lui parler ?

— Si j'ai essayé de lui parler ? Vous voulez dire que j'ai hurlé : "Hé, Spencer ! J'ai deux mots à vous dire !"

— Et que s'est-il passé ?

— Je vais vous raconter exactement ce qui s'est passé. Il s'est levé d'un bond, a jeté quelques pièces

257

de monnaie sur la table et a pris ses jambes à son cou. Voilà ce qui s'est passé. »

Le journaliste désignait la table où West prétendait avoir vu Spencer.

« Que les spectateurs jugent par eux-mêmes. Au moment où nous vous parlons, l'heure et les conditions météorologiques sont identiques à celles de mardi. Un des membres de notre équipe a à peu près la taille et la corpulence de M. Spencer. Il est assis à cette table en ce moment. Le distinguez-vous clairement ? »

A cette distance, l'homme en question aurait pu être Nicholas Spencer, en effet. Même ses traits présentaient une vague ressemblance. Mais il me paraissait difficile de l'identifier avec certitude sous cet angle.

La caméra revint sur Barry West.

« C'est bel et bien Nicholas Spencer que j'ai vu, assura-t-il. Ma femme et moi avons investi cent cinquante mille dollars dans sa société. J'exige que notre gouvernement fasse rechercher cet escroc et l'oblige à avouer où il a mis cet argent. J'ai travaillé dur pour le gagner et je veux le récupérer. »

Le correspondant de Fox continua :

« D'après nos informations, plusieurs enquêteurs suivent cette piste et sont en même temps sur la trace de Vivian Powers, dont on dit qu'elle était la maîtresse de Powers. »

Le téléphone sonna et j'éteignis la télévision. De toute façon, j'en avais assez d'entendre les spéculations des uns et des autres.

Mon ton fut tout sauf aimable. « Allô.

— Hé, quelle mouche t'a piquée ? Tu sembles à cran. »

C'était Casey.

Je ris.

« Juste fatiguée. Peut-être un peu triste aussi.

— Raconte-moi tout.

— Bien, docteur. »

Je lui fis un rapide compte rendu de la journée. « En conclusion, je pense que Marty Bikorsky est accusé à tort et je suis convaincue qu'il est arrivé malheur à Vivian Powers. L'homme qui affirme avoir vu Nick Spencer à Zurich a peut-être raison, mais c'est loin d'être prouvé, *très loin.*

— Tu es sûre que les flics peuvent retrouver l'origine des e-mails ?

— A moins que leur auteur ne soit un de ces petits cybergénies, ils en sont capables, c'est du moins ce qu'ils prétendent.

— Dans ce cas, sauf s'il s'agit d'un détraqué, comme tu sembles le croire, c'est peut-être bon pour Bikorsky. Mais je t'appelais pour une autre raison. Je crois que nous ne pourrons pas aller à Greenwich dimanche. Aimerais-tu faire autre chose ? S'il fait beau, nous pourrions prendre la voiture et aller dîner au bord de la mer.

— Tes amis ont annulé leur cocktail ? »

Je perçus une hésitation dans la voix de Casey :

« Non, mais quand j'ai appelé Vince pour lui annoncer que tu m'accompagnerais, j'ai mentionné ton nouveau job et le fait que tu écrivais un article sur Nick Spencer.

— Et...

— Et j'ai senti une réticence de sa part. Il a dit

qu'il te croyait chargée d'une chronique financière. Or les parents de la première épouse de Nick Spencer, Reid et Susan Barlowe, sont ses voisins, et ils sont invités à la réception. Vince dit qu'ils sont bouleversés par toute cette histoire et refusent de voir des journalistes.

— Le fils de Nick vit avec eux, n'est-ce pas ?

— Oui, en fait Jack Spencer est le meilleur ami du fils de Vince.

— Ecoute, Casey, dis-je, je ne veux pas t'empêcher d'y aller. Renonçons à passer la soirée ensemble.

— Il n'en est pas question.

— Nous sortirons un autre jour. Ceci dit, je dois t'avouer que je donnerais cher pour rencontrer les ex-beaux-parents de Nick. Ils refusent de parler aux médias et je ne pense pas qu'ils aident leur petit-fils en agissant ainsi. Si jamais j'assiste à cette réception, je te donne ma parole d'honneur de ne pas prononcer le nom de Nick Spencer ni d'y faire une seule allusion, même détournée. Mais si j'y vais et si je leur fais une impression favorable peut-être accepteront-ils de me recevoir par la suite. »

Casey ne répondit pas et j'entendis ma voix monter d'un cran tandis que j'insistais :

« Bon sang, Casey, les Barlowe ne peuvent pas continuer indéfiniment à faire l'autruche. Il se passe des choses graves, et ils devraient s'en rendre compte. Je donnerais ma main à couper que cet abruti de Barry West, qui prétend avoir vu Spencer à Zurich, a seulement aperçu quelqu'un qui avait une vague ressemblance avec lui.

Casey, Nick voyait tout le temps ses ex-beaux-

260

parents. Il leur a confié son fils. Peut-être leur a-t-il dit quelque chose qui permettrait d'y voir un peu plus clair dans cette affaire.

— Ce serait logique en effet, dit calmement Casey. Je vais parler à Vince. D'après lui, les Barlowe ne supportent plus d'entendre toutes les rumeurs contradictoires qui courent sur Nick. Son fils, Jack, risque de souffrir si le mystère n'est pas résolu. Vince pourra peut-être les persuader de te parler.

— Dieu t'entende.

— Bon. Mais, d'une façon ou d'une autre, on se voit dimanche.

— Avec plaisir, toubib.

— Encore une chose, Carley.

— Hmm ?

— Appelle-moi quand tu sauras qui a envoyé ces e-mails. Tu as raison – je parie qu'ils ont la même origine, et je n'aime pas celui qui fait allusion au Jugement dernier. Ce type a l'air timbré et il fait peut-être une fixation sur toi. Fais attention. »

Casey avait pris un ton si préoccupé que j'eus envie de le faire sourire.

« Ne jugez point, afin de n'être pas jugés.

— Un seul mot suffit au sage, rétorqua-t-il. Bonsoir, Carley. »

32

MAINTENANT que son fusil était à l'abri dans la tombe d'Annie, Ned se sentait en sécurité. Il avait prévu que les flics reviendraient et ne montra aucune surprise quand ils sonnèrent de nouveau à la porte. Il leur ouvrit aussitôt. Il savait qu'il avait meilleure apparence aujourd'hui. Après avoir enterré le fusil, il était revenu du cimetière couvert de boue. Il ne s'en était pas soucié. Une fois chez lui, il avait ouvert une bouteille de scotch, s'était affalé dans son fauteuil et avait bu jusqu'au moment où il avait sombré dans le sommeil. Sa seule pensée, en enterrant le fusil, avait été qu'en continuant de creuser il finirait par atteindre le cercueil d'Annie, qu'il pourrait l'ouvrir et la toucher.

Il avait dû se forcer pour aplanir la terre et quitter la tombe. Elle lui manquait tellement.

Le lendemain matin, il s'était réveillé à cinq heures. Malgré la poussière et les traces de crasse accumulées sur les carreaux, le jour pointait à travers la fenêtre. La pièce s'était soudain éclairée et il avait remarqué la saleté qui lui recouvrait les mains. Ses vêtements aussi étaient noirs de boue séchée.

Si les flics étaient arrivés à ce moment-là, ils lui auraient demandé d'où il sortait. Peut-être même auraient-ils pensé à jeter un coup d'œil à la tombe d'Annie. Et ils auraient trouvé le fusil.

Voilà pourquoi il avait pris une douche. Il s'était attardé un long moment sous le jet, se frottant avec la brosse à long manche qu'Annie lui avait achetée. Il s'était même lavé les cheveux et coupé les ongles. Annie lui disait toujours qu'il était important d'avoir l'air propre et convenable.

« Ned, disait-elle, qui te donnera du travail si tu te présentes mal rasé, avec les cheveux hirsutes, si tu restes des jours entiers sans changer de vêtements ? Tu es parfois d'une saleté à faire fuir. »

Lundi, quand il s'était présenté à la bibliothèque de Hastings pour envoyer les premiers e-mails à Carley DeCarlo, il avait remarqué que la bibliothécaire lui lançait un drôle de regard, comme s'il n'était pas à sa place dans ce genre d'endroit.

Et hier, mercredi, il était allé à Croton envoyer l'autre e-mail et il avait mis des vêtements propres. Personne n'avait fait attention à lui.

Aussi, bien qu'il ait dormi tout habillé, il savait qu'il était plus présentable.

C'étaient les mêmes flics, Pierce et Carson. Sûr qu'ils lui trouvaient meilleure apparence. Puis il les vit lorgner le fauteuil où il avait laissé traîner ses vêtements sales la première fois. Après leur départ, il les avait tous fourrés dans la machine à laver. Il s'était attendu à ce qu'ils reviennent et préférait qu'ils ne voient pas ses affaires tachées de boue.

Ned suivit le regard de Carson et le vit s'attarder

sur ses chaussures pleines de terre près du fauteuil. Merde ! Il avait oublié de les ranger.

« Ned, pouvons-nous vous parler cinq minutes ? » demanda Carson.

Il jouait au vieux pote qui passe vous voir par hasard. Ça ne trompait personne. Ned connaissait leurs ficelles. Quand ils l'avaient arrêté cinq ans plus tôt parce qu'il s'était battu avec cet imbécile dans le bar, le jardinier qui était employé par les Spencer à Bedford et qui avait déclaré qu'il ne le ferait plus jamais travailler, les flics avaient été copains-copains avec lui, au début. Mais ils avaient quand même dit que la bagarre était de sa faute.

« Bien sûr, leur dit-il. Entrez. » Ils prirent les mêmes sièges que lors de leur première visite. L'oreiller et la couverture étaient sur le canapé où il les avait laissés la dernière fois. Il avait dormi sur le fauteuil depuis.

« Ned, dit l'inspecteur Carson, vous aviez raison au sujet de l'individu qui se tenait derrière vous au drugstore, l'autre soir. Il s'appelle bien Garret. »

Et alors ? faillit dire Ned. Il se contenta d'attendre la suite.

« Garret croit avoir vu votre voiture garée devant le drugstore quand il est parti. »

Est-ce que je dois dire que je l'ai vu ? Je ne pouvais pas ne pas le voir. Peg essayait d'attraper son bus. Elle l'avait servi rapidement.

« Bien sûr, je n'étais pas encore parti, dit-il. Ce type est sorti du drugstore une minute après moi. Je suis monté dans ma voiture, j'ai mis le contact, changé de station de radio pour prendre les infos de dix heures et j'ai démarré.

« — Où est allé Garret, Ned ?

— J'en sais rien. Pourquoi voulez-vous que je m'intéresse à ce qu'il a fait ? Je suis sorti du parking, j'ai fait un demi-tour au milieu de la rue et je suis rentré chez moi. Vous voulez peut-être m'arrêter parce que j'ai fait ce demi-tour, hein ?

— Quand il y a peu de circulation, il m'arrive d'en faire autant », dit Carlson.

Le voilà qui rejoue les copains-copains, pensa Ned. Ils cherchent à me coincer. Il regarda Carlson sans rien dire.

« Est-ce que vous détenez une arme ?

— Non.

— Avez-vous déjà utilisé un fusil ? »

Ned se tint sur ses gardes. « Quand j'étais gosse, j'ai tiré avec un pistolet à air comprimé. » Il aurait parié qu'ils le savaient déjà.

« Avez-vous déjà été arrêté ? »

Mieux valait dire la vérité.

« Une fois, et c'était un malentendu.

— Avez-vous été incarcéré ? »

Oui, à la prison du comté, et Annie avait raclé les fonds de tiroir pour payer la caution. C'est là qu'il avait appris à envoyer des e-mails dont on ne pouvait pas retrouver l'origine. Son voisin de cellule lui avait dit qu'il suffisait d'aller dans une bibliothèque publique, d'utiliser un de leurs ordinateurs, d'accéder à l'Internet et d'ouvrir Hotmail. « C'est un service gratuit, mon vieux, avait-il expliqué. Tu peux utiliser un nom bidon et ils n'y voient que du feu. Si quelqu'un te cherche des noises, il pourra remonter jusqu'à la bibliothèque, mais pas jusqu'à toi. »

266

« J'ai passé une nuit en tôle, répondit-il d'un ton bougon.

— Ned, vos chaussures sont couvertes de boue. Vous n'auriez pas fait un tour dans le parc, par hasard, en sortant du drugstore ?

— Je vous l'ai déjà dit, je suis rentré directement à la maison. »

C'était dans le parc municipal qu'il s'était débarrassé de Peg.

Carson gardait le regard rivé sur ses chaussures.

Une fois arrivé dans le parc, je suis resté assis au volant, se rappela Ned. J'ai dit à Peg de descendre et de rentrer chez elle à pied. Elle s'est mise à courir et j'ai tiré. Ils n'ont aucune raison de s'intéresser à mes chaussures. Je n'ai laissé aucune empreinte dans le parc.

« Ned, est-ce que ça vous ennuierait qu'on jette un coup d'œil à votre voiture ? »

Ils n'avaient aucune charge contre lui, rien.

« Ouais, ça m'ennuierait, dit-il d'un sec. Ça m'ennuierait même beaucoup. Je vais au drugstore acheter des médicaments. Personne ne sait ce qui est arrivé à une brave dame qui a eu la malchance de rater son bus, et vous essayez de me coller je ne sais quoi sur le dos. Maintenant sortez de chez moi. »

Il vit leur regard devenir glacial. Il en avait trop dit. Comment savait-il qu'elle avait raté son bus ? C'était sûrement la question qu'ils se posaient.

Il risqua le tout pour le tout. L'avait-il entendu ou l'avait-il rêvé ?

« Ils ont dit à la radio qu'elle avait raté son bus. C'est vrai, non ? Quelqu'un l'a vue courir pour l'attraper. Et ouais, ça m'embête que vous alliez voir ma camionnette, et ça m'embête que vous débarquiez ici pour me poser toutes ces questions. Sortez d'ici. Vous m'entendez ? Sortez d'ici et n'y remettez plus les pieds. »

C'est malgré lui qu'il leur montra le poing. Le bandage se défit, découvrant la chair gonflée et brûlée.

« Comment s'appelle le médecin qui vous a soigné, Ned ? » demanda calmement Carson.

33

UNE bonne nuit de repos suffit parfois pour que toutes les cellules de mon cerveau se mettent en branle en même temps. Ce fut le cas ce matin-là, 1er mai. Je me réveillai en pleine forme, ce qui allait se révéler utile au cours de la journée.

Je pris une douche, enfilai un tailleur gris à fines rayures que j'avais acheté en fin de saison l'année précédente. J'ouvris la fenêtre pour respirer l'air frais et évaluer la température. C'était une parfaite journée de printemps, douce, avec une légère brise. Les fleurs commençaient à poindre dans les jardinières de mes voisins et dans l'azur du ciel couraient des petit nuages floconneux.

Quand j'étais enfant, une cérémonie traditionnelle avait lieu le 1er mai à Notre-Dame-du-Carmel à Ridgewood, au cours de laquelle nous couronnions la Vierge Marie. L'hymne me revint en mémoire tandis que j'appliquais une touche d'ombre à paupières et un peu de rouge à lèvres.

Ô Marie, reine des anges...

Je sais pourquoi ce souvenir me revenait aujour-

269

d'hui. A dix ans, j'avais été choisie pour orner la statue de la Vierge Marie d'une auréole de fleurs. L'honneur en revenait alternativement à un garçon ou une fillette de cet âge.

Patrick aurait eu dix ans la semaine prochaine.

Longtemps après que vous avez accepté la perte d'un être cher, que vous vous êtes résolu à poursuivre vaillamment votre existence, surgit soudain une image, un souvenir qui ravive la blessure, jamais cicatrisée.

« Ça suffit », dis-je à mi-voix, décidée à chasser ce genre de pensée de mon esprit.

J'allai à pied au journal où j'arrivai à neuf heures moins vingt, me servis un café et poussai la porte du bureau de Ken. Don était déjà installé. Les choses se précipitèrent avant même que j'aie avalé une gorgée.

L'inspecteur Clifford de la police de Bedford téléphona, et ce qu'il nous apprit nous laissa interdits. Ken, Don et moi écoutâmes sur le haut-parleur Clifford nous informer que l'on avait établi l'origine des e-mails, y compris de celui que je n'avais pas conservé – celui qui me conseillait de me préparer pour le jour du Jugement dernier.

Les trois avaient été envoyés depuis le comté de Westchester. Les deux premiers provenaient d'une bibliothèque à Hastings, l'autre d'une bibliothèque à Croton. L'expéditeur avait utilisé Hotmail, un service gratuit de l'Internet, mais il avait entré ce qu'ils pensaient être une fausse information concernant son identité.

« C'est-à-dire ? demanda Ken.

— Il a donné le nom de Nicholas Spencer et,

comme adresse, la maison de Bedford qui a brûlé la semaine dernière. »

Nicholas Spencer ! Nous nous regardâmes stupéfaits.

« Attendez une minute, dit Ken. Une quantité de photos de Spencer ont récemment paru dans les journaux. Les avez-vous montrées aux bibliothécaires ?

— Naturellement. Personne n'a vu un sosie de Spencer se servir d'un de leurs ordinateurs.

— Même avec Hotmail, il faut entrer un mot de passe, dit Don. Quel genre de mot de passe a utilisé ce type ?

— Il a utilisé un nom de femme, Annie. »

Je courus dans mon bureau chercher les originaux des e-mails. Je lus le dernier :

Quand ma femme vous a écrit l'année dernière, vous n'avez pas daigné répondre à sa question et maintenant elle est morte. Vous n'êtes pas si intelligente que ça. Avez-vous découvert qui se trouvait dans la maison de Lynn Spencer avant qu'elle ne prenne feu ?

« Je parie ce que vous voulez que la femme de cet individu s'appelle Annie, dis-je.

— Il y a encore une chose qui peut nous mettre sur la piste, ajouta l'inspecteur Clifford. La bibliothécaire de Hastings se souvient distinctement d'un homme débraillé qui a utilisé l'ordinateur. Elle a remarqué qu'il avait une sérieuse brûlure à la main droite. Elle ignore s'il est l'auteur de ces e-mails, mais il lui a paru bizarre. »

Avant de raccrocher, Clifford nous avertit qu'il

allait étendre les recherches sur le Net et demander aux bibliothécaires des autres communes du comté de Westchester d'être vigilants et, si un homme correspondait à ce signalement, de nous en informer.

Il avait une brûlure à la main ! J'étais sûre que l'homme qui prétendait dans son e-mail avoir vu quelqu'un descendre en courant l'allée des Spencer était le même individu qui avait une brûlure à la main. C'était une information sacrément intéressante.

Marty et Rhoda Bikorsky méritaient qu'on leur donne une lueur d'espoir. Je leur téléphonai. Mon Dieu, si nous pouvions seulement mesurer ce qui compte vraiment dans nos existences, pensai-je en entendant leur réaction stupéfaite quand je leur expliquai que l'auteur des e-mails utilisait probablement le nom de Nick Spencer et qu'il avait une main brûlée.

« Ils vont l'attraper, n'est-ce pas, Carley ? demanda Marty.

— Ce n'est peut-être qu'un malade mental, dis-je avec prudence, mais oui, je suis sûre qu'ils vont l'attraper. Ils sont certains qu'il habite dans les environs.

— Nous avons eu une autre bonne nouvelle, dit Marty. La tumeur de Maggie a cessé de se développer le mois dernier. Elle est toujours présente, menaçante, mais si elle ne grossit pas davantage, nous pourrons passer un Noël de plus avec Maggie. Rhoda pense déjà aux cadeaux.

— Je suis sincèrement heureuse pour vous. » J'avais la gorge nouée. « Je vous tiendrai au courant. »

J'aurais voulu partager la joie que j'avais perçue dans la voix de Marty, mais le temps pressait. J'avais un autre appel moins réjouissant à passer. Le nom du père de Vivian Powers, Allan Desmond, se trouvait dans l'annuaire de Cambridge, Massachusetts. Je composai le numéro.

Comme Marty Bikorsky, les Desmond branchaient leur répondeur pour filtrer les appels. Comme Marty, ils répondirent avant que je raccroche. Je commençai : « Monsieur Desmond, ici Carley DeCarlo, du *Wall Street Weekly*. J'ai interviewé Vivian le jour de sa disparition. J'aimerais beaucoup vous rencontrer ou vous parler. Si vous vouliez... »

Quelqu'un décrocha.

« Ici la sœur de Vivian, Jane, dit une voix réservée. Je sais que mon père serait heureux de s'entretenir avec vous. Il est à l'hôtel Hilton de White Plains. Vous pouvez l'y joindre en ce moment. Je viens de lui parler.

— Croyez-vous qu'il répondra à mon appel ?

— Donnez-moi votre numéro. Je vais lui demander de vous contacter lui-même. »

Moins de trois minutes plus tard, mon téléphone sonna.

C'était Allan Desmond. J'avais rarement entendu une voix aussi lasse.

« Madame DeCarlo, j'ai accepté de donner une conférence de presse dans quelques minutes. Pourrions-nous avoir cette conversation un peu plus tard ? »

Je fis un rapide calcul. Il était neuf heures trente. J'avais quelques coups de fil à donner et j'étais ensuite attendue dans les bureaux de Pierre-Gen à

Pleasantville, à trois heures trente, afin d'y rencontrer les membres du personnel.

« Je pourrais vous retrouver à votre hôtel vers onze heures. Cela vous agrée-t-il ? demandai-je.

— Oui, c'est possible. »

Nous convînmes que je l'appellerais du hall de l'hôtel en arrivant.

Je calculai à nouveau le temps dont je disposais. Mon entretien avec Allan Desmond ne durerait sans doute pas plus de quarante minutes. En le quittant à midi, je pouvais être à Caspien à une heure. Il me fallait maintenant persuader l'épouse du Dr Broderick de me recevoir.

Espérant ne pas essuyer un refus, je composai le numéro du cabinet du docteur.

La réceptionniste, Mme Ward, se souvenait de moi et me répondit aimablement.

« Je suis heureuse de pouvoir vous annoncer que le docteur se rétablit peu à peu, dit-elle. Il a une solide constitution et s'est toujours maintenu en forme. C'est ce qui l'a aidé à récupérer. Mme Broderick est certaine qu'il va s'en sortir.

— Tant mieux. Savez-vous si elle est chez elle ?

— Non. Elle est à l'hôpital, mais je sais qu'elle a prévu de rentrer dans l'après-midi. Elle a toujours travaillé au cabinet et, la santé du docteur s'améliorant, elle passe tous les jours quelques heures dans son bureau.

— Madame Ward, je suis en route pour Caspien et je dois absolument lui parler. C'est au sujet de l'accident de son mari. Je préfère ne pas en dire plus pour l'instant, mais je m'arrêterai au cabinet du docteur vers deux heures. Pouvez-vous demander à Mme Broderick de bien vouloir m'accorder un quart d'heure ? C'est important pour elle. Elle a le numéro de mon téléphone portable. Je vous demanderais aussi de me prévenir au cas où elle refuserait de me recevoir. »

J'avais un dernier coup de fil à donner. Je voulais joindre Manuel et Rosa Gomez. Je les trouvai chez leur fille, à Queens.

« Nous avons appris la disparition de Mme Powers, dit Manuel. Nous craignons qu'il ne lui soit arrivé malheur.

— Vous ne pensez donc pas qu'elle ait pu rejoindre M. Spencer en Suisse ?

— Non, je ne le crois pas. Mais ce n'est qu'une intuition.

— Manuel, vous voyez le sentier dallé qui mène à l'étang, juste derrière le pilier de la grille d'entrée ?

— Bien sûr.

— Est-ce un endroit où l'on peut facilement garer une voiture ?

— M. Spencer y laissait souvent la sienne.

— M. Spencer !

— L'été en particulier, lorsque Mme Spencer était à la piscine avec des amis et qu'il rentrait de New York et repartait immédiatement retrouver Jack dans le Connecticut. Il arrêtait sa voiture à cet endroit où on ne la remarquait pas. Puis il montait en quatrième vitesse dans sa chambre pour se changer.

— Sans avertir Mme Spencer ?

— Il disait qu'il ne voulait pas s'attarder à saluer ses amis.

— Quel genre de voiture possédait M. Spencer ?

275

— Une BMW grise.

— D'autres invités qui se garaient là ? »

Il hésita un moment, puis répondit doucement :

« Pas durant la journée. »

34

ALLAN Desmond avait la mine de quelqu'un qui n'a pas fermé l'œil depuis trois jours. Il avait le teint presque aussi gris que ses cheveux. C'était un homme svelte et, ce matin, il semblait accablé de fatigue bien qu'il fût élégamment vêtu d'un costume-cravate. Il était le genre d'homme à porter une cravate en toutes circonstances, excepté sur un terrain de golf, pensai-je en le voyant s'avancer vers moi.

Le bar de l'hôtel était à moitié vide et nous choisîmes une table dans un angle où l'on pouvait parler sans être entendu. J'étais certaine qu'il n'avait pas pris de petit déjeuner et je commandai un croissant avec mon café, l'invitant à en faire autant.

Il haussa les sourcils :

« Vous êtes très observatrice, madame DeCarlo, et vous avez raison : je n'ai rien mangé ce matin. Ce sera un croissant pour moi aussi. »

Puis il me regarda.

« Vous avez vu Vivian lundi après-midi, n'est-ce-pas ?

— Oui. Je lui avais téléphoné pour lui demander

un rendez-vous, mais elle avait refusé. Elle était convaincue que mon but était d'attaquer Nicholas Spencer et ne voulait pas en entendre parler.

— Pourquoi n'a-t-elle pas saisi cette occasion pour le justifier ?

— Parce que, malheureusement, les choses ne se passent pas toujours ainsi. C'est triste à dire, mais certains médias en tronquant une interview peuvent transformer un éloge en critique acerbe. Je pense que Vivian était horrifiée par les terribles accusations portées contre Nick Spencer et craignait, à juste titre, d'avoir l'air d'y prendre part. »

Allan Desmond hocha la tête.

« Elle a toujours été d'une loyauté farouche. » Son visage se crispa. « Vous avez remarqué ? Je parle de Vivian au passé. C'est terrifiant. »

J'aurais souhaité savoir mentir et lui dire un mot de réconfort, mais j'en fus incapable.

« Monsieur Desmond, j'ai lu la déclaration que vous avez faite à la presse. Vous y affirmez avoir parlé fréquemment au téléphone à Vivian durant les trois semaines qui ont suivi le crash de l'avion. Saviez-vous si Nicholas Spencer et elle avaient des relations autres que professionnelles ? »

Il but une gorgée de café avant de répondre, mais je n'eus pas le sentiment qu'il cherchait à éluder la question.

« Je vais tâcher de revenir en arrière et de vous répondre avec honnêteté. Ma femme dit que je ne réponds jamais directement à une question, peut-être a-t-elle raison. » Un sourire fugitif éclaira ses traits. « Voyons, laissez-moi vous donner quelques informations. Vivian est la plus jeune de nos quatre

278

filles. Elle avait rencontré Joel à l'université et ils se sont mariés, il y a neuf ans. Elle avait alors vingt-deux ans. Malheureusement, comme vous le savez sans doute, Joel est mort d'un cancer voilà un peu plus de deux ans. A cette époque, nous avons tenté de la persuader de revenir à Boston, mais elle a choisi d'accepter le poste que lui offrait Nicholas Spencer. Elle était très excitée à la pensée de travailler dans une société qui était sur le point de commercialiser un vaccin contre le cancer. »

Nick Spencer avait épousé Lynn deux ans avant que Vivian ne commence à travailler pour lui. Le mariage battait probablement déjà de l'aile, pensai-je.

« Je vais être franc avec vous, Carley, dit Allen Desmond. Si – et c'est un grand si – Vivian est tombée amoureuse de Nicholas Spencer, cela n'est pas arrivé tout de suite. Elle a été engagée six mois après la mort de Joel. Elle revenait nous voir au moins une fois par mois. Sa mère, ses trois sœurs ou moi-même ne manquions jamais de lui parler alors. La savoir toujours seule nous préoccupait. Nous la poussions à s'inscrire dans un groupe, à des cours du soir, bref à faire quelque chose qui l'aide à sortir de chez elle. »

On nous apporta nos croissants. En dépit des calories, je ne résistai pas au plaisir de croquer un morceau qui fondit littéralement dans ma bouche. C'était trop bon pour s'en priver.

« Je pense que vous allez me dire que la situation a changé à un certain moment. »

Allan Desmond hocha la tête. Il mangeait distraitement.

« Vers la fin de l'été dernier, Vivian nous a paru différente. Elle semblait plus heureuse, bien qu'elle s'inquiétât des problèmes rencontrés par la société concernant le vaccin. Elle n'en parlait pas. Je pense qu'il s'agissait d'informations confidentielles. Elle nous a simplement dit que Nicholas Spencer était très soucieux.

— A-t-elle jamais laissé entendre qu'ils avaient noué une relation plus intime ?

— Non, elle n'a rien dit de pareil. Mais sa sœur Jane, avec laquelle vous avez parlé, y a fait allusion. Elle nous a dit un jour : "Vivian a eu suffisamment de chagrin comme ça. J'espère qu'elle est assez intelligente pour ne pas tomber amoureuse de son boss qui est marié."

— Avez-vous posé la question à Vivian ?

— Je lui ai demandé en plaisantant si un homme se profilait à l'horizon. Elle m'a répondu que j'étais un incurable romantique et que, si quelqu'un se présentait dans sa vie, je serais le premier prévenu. »

Devinant qu'Allan Desmond s'apprêtait à m'interroger à son tour, je lui demandai rapidement : « En dehors de tout aspect romantique, Vivian vous a-t-elle jamais dit ce qu'elle pensait de Nicholas Spencer ? »

Allan Desmond fronça les sourcils, puis me regarda franchement.

« Durant les derniers mois, lorsque Vivian parlait de Spencer, elle le décrivait comme quelqu'un d'extraordinaire. Si bien que si elle nous avait écrit qu'elle partait le rejoindre en Suisse, je ne l'aurais pas approuvée, certes, mais j'aurais compris.

Carley, je donnerais tout au monde pour qu'une telle lettre me parvienne aujourd'hui, mais je sais que c'est un espoir vain. J'ignore où se trouve Vivian, et je prie pour qu'elle soit toujours en vie, mais je sais qu'elle est dans l'impossibilité de communiquer avec nous, sinon elle l'aurait déjà fait. »

J'étais convaincue qu'il avait raison. Tandis que mon café refroidissait, je lui racontai mon entrevue avec Vivian, je lui dis qu'elle m'avait fait part de son intention d'aller s'installer chez ses parents en attendant de trouver l'endroit de ses rêves. Je lui rapportai ce qu'elle m'avait dit au téléphone, qu'elle croyait pouvoir identifier l'homme qui avait subtilisé les dossiers du Dr Spencer.

« Et elle a disparu peu après », fit-il d'un air sombre.

Je hochai la tête.

Nous laissâmes nos croissants à moitié entamés. Je savais que nous étions hantés par l'image de cette belle jeune femme qui ne se sentait pas en sécurité dans sa propre maison.

Cette réflexion éveilla un souvenir.

« Le vent soufflait très fort récemment. Vivian avait-elle des ennuis avec sa porte d'entrée ?

— Pourquoi posez-vous cette question ?

— Parce que le fait que sa porte fût ouverte pouvait inciter un voisin à entrer chez elle pour vérifier s'il n'y avait rien d'anormal. C'est ce qui s'est passé, d'ailleurs. Mais si cette porte s'est ouverte brusquement parce qu'elle ne fermait pas bien, la disparition de Vivian aurait dû normalement rester inaperçue pendant un jour de plus, sinon davantage. »

Je revoyais Vivian sur le seuil de sa maison, me regardant m'éloigner en voiture.

« Vous avez peut-être raison. Je sais que la porte d'entrée fermait difficilement, dit Allan Desmond.

— Supposons que la porte ait été *ouverte* brusquement, et non qu'on l'ait *laissée* ouverte, dis-je. La chaise et la table ont-elles été renversées pour simuler un cambriolage ou un enlèvement ?

— La police pense que Vivian a délibérément mis en scène une agression. Elle vous a téléphoné lundi après-midi, madame DeCarlo. Comment était sa voix ?

— Très agitée. Inquiète. »

Je sentis leur présence avant même de les voir surgir. Deux hommes à la mine sévère. L'un était l'inspecteur Shapiro. L'autre un policier en uniforme. Ils s'approchèrent de notre table. « Monsieur Desmond, dit Shapiro, nous aimerions vous parler.

— Vous l'avez trouvée ?

— Disons que nous avons retrouvé sa trace. Sa voisine, Dorothy Bowes, qui habite trois maisons plus loin, est une amie de votre fille. Elle était en vacances. Votre fille avait une clé de sa maison. Dorothy Bowes est rentrée chez elle ce matin et a découvert que sa voiture n'était plus dans son garage. Votre fille a-t-elle jamais eu des problèmes psychiatriques, monsieur ?

— Elle s'est enfuie parce qu'elle avait peur, dis-je. C'est la seule raison.

— Mais où est-elle allée ? demanda Allan Desmond. Qu'est-ce qui l'a effrayée au point de la faire fuir ? »

Je pensais connaître la réponse. Vivian se doutait que le téléphone de Nick Spencer était sur écoute. S'était-elle rendu compte que le sien l'était également après m'avoir appelée ? Avait-elle été prise de panique ? C'était une explication à sa fuite, mais pas au fait qu'elle n'avait pas cherché à joindre sa famille.

Je me posai alors la même question que son père : « *Où est-elle allée ? Et l'a-t-on suivie ?* »

35

L'ARRIVÉE des policiers avait mis fin à notre entretien et je ne m'attardai pas beaucoup plus longtemps. L'inspecteur Shapiro et l'agent Klein avaient pris place à notre table et nous fîmes ensemble un point de la situation.

Vivian m'avait appelée le lundi vers quatre heures de l'après-midi. D'après Allan Desmond, sa sœur Jane avait en vain tenté de la joindre à dix heures ce soir-là, et pensé qu'elle était sortie avec des amis. Le lendemain matin, la voisine qui promenait son chien avait remarqué la porte ouverte.

Je leur demandai s'ils croyaient possible que Vivian ait entendu ou aperçu quelqu'un à l'arrière de la maison, et se soit enfuie par l'entrée principale, renversant dans sa précipitation la table et la chaise ?

A entendre Shapiro tout était possible, y compris une mise en scène. D'après lui, le fait que Vivian soit partie avec la voiture de sa voisine n'excluait en rien cette hypothèse.

Je voyais bien que les commentaires de Shapiro mettaient Allan Desmond hors de lui, mais il se tut.

Pour le père de Vivian l'important était que sa fille ait quitté la maison de son plein gré.

J'avais craint de recevoir un appel de Mme Broderick ou de la réceptionniste, me prévenant d'annuler ma visite à Caspien. Puisqu'il n'en était rien, je laissai Allan Desmond avec les enquêteurs et convins de rester en contact avec lui.

Annette Broderick était une belle femme au visage anguleux qu'adoucissait une masse de cheveux grisonnants naturellement ondulés. Elle m'invita à la suivre à l'étage, au-dessus du cabinet.

La maison était ravissante, avec de vastes pièces, de hauts plafonds, des moulures et des planchers de chêne ciré. Nous nous installâmes dans le petit salon. Le soleil entrait à flots et ajoutait une note joyeuse à l'atmosphère confortable de la pièce, avec sa méridienne de style anglais et ses murs recouverts de bibliothèques.

Je songeai soudain que j'avais passé toute la semaine en compagnie de gens que la vie avait éprouvés : les Bikorsky, Vivian Powers et son père, les employés de Pierre-Gen dont l'existence et les espoirs avaient été brisés – tous ces gens vivaient dans l'angoisse, et je ne pouvais m'empêcher de les plaindre.

Je constatai aussi que la personne qui aurait dû être au premier rang de mes préoccupations, ma demi-sœur Lynn, n'y figurait pas.

Annette Broderick me proposa du café que je refusai, et un verre d'eau, que j'acceptai. Elle en apporta un second pour elle.

« Philip va mieux, dit-elle. Il faudra sans doute du temps, mais les médecins disent qu'il finira par se rétablir complètement. » Sans me laisser lui faire part de mon soulagement, elle poursuivit : « Je dois vous avouer que votre hypothèse selon laquelle l'accident de Philip n'en était pas un m'a paru extravagante au début, mais je commence à m'interroger.

— Pourquoi ?

— Oh, je ne prétends pas en être sûre, dit-elle hâtivement. Mais lorsqu'il est sorti du coma, Philip a essayé de me dire quelque chose. J'ai cru distinguer : "La voiture a tourné." En se fondant sur les traces des pneus, la police pense que la voiture qui l'a renversé venait probablement de la direction opposée et a fait demi-tour sur place.

— La police admet donc que votre mari a été heurté délibérément ?

— Non, elle croit qu'il s'agissait d'un chauffard ivre. Ils ont une quantité de problèmes, dans la région, avec des adolescents qui se droguent ou boivent. Ils pensent que le conducteur s'est peut-être trompé de direction, a voulu repartir en sens inverse et n'a pas vu Phil. Pourquoi persistez-vous à croire qu'il ne s'agissait pas d'un accident, Carley ? »

Je lui parlai de la lettre de Caroline Summers restée sans réponse et des documents subtilisés, non seulement au Dr Broderick, mais à l'hôpital de Caspien et à Ohio.

« Vous pensez que quelqu'un aurait pris au sérieux ce que l'on pourrait qualifier de remède miracle ?

— Je n'en sais rien. Mais je soupçonne que les

287

travaux du Dr Spencer ont dû paraître suffisamment prometteurs à quelqu'un pour justifier le vol de ses notes, et que le Dr Broderick était le seul capable d'identifier l'auteur de ce vol. Avec tout le battage fait autour de Nicholas Spencer, votre mari était devenu une menace.

— Vous dites que les doubles des radiographies faites à l'hôpital de Caspien ainsi que les résultats du scanner à Ohio ont disparu. Se peut-il que la même personne soit venue les récupérer ?

— J'ai vérifié ce point. Les employées que j'ai interrogées n'en ont aucun souvenir, mais toutes les deux disent que l'individu qui s'est fait passer pour le mari de Caroline Summers n'avait rien de particulier. En revanche, je sais que le Dr Broderick a un souvenir précis de la personne qui est venue reprendre les documents du Dr Spencer.

— J'étais à la maison ce jour-là et je regardais par la fenêtre au moment où cet homme est remonté dans sa voiture.

— J'ignorais que vous l'aviez vu. Le docteur ne m'en a rien dit lorsque je suis venu l'interroger. Pourriez-vous le reconnaître ?

— Non. C'était en novembre et il avait remonté le col de son manteau. A la réflexion, je me rappelle avoir eu l'impression que cet homme avait les cheveux teints. Vous savez, avec ces reflets roux qu'ils prennent parfois au soleil.

— Le Dr Broderick n'a pas mentionné ce détail.

— Ce n'est pas le genre de commentaire qu'il fait en général, surtout s'il n'en est pas certain.

— Le Dr Broderick a-t-il déjà pu parler de son accident ?

— Il est sous calmants la plupart du temps, mais, dans ses moments de lucidité, il veut savoir ce qui lui est arrivé. Jusqu'ici il semble n'avoir conservé aucun souvenir, hormis ce qu'il a essayé de me dire en émergeant du coma.

— Lors de notre entretien, il m'a précisé qu'il avait participé à certaines recherches avec le Dr Edward Spencer, et c'est pourquoi Nick Spencer lui avait laissé les notes concernant les premiers travaux de son père. Dans quelle mesure avaient-ils travaillé ensemble ?

— Carley, mon mari minimisait probablement sa part dans ces travaux, mais la vérité est qu'il éprouvait un vif intérêt pour l'entreprise du Dr Spencer qu'il considérait comme un génie. C'est une des raisons pour lesquelles Nick lui avait confié ces documents. Philip avait l'intention de poursuivre une partie des expériences, mais il s'est vite rendu compte qu'il ne pourrait pas y consacrer le temps nécessaire. Ce qui avait été une passion pour le Dr Spencer ne serait pour lui qu'un passe-temps. N'oubliez pas que Nick avait commencé sa carrière dans les fournitures médicales, pas dans un laboratoire. Puis, il y a une dizaine d'années, en examinant les notes de son père, il a compris que ce dernier était sur le point de faire une découverte majeure, peut-être aussi importante que le vaccin contre le cancer. Selon mon mari, les tests précliniques étaient très prometteurs, ainsi que la phase initiale qui portait sur des sujets en bonne santé. C'est à l'étape suivante que les choses commencèrent à se gâter. Pourquoi, dans ce cas, quelqu'un se serait-il donné la peine de voler ces dossiers ? »

Elle secoua la tête.

« L'essentiel pour moi est que mon mari soit encore en vie.

— Pour moi aussi », dis-je avec sincérité.

Je ne jugeai pas nécessaire d'ajouter que je me sentais en quelque sorte responsable de ce qui était arrivé au Dr Broderick. Le fait que je sois allée directement au siège de Pierre-Gen à Pleasantville, après notre entretien, que j'aie posé des questions à propos d'un homme aux cheveux roux, et qu'ensuite le Dr Broderick se soit retrouvé à l'hôpital, cet enchaînement de circonstances ne pouvait relever de la simple coïncidence.

Il était temps de prendre congé. Je remerciai Mme Broderick de m'avoir reçue, lui donnai à nouveau ma carte de visite avec mon numéro de téléphone portable. Je savais qu'elle n'était pas totalement convaincue que son mari avait été victime d'une agression préméditée, et c'était aussi bien comme ça. Il allait rester à l'hôpital encore quelques semaines et y serait en sécurité. A sa sortie, j'espérais bien avoir résolu plusieurs énigmes.

Si l'atmosphère qui régnait à Pierre-Gen était sombre lors de ma dernière visite, elle était franchement lugubre aujourd'hui. L'hôtesse avait les yeux rougis par les larmes. Elle m'annonça que M. Wallingford désirait que je passe le voir dans son bureau avant d'aller m'entretenir avec les employés. Elle composa le numéro de sa secrétaire pour m'annoncer.

J'attendis qu'elle eût raccroché pour lui dire :

« Vous semblez bouleversée. J'espère qu'il n'y a rien de grave.

— J'ai reçu ma lettre de licenciement ce matin, répondit-elle. Les bureaux seront fermés dès ce soir.

— Oh ! »

Le téléphone sonna et elle décrocha l'appareil d'un geste las. Son interlocuteur était sans doute un journaliste car elle répondit qu'elle n'était pas autorisée à faire de commentaires et qu'elle renvoyait tous les appels aux avocats de la société.

J'aurais aimé pouvoir m'entretenir plus longuement avec elle, mais la secrétaire de M. Wallingford arriva sur ses entrefaites et je la suivis. Je n'avais pas oublié son nom. « Madame Rider, je crois ? »

C'était le genre de femme que ma grand-mère eût qualifiée de quelconque. Son tailleur bleu marine, ses bas marron et ses chaussures plates se mariaient parfaitement avec ses cheveux bruns coupés court et l'absence de maquillage. Elle arborait un sourire poli, mais indifférent. « En effet, madame DeCarlo. »

Les portes qui donnaient sur le long couloir étaient ouvertes et je jetai un coup d'œil dans les bureaux en passant. Tous sans exception étaient vides. Le bâtiment paraissait désert. J'avais l'impression que seul l'écho me répondrait si je me mettais à crier. J'essayai d'engager la conversation.

« J'apprends que la société va cesser ses activités. Savez-vous ce que vous allez faire ?

— Je l'ignore pour l'instant. »

Wallingford lui avait manifestement recommandé de m'en dire le moins possible, ce qui éveilla d'autant plus ma curiosité.

« Depuis combien de temps travaillez-vous pour M. Wallingford ? dis-je en prenant mon ton le plus naturel.

— Depuis dix ans.

— Vous étiez donc déjà sa secrétaire à l'époque où il était propriétaire de la société d'ameublement ?

— Oui. »

La porte du bureau de Wallingford était fermée. J'eus juste le temps de prononcer une dernière phrase. « Dans ce cas, vous avez sûrement connu ses fils. Peut-être n'avaient-ils pas tort a posteriori de vouloir s'opposer à la vente de l'affaire familiale.

— Ce n'était pas une raison pour lui intenter un procès », répliqua-t-elle d'un ton indigné en frappant à la porte d'une main tout en ouvrant de l'autre.

Tiens, tiens, pensai-je. Ses propres fils l'ont traîné en justice ! Qu'est-ce qui les y a poussés ?

Visiblement, ma visite n'enchantait pas Charles Wallingford, mais il s'efforça de faire bonne figure. Il se leva à mon entrée. Il n'était pas seul. Un homme était assis en face de lui. Il se leva également et se tourna vers la porte quand Wallingford m'accueillit. J'eus l'impression qu'il m'examinait de la tête aux pieds. Environ quarante-cinq ans, un mètre soixante-quinze, les tempes grises, l'œil brun. Comme Wallingford et Adrian Garner, il avait l'air sûr de lui et je ne fus pas surprise d'apprendre qu'il s'agissait de Lowell Drexel, l'un des administrateurs de Pierre-Gen.

Lowell Drexel. J'avais entendu ce nom récemment. Je me rappelai où. Pendant le déjeuner au Four Seasons, Wallingford avait dit à Adrian Garner que l'actionnaire qui avait reconnu Nick Spencer en Suisse avait fait le siège de Lowell Drexel pour obtenir un job.

Le ton de Drexel manquait de chaleur.

« Madame DeCarlo, il paraît que vous avez la tâche ardue d'écrire un article sur Pierre-Gen pour le *Wall Street Weekly*.

— De *contribuer* à sa rédaction, rectifiai-je. Nous sommes trois à y travailler. » Je me tournai vers Wallingford. « J'ai appris que vous fermiez vos bureaux aujourd'hui. Je suis désolée. »

Il hocha la tête.

« Je n'aurai pas à me préoccuper d'une nouvelle société où investir mon argent, dit-il sombrement. Je déplore cette situation pour tous nos employés et nos actionnaires, mais j'aimerais qu'ils comprennent que loin d'avoir été leurs ennemis, nous avons mené le combat à leurs côtés.

— Nous avons toujours rendez-vous samedi, j'espère, dis-je.

— Naturellement. » Il écarta d'un geste l'idée qu'il eût pu l'annuler. « Je voulais simplement vous expliquer qu'à quelques rares exceptions près, comme Mme Rider et la réceptionniste, nous avons laissé aux membres du personnel le choix de rester jusqu'à la fin de la journée ou de rentrer chez eux. Nombreux sont ceux qui ont préféré s'en aller tout de suite.

— Je comprends. C'est pour moi une déconve-

293

nue, mais je tâcherai d'obtenir quelques informations auprès de ceux qui sont encore là. »

J'espérais ne pas trahir mon étonnement devant cette fermeture soudaine, ni la pensée qu'elle correspondait étrangement avec mon intention d'interviewer les membres du personnel.

« Je pourrais peut-être répondre aux questions que vous désirez poser, madame DeCarlo, proposa Drexel.

— Peut-être, monsieur Drexel. On m'a dit que vous faites partie de Garner Pharmaceutical.

— J'en dirige le département juridique. Comme vous le savez sans doute, quand notre société a décidé d'investir un milliard de dollars dans Pierre-Gen, sous condition d'avoir l'agrément de la FDA, on a demandé à M. Garner de siéger au conseil. Dans de tels cas, il délègue un de ses proches collaborateurs pour occuper ce siège à sa place.

— M. Garner semble très inquiet de la mauvaise presse qui pourrait rejaillir sur Garner Pharmaceutical à cause de Pierre-Gen.

— Il est en effet *extrêmement* inquiet, et pourrait prendre très bientôt certaines mesures que je ne peux vous dévoiler aujourd'hui.

— Et s'il ne fait rien ?

— Les actifs de Pierre-Gen, à leur valeur actuelle, seront vendus aux enchères et le montant de la vente réparti entre les créanciers. »

Il fit un large geste de la main qui englobait les immeubles et le mobilier.

« Serait-ce trop demander, si une communication devait avoir lieu, que mon journal en soit le premier informé ?

— Ce serait trop demander en effet, madame DeCarlo. »

Son sourire narquois était aussi définitif qu'une porte qu'on vous claque au nez. Lowell Drexel et Adrian Garner étaient deux blocs de glace. Au moins Wallingford montrait-il une vague cordialité.

Je saluai Drexel d'un bref signe de tête, remerciai Charles Wallingford, et sortis derrière Mme Rider. Elle prit le temps de refermer la porte du bureau derrière nous.

« Il reste quelques standardistes et dactylos, et des employés du service d'entretien, me dit-elle. Par qui désirez-vous commencer ?

— Probablement les dactylos. »

Elle s'éloigna, mais je la rattrapai.

« Puis-je vous parler, madame Rider ?

— Je préférerais ne pas être citée.

— Même pour un commentaire sur la disparition de Vivian Powers ?

— Disparition ou fuite, madame DeCarlo ?

— Vous pensez que Vivian Powers a organisé sa disparition ?

— Je dirais que son attitude après l'accident d'avion a été bizarre. Je l'ai vue de mes yeux emporter des dossiers la semaine dernière.

— Pourquoi les aurait-elle emportés ?

— Pour s'assurer qu'il n'y avait aucune information dans ces dossiers qui aurait permis de savoir où s'est envolé notre argent. » L'hôtesse était en larmes, mais Mme Rider était furieuse. « Quand je pense qu'elle est sans doute en Suisse avec Spencer, en ce moment même, en train de se moquer de nous. Ce n'est pas seulement ma retraite que je vais perdre, madame. Je fais partie de ces imbéciles qui ont investi les économies de toute une vie dans cette société. Mon souhait est que Nick Spencer soit mort dans cet accident. Qu'il brûle en enfer pour tout le mal qu'il a fait. »

Si je voulais connaître la réaction d'une employée, j'étais servie. Je la vis soudain s'empourprer.

« J'espère que vous n'allez pas publier ça, dit-elle. Jack Spencer venait souvent ici avec son père. Il avait l'habitude de s'arrêter dans mon bureau et de bavarder avec moi. Il lui faudra apprendre à oublier et je ne veux pas qu'il lise un jour ce que j'ai dit sur son méprisable père.

— Que pensiez-vous de Nick Spencer avant ces événements ?

— Ce que nous pensions tous. Que c'était quelqu'un d'extraordinaire. »

C'était l'expression qu'Allan Desmond avait employée en décrivant les sentiments de sa fille envers Nick Spencer. C'était la réaction que j'avais eue moi-même.

« Entre nous, madame Rider, que pensiez-vous de Vivian Powers ?

— Je ne suis pas aveugle. J'ai bien vu qu'ils n'étaient pas indifférents l'un à l'autre. Il est possible que certains d'entre nous s'en soient aperçus avant eux. Quant à savoir ce qu'il trouvait à la femme qu'il avait épousée, c'est un mystère. Excusez-moi, madame DeCarlo, on m'a dit qu'elle était votre demi-sœur, mais lorsqu'elle venait ici, rarement il est vrai, elle nous traitait comme si nous n'existions pas. Elle passait devant moi sans un regard et entrait directement dans le bureau de M. Wallingford, qu'il soit occupé ou non. »

Je m'en doutais. Il y *avait* quelque chose entre ces deux-là.

« M. Wallingford montrait-il de l'agacement si elle le dérangeait ?

— Je pense qu'il était gêné. C'est un homme très réservé. Elle lui ébouriffait les cheveux, l'embrassait sur le front, riait quand il disait : "Arrêtez, Lynn." C'est bien simple, tantôt elle ignorait les gens, tantôt elle agissait comme si elle avait tous les droits.

— Avez-vous eu l'occasion d'observer le comportement de Vivian avec Nicholas Spencer ? »

Maintenant qu'elle était lancée, Mme Rider était une manne de renseignements pour la journaliste que j'étais. Elle haussa les épaules. « Son bureau se trouvait dans l'autre aile, je les rencontrais rarement ensemble. Mais, un jour où je m'apprêtais à rentrer chez moi, j'ai vu M. Spencer raccompagner Vivian à sa voiture. A la façon dont ils se tenaient par la main, j'ai bien compris qu'il y avait autre chose que de l'amitié entre eux. A cette époque j'ai pensé : C'est très bien comme ça ! Il mérite mieux que sa reine des glaces. »

Nous étions arrivés dans le hall de réception et je surpris le regard de l'hôtesse qui s'était tournée vers nous, la tête penchée, cherchant visiblement à surprendre notre conversation.

« Je vous quitte à présent, madame Rider, dis-je. Je vous promets que notre entretien restera confidentiel. Un dernier mot cependant. Vous semblez croire que Vivian est restée pour dissimuler des

297

manipulations financières. Après l'accident, vous a-t-elle paru bouleversée ?

— Nous étions tous bouleversés, stupéfaits. Comme une bande d'idiots, nous restions là à pleurer, à répéter que Nick Spencer était un homme si merveilleux, et nous observions Vivian, persuadés qu'elle avait une liaison amoureuse avec lui. Elle n'a pas prononcé un mot. Elle s'est levée et est rentrée chez elle. Je suppose que jouer la comédie était au-dessus de ses forces. »

Elle s'interrompit brusquement.

« A quoi bon tout ça, poursuivit-elle d'un ton sec. Ces gens-là sont des escrocs, ni plus ni moins. » Elle se tourna vers l'hôtesse. « Betty va vous faire visiter les lieux. »

Je m'aperçus vite que personne parmi les employés restants ne présentait d'intérêt pour mon enquête. Ils n'étaient pas là en novembre, lorsque Caroline Summers avait écrit à Nicholas Spencer. Je demandai à l'hôtesse si le laboratoire allait fermer ce soir comme le reste de l'établissement.

« Oh non ! Le Dr Celtavini, le Dr Kendall et leurs assistants l'utiliseront encore pendant un certain temps.

— Sont-ils venus aujourd'hui ?

— Le Dr Kendall est là. »

Elle parut hésiter. Le Dr Kendall n'était visiblement pas incluse dans la liste des gens à interviewer, mais Betty l'appela néanmoins.

« Madame DeCarlo, avez-vous une idée des difficultés que pose l'agrément d'un nouveau médicament ? me demanda le Dr Kendall. La plupart du temps une seule parmi les cinquante mille molécules découvertes par les scientifiques parvient sur le marché. Les recherches concernant le cancer durent depuis des décennies. Lorsque Nicholas Spencer a fondé sa société, le Dr Celtavini s'est montré très intéressé par les résultats des recherches du Dr Spencer, et il a abandonné le poste qu'il occupait dans un des plus prestigieux laboratoires de ce pays pour rejoindre Nick Spencer. Tout comme moi, d'ailleurs. »

Nous étions dans son bureau situé au-dessus du laboratoire. Lors de ma première rencontre avec le Dr Kendall, je l'avais jugée peu attrayante, mais face à moi aujourd'hui elle dégageait une force, une ardeur qui ne m'étaient pas apparues précédemment. J'avais remarqué son menton volontaire, noté qu'elle avait des cheveux bruns et raides, sans voir l'étrange couleur gris-vert de ses yeux. La semaine passée, elle m'avait surtout paru extrêmement intelligente. Aujourd'hui je découvrais une femme très séduisante.

« Etiez-vous chercheur dans un autre laboratoire auparavant ou dans un groupe pharmaceutique, docteur ? demandai-je.

— Je travaillais pour le centre de recherche Hartness. »

Sa réponse m'impressionna. Hartness est ce qui existe de plus prestigieux en matière de recherche. Pourquoi avait-elle quitté un tel poste pour rejoindre une jeune société ? Elle venait de dire qu'un seul médicament sur cinquante mille voyait le jour.

Elle devança ma question :

« Nicholas Spencer était un homme incroyablement persuasif, autant pour recruter du personnel que pour lever des fonds.

— Depuis combien de temps êtes-vous ici ?

— Un peu plus de deux ans. »

J'en avais appris suffisamment pour la journée. Je remerciai le Dr Kendall de m'avoir reçue et la quittai. En sortant je m'arrêtai pour dire au revoir à Betty et lui souhaiter bonne chance. Puis je lui demandai si elle était restée en contact avec les filles du pool de dactylos.

« Pat habite près de chez moi, dit-elle. Elle est partie d'ici il y a un an. Il y a aussi Edna et Charlotte, mais je les connaissais moins bien. En revanche si vous voulez rencontrer Laura, demandez au Dr Kendall. Laura est sa nièce. »

36

La question n'était pas de savoir *si* les flics allaient revenir. C'était *quand* ils allaient revenir qui inquiétait Ned. Il y pensa toute la journée. Son fusil était bien caché, mais s'ils avaient un mandat de perquisition pour inspecter sa camionnette, ils trouveraient probablement des traces d'ADN de Peg. Elle avait un peu saigné lorsque sa tête avait heurté le tableau de bord.

A partir de là, ils continueraient à chercher jusqu'à ce qu'ils trouvent le fusil. Mme Morgan leur dirait qu'il allait souvent sur la tombe. Ils finiraient par deviner.

A quatre heures, il décida de ne pas attendre davantage.

Le cimetière était désert. Il se demanda s'il manquait à Annie autant qu'elle lui manquait. Le sol était encore meuble et il n'eut aucun mal à récupérer le fusil et la boîte de munitions. Puis il s'assit sur la tombe. Qu'importait que ses vêtements fussent boueux. Seule comptait l'impression d'être tout près d'Annie.

Restaient certaines choses, certaines personnes

dont il devait s'occuper. Une fois la besogne terminée, il viendrait ici et n'en repartirait pas. Pendant un court instant, il fut tenté de mettre son projet à exécution tout de suite. Il savait comment s'y prendre. Il ôterait ses chaussures, placerait le canon dans sa bouche, et actionnerait la détente avec son orteil.

Il fut pris d'un gloussement nerveux, se rappelant le jour il l'avait fait avec son fusil déchargé, pour le seul plaisir de taquiner Annie. Elle avait hurlé et fondu en larmes, puis s'était ruée sur lui, lui avait tiré les cheveux. Il avait ri au début, mais il lui avait demandé pardon ensuite tant elle avait paru bouleversée. Annie l'aimait. Elle était la seule personne au monde qui l'ait jamais aimé.

Ned se leva lentement. Ses vêtements étaient à nouveau si sales que les gens ne manqueraient pas de le remarquer. Il regagna la camionnette, enveloppa son fusil dans la couverture et reprit le chemin de l'appartement.

Mme Morgan ouvrirait le bal.

Il prit une douche, se rasa et se brossa les cheveux. Sortit ensuite son costume bleu marine de la penderie et l'étala sur le lit. Annie le lui avait acheté pour son anniversaire, quatre ans auparavant. Il ne l'avait porté qu'à deux occasions. Il avait horreur d'être endimanché. Il l'enfila avec une chemise et une cravate. C'était pour elle qu'il s'habillait.

Il se dirigea vers la coiffeuse où toutes les affaires d'Annie étaient restées là où elle les avait laissées. Le collier de perles qu'il lui avait offert à Noël était rangé dans son écrin dans le tiroir du haut. Annie l'adorait. Elle avait dit qu'il n'aurait pas dû dépenser cent dollars pour l'acheter, mais elle l'adorait. Il s'empara de l'écrin.

Il entendait Mme Morgan marcher à l'étage. Elle se plaignait constamment de son désordre. Elle s'était plainte à Annie du fatras qu'il entreposait dans le garage. Elle s'était plainte de la façon dont il vidait les ordures, lui reprochant de jeter les sacs sans les fermer dans les grandes poubelles à côté de la maison. Ses récriminations mettaient Annie hors d'elle ; et maintenant qu'Annie était morte, voilà qu'elle voulait le mettre dehors.

Ned chargea son fusil et monta l'escalier. Il frappa à la porte.

Mme Morgan ouvrit sans ôter la chaîne. Il savait qu'elle avait peur de lui. Pourtant elle sourit en l'apercevant sur le palier :

« Ça alors, Ned, vous êtes drôlement élégant aujourd'hui. Vous allez donc mieux ?

— Oui, c'est sûr. Et je me sentirai encore mieux dans une minute. »

Il plaquait son fusil contre lui. Elle ne pouvait pas le voir par la porte entrebâillée.

« J'ai commencé à trier les affaires dans l'appartement. Annie vous aimait beaucoup et je voudrais que vous ayez son collier de perles. Est-ce que je peux entrer pour vous le donner ? »

Il perçut une lueur de soupçon dans les yeux de Mme Morgan. C'est clair, elle était inquiète, il suffisait de voir la façon dont elle se mordait les lèvres. Mais il entendit glisser la chaîne.

Ned ouvrit brutalement la porte et repoussa Mme Morgan en arrière. Elle trébucha et tomba. Au moment où il pointait son fusil, il vit sur son visage cette expression qu'il avait tant désiré y voir – l'expression de quelqu'un qui sait qu'il va mourir. Celle qu'il avait vue sur les traits d'Annie quand il s'était précipité vers la voiture après que le camion l'eut heurtée.

Il regrettait seulement que Mme Morgan ait fermé les yeux avant qu'il ne la tue.

Ils ne la trouveraient pas avant le lendemain, voire le surlendemain. Ça lui laissait le temps de régler leur compte aux autres.

Il trouva le sac de Mme Morgan, prit les clés de sa voiture et son portefeuille. Il contenait cent vingt-six dollars. « Merci, madame Morgan, dit-il en la regardant écroulée en tas à ses pieds. Votre fils peut avoir toute la maison désormais. »

Il se sentait calme et en paix avec lui-même. Une voix dans sa tête lui disait ce qu'il devait faire. *« Ned, sors ta camionnette et va la garer dans un endroit où on ne la trouvera pas pendant quelque temps. Ensuite va prendre la voiture de Mme Morgan, sa jolie Toyota noire toute neuve que personne ne remarquera. »*

Une heure plus tard, il longeait la rue au volant de la Toyota. Il avait laissé la camionnette dans le parking de l'hôpital où personne ne remarquerait sa présence. Les gens entraient et sortaient vingt-quatre heures sur vingt-quatre. Il était revenu chez lui à pied, avait levé les yeux vers le premier étage, et s'était senti satisfait en songeant à Mme Morgan. Au coin de la rue, il s'était arrêté au feu rouge. Dans le rétroviseur, il avait vu une voiture ralentir devant la maison et deux inspecteurs en descendre. Ils venaient l'interroger à nouveau. Ou l'arrêter.

Trop tard, pensa Ned, comme le feu passait au vert et qu'il prenait la direction du nord. Tout ce qu'il faisait, il le faisait pour Annie. C'était en mémoire d'elle qu'il voulait revoir les ruines de la propriété des Spencer. Il avait rêvé de lui en offrir une semblable et, à la fin, le rêve s'était changé en un cauchemar qui avait coûté la vie à Annie. Et Ned avait supprimé la maison. Tout en conduisant, il avait l'impression qu'elle était assise à côté de lui. « Tu vois, Annie, nous sommes quitte avec eux. Ta maison n'existe plus. Leur maison n'existe plus. »

Ensuite, il irait à Greenwood Lake, où Annie et lui diraient adieu aux Harnik et à Mme Schafley.

37

SUR le trajet du retour, j'avais allumé la radio mais j'écoutais d'une oreille distraite. Une pensée ne cessait de me tourmenter. Et si l'annonce de ma visite dans les bureaux de Pierre-Gen avait contribué à la décision d'arrêter subitement toute activité ? D'autre part, j'étais convaincue que Lowell Drexel était surtout venu voir à quoi je ressemblais.

C'était un coup de veine que Betty ait mentionné que l'une des secrétaires chargées du courrier était la nièce du Dr Kendall. Si la dénommée Laura avait eu entre les mains la lettre de Caroline Summers, se pourrait-il qu'elle l'ait jugée assez intéressante pour en parler à sa tante ?

De toute façon, pour quelle raison n'y avait-elle pas répondu ? D'après le règlement de la société, toutes les lettres devaient recevoir une réponse.

Vivian avait dit qu'après avoir appris la disparition des dossiers de son père, Nick avait cessé d'inscrire ses rendez-vous sur son agenda. Si Vivian et lui étaient aussi proches qu'on le disait, pourquoi ne lui avait-il pas confié les raisons de ses inquiétudes ?

N'avait-il pas confiance en elle ?

Ou cherchait-il à la protéger par son silence ?

« Vivian Powers a été... »

Je sursautai en entendant son nom à la radio. Je montai le volume et écoutai avec une consternation grandissante la nouvelle qui venait de tomber. Vivian avait été retrouvée en vie, mais inconsciente, dans la voiture de sa voisine. Le véhicule était garé à l'écart de la route, dans une zone boisée, à un mile de Briarcliff Manor. On supposait qu'elle avait tenté de se suicider, car il y avait un flacon de médicaments vide sur le siège du passager.

Mon Dieu ! Elle avait disparu depuis lundi. Etait-elle restée dans la voiture pendant tout ce temps ? J'étais sur le point de franchir la limite du comté. Je fis demi-tour à la première occasion et rebroussai chemin, reprenant la route du Westchester.

Quarante-cinq minutes plus tard, j'étais auprès du père de Vivian dans la salle d'attente du service de réanimation de l'hôpital de Briarcliff Manor. Il pleurait, partagé entre l'inquiétude et le soulagement de la savoir en vie. « Carley, me dit-il, elle reprend conscience par intermittence, mais elle semble n'avoir aucun souvenir. On lui a demandé son âge, et elle a répondu seize ans ! Qu'a-t-elle *fait* pour être dans cet état ? »

Ou que lui a-t-on *fait* ? pensai-je en posant ma main sur la sienne. Je m'efforçai de trouver des mots de réconfort. « Elle est en vie, dis-je. C'est un miracle, après être restée inconsciente plusieurs jours d'affilée dans une voiture. »

L'inspecteur Shapiro apparut à la porte de la salle d'attente. « Nous nous sommes entretenus avec les médecins, monsieur Desmond. Il est impossible que votre fille ait passé tout ce temps dans cette voiture. D'ailleurs, nous savons qu'elle a composé le numéro du téléphone portable de Nick Spencer il y a deux jours. Croyez-vous pouvoir lui faire dire ce qui est arrivé ? »

38

JE restai avec Allan Desmond jusqu'à l'arrivée de
sa fille Jane, qui avait pris l'avion de Boston. Elle
avait un ou deux ans de plus que Vivian et leur
ressemblance était si frappante que j'eus un sursaut
en la voyant entrer dans la salle d'attente.

Tous deux me prièrent de demeurer avec eux
pendant que Jane essayait de faire parler sa sœur.
« Vous avez entendu ce qu'a dit la police, dit Allan
Desmond. Vous êtes journaliste, Carley. Je voudrais
que vous vous fassiez une opinion par vous-même. »

Debout au pied du lit, je regardai Jane se pencher
vers sa sœur et l'embrasser sur le front. « Hello, Viv,
qu'est-ce que tu as fabriqué ? Nous nous sommes
fait du mauvais sang pour toi. »

Vivian était sous perfusion. Son rythme cardiaque
et sa tension artérielle s'affichaient sur un écran, à
côté de son lit. Elle était d'une pâleur extrême et
sa chevelure sombre contrastait avec la blancheur
de son teint et des draps. Elle ouvrit les yeux et,
malgré leur regard vague, je fus à nouveau frappée
par leur couleur, un marron particulièrement
doux.

« Jane ? »

Le timbre de sa voix était différent.

« Je suis là, Viv. »

Vivian regarda autour d'elle, puis tourna la tête vers son père. Une expression d'étonnement se peignit sur son visage.

« Pourquoi papa pleure-t-il ? »

Elle a l'air si jeune, pensai-je.

« Ne pleure pas, papa », murmura Vivian.

Ses yeux se fermèrent lentement.

« Viv, sais-tu ce qui t'est arrivé ? »

Jane caressa la joue de sa sœur, tentant de la garder éveillée.

« Ce qui m'est arrivé ? » Vivian faisait manifestement un effort pour se concentrer. « Il ne m'est rien arrivé. Je suis seulement rentrée de l'école. »

Lorsque je les quittai quelques minutes plus tard, Jane Desmond et son père m'accompagnèrent jusqu'à l'ascenseur.

« Et la police a le culot de penser qu'elle joue la comédie ! s'indigna Jane

— S'ils le croient réellement, ils se trompent », dis-je d'un ton déterminé.

Il était neuf heures lorsque je rentrai enfin chez moi. Casey avait laissé plusieurs messages sur mon répondeur à quatre, six et huit heures. Ils étaient identiques : « Rappelle-moi quelle que soit l'heure, Carley. C'est important. »

Il était chez lui. « Je viens d'arriver, dis-je en m'excusant. Pourquoi n'as-tu pas tenté de me joindre sur mon portable ?

— J'ai essayé à deux reprises. »

Je l'avais éteint pour me conformer au règlement de l'hôpital, et j'avais oublié ensuite de le rallumer et de vérifier mes appels.

« J'ai transmis ton message à Vince. Je présume que tu sais qu'on a retrouvé Vivian Powers. Soit j'ai su me montrer convaincant, soit la nouvelle concernant Vivian Powers les a ébranlés. Quoi qu'il en soit, les Barlowe acceptent de te parler, quand tu voudras. »

Je lui racontai ma visite à l'hôpital.

« Casey, elle avait sûrement quelque chose d'important à me dire. » Ma voix trembla malgré moi. « Je pense qu'elle a hésité à me parler, au début. Puis elle a laissé ce message. Combien de temps est-elle restée cachée dans la maison de sa voisine ? Quelqu'un l'a-t-il vue y entrer ? » Je parlais si vite que j'en bafouillais. « Pourquoi n'a-t-elle pas utilisé le téléphone de ladite voisine pour demander de l'aide ? Est-elle parvenue seule à la voiture, ou quelqu'un l'a-t-il emmenée ? Casey, je pense qu'elle était terrifiée. Elle a essayé d'appeler Nick Spencer sur son portable. A-t-elle cru cette histoire selon laquelle on l'avait vu en Suisse ? Lorsque je lui ai parlé l'autre jour, elle semblait convaincue qu'il était mort. Elle n'a pas pu rester dans cette voiture plusieurs jours. Pourquoi ne l'ai-je pas aidée ? J'aurais dû savoir qu'elle était en danger. »

Casey m'interrompit.

« Arrête. Arrête, dit-il. Tu divagues. Attends-moi, je viens tout de suite. »

Il arriva vingt-trois minutes plus tard. Lorsque j'ouvris la porte, il me serra contre lui, et le remords d'avoir failli à Vivian Powers se dissipa pendant un instant.

C'est sans doute à ce moment-là que je cessai de lutter contre mon attirance pour Casey, que je me dis qu'il était peut-être en train de tomber amoureux de moi, lui aussi. Après tout, la plus grande preuve d'amour n'est-elle pas d'être présent dans les moments difficiles ?

39

« Voilà leur piscine, Annie, murmura Ned. Elle est bâchée en ce moment, mais elle était en service l'été dernier quand je travaillais pour ce salaud de jardinier. Il y avait des tables sur la terrasse. Le jardin était vraiment beau. C'était ça que je voulais t'offrir. »

Annie lui souriait. Elle commençait à comprendre qu'il n'avait pas voulu lui faire de la peine en vendant sa maison.

Il regarda autour de lui. La nuit tombait. Au début, il n'avait pas eu l'intention de pénétrer à l'intérieur de la propriété, mais il s'était souvenu du code de la grille de service. Il avait regardé le jardinier l'utiliser. C'était ainsi qu'il était entré le jour où il avait incendié la maison. La grille principale était plus loin, sur la gauche de la propriété, après le jardin anglais. Les riches n'aiment pas avoir leurs domestiques sous les yeux. Ils n'aiment pas voir leurs guimbardes encombrer leurs allées.

« C'est pourquoi ils ont une zone intermédiaire, Annie. Ils plantent des arbres pour ne pas voir nos allées et venues. Il ne faut pas qu'ils se plaignent si nous en profitons à notre tour pour entrer et sortir sans qu'ils s'en aperçoivent. »

A l'époque où il travaillait dans la propriété, il s'occupait de tondre la pelouse, de tailler les plantations, de soigner des fleurs autour de la piscine. Grâce à quoi, il connaissait les lieux comme sa poche.

« Tu vois, c'était cette entrée qu'il fallait emprunter quand je travaillais ici, expliqua-t-il à Annie, tandis qu'il franchissait la grille. C'est écrit sur le panneau : ENTRÉE DE SERVICE. La plupart des livreurs ou les ouvriers devaient se faire ouvrir par le gardien, mais le jardinier connaissait le code. Nous laissions la voiture près de ce garage. Ils ne s'en servent que pour ranger les meubles de jardin, des trucs de ce genre. C'est sûr qu'ils n'y mettront pas les pieds cette année. Personne n'aura envie de séjourner dans un endroit pareil, avec la maison détruite et tout le reste.

« Il y a une petite pièce avec des toilettes et un lavabo au fond du garage. C'est pour les gens comme moi. Tu ne penses pas qu'ils m'auraient laissé entrer dans leur maison, pas même dans la cabine de bain. Pas question, Annie !

« Le gardien et sa femme qui entretenaient la maison étaient de braves gens. Si nous étions tombés sur eux, je leur aurais dit un mot gentil comme : Je voulais juste que vous sachiez que je suis désolé à cause de l'incendie. Je suis correctement habillé aujourd'hui et ils n'auraient pas été surpris. Mais je savais qu'ils ne seraient pas là. En réalité, on dirait qu'ils sont définitivement partis. Je n'ai pas vu leur voiture. La maison qu'ils habitaient n'est pas éclairée. Les volets sont fermés. Ils n'ont plus à s'occuper de la grande maison. Eux aussi devaient utiliser l'entrée de service, tu sais.

« Annie, quand je travaillais, j'ai entendu Spencer dire à des gens au téléphone que son vaccin allait marcher, qu'il changerait le monde. Puis l'année dernière, j'ai entendu les autres types se vanter d'avoir acheté des actions, raconter qu'elles avaient doublé et continuaient de grimper. »

Ned tourna la tête vers Annie. Tantôt il la distinguait clairement, tantôt, comme en ce moment, il avait l'impression de voir seulement son ombre. « En tout cas, conclut-il, c'est comme ça que c'est arrivé. »

Il voulut lui prendre la main, mais ses doigts rencontrèrent le vide, bien qu'il sût qu'elle était là. Il cacha sa déception. Elle lui en voulait peut-être encore. « Allons-y, Annie », fit-il.

Ned dépassa la piscine, dépassa le jardin anglais, franchit le boqueteau qui bordait l'allée de service où il avait laissé sa voiture la première fois. « Veux-tu jeter un coup d'œil dans le garage avant que nous partions, Annie ? »

La porte n'était pas fermée. C'était sûrement un oubli, pensa-t-il. Mais peu importait. De toute façon, il aurait pu casser un carreau pour entrer. Ned pénétra à l'intérieur. Les meubles de jardin étaient rangés à leur place, et il y avait aussi un emplacement où les gardiens avaient l'habitude de garer leur voiture. Les coussins des meubles étaient empilés sur des rayonnages au fond. « Tu vois, Annie. Tu aurais même aimé le garage des domestiques. Pratique et propre. »

Il lui sourit. Elle savait qu'il plaisantait.

« Bon, mon chou. Maintenant allons à Greenwood Lake nous occuper de ces gens qui ont été tellement méchants avec toi. »

Greenwood Lake était situé dans le New Jersey et Ned mit plus d'une heure pour y parvenir. On ne disait rien aux informations à propos de Mme Morgan. Ce qui signifiait que la police n'avait encore rien découvert. Mais, à deux reprises, ils annoncèrent qu'on avait retrouvé la petite amie de Nicholas Spencer. Il avait une femme *et* une petite amie, pensa Ned. Ce n'était pas étonnant de sa part. « La petite amie va très mal, dit-il à Annie. Elle aussi a ce qu'elle mérite. »

Il ne voulait pas arriver à Greenwood Lake trop tôt. Les Harnik et Mme Schafley se couchaient après le journal télévisé de dix heures. Il s'arrêta dans un snack et mangea un hamburger.

Il était dix heures tapantes quand il s'engagea dans la rue et s'arrêta devant l'emplacement de la maison où il avait vécu avec Annie. La lumière était allumée chez Mme Schafley, mais pas chez les Harnik. « On va rouler encore un peu, mon chou », dit-il à Annie.

A minuit, les Harnik n'étaient toujours pas rentrés, et Ned ne voulut pas courir le risque de rôder plus longtemps dans les parages. S'il passait le canon du fusil à travers la fenêtre de Mme Schafley, il en finirait avec elle, mais il ne pourrait pas revenir ensuite. « Il va falloir attendre, mon chou, dit-il à Annie. Où veux-tu aller maintenant ? »

Il l'entendit répondre : « Retourne dans cette belle propriété. Tu mettras la voiture dans le garage et tu dormiras sur une des chaises longues. Tu seras en sécurité. »

40

JE fus la première à arriver au journal le vendredi matin. Nous avions prévu de nous retrouver à huit heures et de passer en revue tous les éléments dont nous disposions avant mon rendez-vous de neuf heures trente avec Adrian Garner. Ken et Don me suivirent de quelques minutes et, munis de notre habituel café, nous nous installâmes dans le bureau de Ken. Nous n'avions pas de temps à perdre, le rythme des événements s'était accéléré, et pas uniquement parce que Pierre-Gen venait de fermer ses portes. Nous avions l'impression que tout se précipitait et qu'il ne fallait pas lâcher prise.

Je commençai par leur raconter ma visite à l'hôpital et l'état dans lequel j'avais trouvé Vivian Powers. Ken et Don avaient fait leur enquête de leur côté, mais leurs conclusions différaient des miennes.

« Il y a un scénario qui commence à se dessiner, dit Ken, et il n'est pas très joli. Le Dr Celtavini m'a téléphoné hier après-midi et m'a demandé de venir le retrouver chez lui le soir même. » Il nous regarda, marqua une pause, et poursuivit : « Celtavini possède de nombreuses relations dans la communauté scientifique italienne. Il a appris, il y a quelques jours, que plusieurs laboratoires italiens avaient bénéficié de fonds d'origine inconnue, et semblaient poursuivre les recherches sur le vaccin de Pierre-Gen contre le cancer. »

Je restai interloquée.

« D'où pourraient venir ces fonds ?

— Nicholas Spencer.

— Nicholas Spencer !

— Ce n'est pas le nom qu'il a utilisé là-bas, bien entendu. Si l'information est exacte, cela signifie que Nicholas Spencer se servait de l'argent de Pierre-Gen pour financer des laboratoires indépendants. Il simule une disparition. Pierre-Gen fait faillite. Spencer se forge alors une nouvelle identité, probablement un nouveau visage, et devient le seul propriétaire du vaccin. Peut-être le vaccin est-il prometteur après tout ? Peut-être Spencer a-t-il falsifié volontairement les résultats pour mettre la société en faillite ?

— C'est donc bien lui qu'on a vu en Suisse ? »

Je n'y croyais pas. Pour moi, c'était tout bonnement *impossible*.

« Je commence à penser que c'est non seulement possible, mais probable..., commença Ken.

— Mais Ken, l'interrompis-je, je suis certaine que Vivian Powers croit Nick Spencer mort. Et tout le monde sait qu'ils étaient très proches.

— Carley, tu m'as dit toi-même qu'elle est restée introuvable pendant plusieurs jours, mais les médecins affirment qu'elle n'a pas pu rester tout le temps à l'intérieur de la voiture. Alors qu'est-il arrivé à ton avis ? Il y a deux hypothèses à cette question. Soit c'est une formidable comédienne, soit, aussi farfelu que cela puisse paraître, elle souffre de dissociation mentale. Ce qui expliquerait les trous de mémoire, le fait qu'elle croit avoir seize ans, et je ne sais quoi encore. »

J'avais de plus en plus l'impression de prêcher dans le désert.

« Le scénario que j'ai retenu est complètement différent, dis-je. Prenons un autre point de départ. Quelqu'un s'est emparé des dossiers du Dr Spencer. Quelqu'un s'est emparé des radios et du scanner de la fille de Caroline Summers. Si l'on en croit Vivian, la lettre que Caroline Summers a écrite à Nick a disparu, et la réponse qu'elle était censée recevoir n'a jamais été envoyée. Pourtant Vivian a clairement indiqué que les lettres étaient confiées aux secrétaires. »

Je commençais à reprendre du poil de la bête.

« Vivian a également déclaré qu'après le vol des dossiers du Dr Spencer, Nick était devenu très discret sur ses rendez-vous, et qu'il disparaissait pendant plusieurs jours d'affilée.

— Carley, tu apportes de l'eau à mon moulin, dit Ken calmement. Il semblerait qu'il ait effectué deux ou trois voyages en Europe entre le milieu du mois de février et le 4 avril, date à laquelle son avion s'est écrasé.

— Mais il soupçonnait peut-être quelque chose de louche à l'intérieur même de la société, répliquai-je. Ecoutez-moi tous les deux jusqu'au bout. La nièce du Dr Kendall, Laura Cox, était une des secrétaires de Pierre-Gen. C'est la réceptionniste, Betty, qui me l'a appris hier. Je lui ai demandé si ce lien de parenté était connu des autres employés, et elle m'a répondu que non. Un jour, elle a fait remarquer à Laura Cox qu'elle portait le même prénom que le Dr Kendall et Laura lui a répondu : "C'est ma tante, c'est pourquoi mes parents m'ont appelée comme elle." Elle est ensuite revenue trouver Betty, la suppliant de ne pas en souffler mot aux autres. Apparemment, le Dr Kendall ne souhaitait pas ébruiter le fait qu'elles étaient parentes.

— Pour quelle raison ? demanda abruptement Don.

— Betty m'a dit que la société avait pour règle de ne pas employer plusieurs membres d'une même famille. Le Dr Kendall ne pouvait l'ignorer.

— Les grands laboratoires de recherche n'aiment pas que la main gauche sache ce que fait la main droite, admit Don. Même en laissant sa nièce n'occuper qu'un poste de débutante, le Dr Kendall enfreignait le règlement. Je l'aurais crue plus professionnelle.

— Elle m'a dit avoir travaillé au centre de recherche Hartness, dis-je. Quelle y était sa réputation ?

— Je vais vérifier. »

Ken en prit note sur son carnet.

« Et tant que tu y es, n'oublie pas que tout ce que tu racontes sur Nicholas Spencer, la mise en faillite de la société et la mainmise sur le vaccin, peut aussi bien s'appliquer à quelqu'un d'autre.

— A qui par exemple ?

— A Charles Wallingford pour commencer. Que savons-nous de lui exactement ? »

Ken haussa les épaules.

« C'est un patricien. Fier de l'être, mais pas très efficace. Son ancêtre, un philanthrope, a fondé une entreprise d'ameublement pour donner du travail aux immigrants, mais il avait un talent d'homme d'affaires. La fortune familiale a décliné dans d'autres domaines, cependant la chaîne de mobilier a tenu bon. Le père de Wallingford l'a développée ; à sa mort, Charles a pris les rênes et l'a conduite à sa perte.

— Hier, au siège de Pierre-Gen, sa secrétaire m'a raconté avec indignation que ses fils l'avaient traîné en justice pour avoir vendu l'entreprise familiale. »

Don, qui se départait rarement de son flegme, ouvrit des yeux ronds. « Intéressant, Carley. Je vais voir ce que je peux dénicher là-dessus. »

Ken s'était remis à griffonner. J'espérais qu'il envisageait un autre scénario dans cet imbroglio.

« As-tu appris le nom du patient qui a pu quitter le service des soins palliatifs de St. Ann ? demandai-je.

— Mon contact à St. Ann s'en charge. » Il ne put retenir une moue. « Le nom du bonhomme a sans doute déjà paru dans la rubrique nécrologique. »

Je consultai ma montre.

« Il faut que j'y aille. Je ne tiens pas à faire attendre le tout-puissant Adrian Garner. Peut-être va-t-il me révéler le plan de sauvetage auquel Lowell Drexel faisait allusion hier.

— Laisse-moi deviner, dit Don. Le département des relations publiques de Garner Pharmaceutical va annoncer en fanfare que la société s'apprête à absorber Pierre-Gen, et pour manifester sa bonne volonté envers les employés et les actionnaires, qu'elle leur remboursera huit à dix pour cent des sommes qu'ils ont investies. Ils déclareront ensuite que Garner Pharmaceutical reprendra à partir de zéro la lutte implacable pour éradiquer le fléau du cancer, et ainsi de suite... »

Je me levai. « Je vous ferai savoir si ce scénario tient la route. Ciao ! » Je retins les mots que je n'étais pas encore prête à prononcer : mort ou vif, Nick Spencer avait peut-être été la victime d'une machination à l'intérieur de sa propre société, une machination qui avait déjà fait deux victimes, le Dr Broderick et Vivian Powers.

Les bureaux du siège de Garner Pharmaceutical étaient situés dans le Chrysler Building, témoin unique de l'architecture Arts déco du vieux New York, au coin de Lexington Avenue et de la 42ᵉ Rue. Bien qu'en avance de dix minutes sur l'heure de mon rendez-vous, je fus immédiatement introduite dans le saint des saints, le bureau personnel d'Adrian Garner. La présence de Lowell Drexel ne me surprit guère. En revanche, je m'étonnai davantage de trouver là un troisième protagoniste : Charles Wallingford.

« Bonjour, Carley, dit ce dernier de son ton le plus amical. Je suis l'invité surprise. Nous avions une réunion prévue un peu plus tard, et Adrian m'a aimablement convié à me joindre à vous. »

Une vision me traversa fugitivement l'esprit, celle de Lynn se penchant pour l'embrasser sur le front et lui ébouriffer les cheveux. Je crois que j'avais toujours inconsciemment pris Charles Wallingford pour un pantin, et cette image me conforta dans mon opinion. Si Lynn avait une aventure avec lui, c'était probablement pour avoir deux atouts dans son jeu.

Inutile de préciser que la pièce était magnifique. La vue panoramique s'étendait de l'East River jusqu'à l'Hudson et embrassait tout le bas de Manhattan. J'ai une passion pour les beaux meubles et j'étais prête à parier que le grand bureau qui dominait l'ensemble était un authentique Chippendale. Il était de style Régence, mais les têtes égyptiennes qui ornaient les colonnettes latérales et centrales étaient identiques à celles d'un bureau que j'avais admiré dans un musée en Angleterre.

Je posai la question à Adrian Garner avec un brin d'hésitation. Il eut le bon goût de ne pas s'étonner de mes connaissances en la matière mais précisa : « Thomas Chippendale le Jeune, madame DeCarlo. »

Lowell Drexel sourit.

« Vous avez l'œil.

— Je l'espère. Cela fait partie de mon métier. »

Comme tout bureau de direction, celui d'Adrian Garner comportait un coin conversation, avec un canapé et de confortables fauteuils club. Cependant, je ne fus pas invitée à m'y asseoir. Garner demeura derrière son Chippendale le Jeune. Drexel et Wallingford dans les fauteuils de cuir disposés en demi-cercle en face de lui. Drexel m'invita à prendre le fauteuil resté vide entre eux deux.

Comme toujours, Adrian Garner entra immédiatement dans le vif du sujet. « Madame DeCarlo, je n'ai pas voulu annuler notre rendez-vous, mais vous comprendrez que la résolution de mettre un terme aux activités de Pierre-Gen nous oblige à prendre un certain nombre d'autres initiatives restées en suspens. »

En clair, je pouvais faire une croix sur l'interview approfondie que j'avais espérée. « Puis-je vous demander quelles autres initiatives vous vous apprêtez à prendre, monsieur Garner ? »

Il me regarda froidement, et je ressentis soudain la formidable puissance qui émanait de lui. Charles Wallingford avait, certes, un physique plus séduisant, mais Garner était l'homme fort dans cette pièce. Je l'avais perçu lors du déjeuner aux Four Seasons, je le ressentais encore aujourd'hui, mais plus intensément.

Il se tourna vers Lowell Drexel. « Je vais vous répondre, madame DeCarlo, dit ce dernier. M. Garner se sent profondément engagé envers les milliers de gens qui ont mis leurs économies dans Pierre-Gen à la suite de la décision de Garner Pharmaceutical d'investir un milliard de dollars dans la société. M. Garner n'a aucune obligation légale envers eux, mais il a fait une proposition que nous espérons voir acceptée. Garner Pharmaceutical offre de rembourser, à tous les employés et actionnaires de Pierre-Gen, dix pour cent des pertes qu'ils ont subies par la faute des malversations de Nicholas Spencer. »

C'était le scénario prévu par Don Carter, sauf que Garner avait chargé Lowell Drexel de l'énoncer.

Ce fut au tour de Wallingford d'intervenir : « L'annonce en sera faite lundi, Carley. Vous comprendrez par conséquent que je repousse à une date ultérieure votre visite à mon domicile. »

A une date ultérieure tout sera bouclé, pensai-je. Ces trois-là avaient envie de régler l'affaire au plus vite et de passer les documents gênants à la déchiqueteuse.

Je n'avais pas l'intention de me laisser endormir par ces belles paroles.

« Monsieur Garner, je ne doute pas que la générosité de votre groupe sera très appréciée. A titre personnel, j'en conclus que, le moment venu, je peux espérer recevoir un chèque de deux mille cinq cents dollars à titre de compensation pour les vingt-cinq mille que j'ai perdus.

— En effet », fit Drexel.

Je l'ignorai et fixai Adrian Garner. Il soutint mon regard et hocha la tête. « Puisque nous en avons fini... »

Je l'interrompis :

« Monsieur Garner, pour mon information personnelle j'aimerais savoir si vous croyez que Nicholas Spencer a été vu en Suisse.

— Je ne fais jamais de commentaires sans preuve factuelle. Or nous n'en avons pas, n'est-ce pas ?

— Avez-vous jamais rencontré l'assistante personnelle de Nicholas Spencer, Vivian Powers ?

— Non. Toutes mes rencontres avec Nicholas Spencer ont eu lieu ici, dans ce bureau, et non à Pleasantville. »

Je me tournai vers Drexel. « Mais vous, vous étiez membre du conseil d'administration, monsieur Drexel, insistai-je. Vous l'avez sûrement croisée à l'occasion. C'est une très jolie femme.

— Madame DeCarlo, tous les directeurs ont une assistante personnelle, et beaucoup sont séduisantes. Je n'ai pas pour habitude de me lier avec elles.

— Vous ne vous êtes même pas demandé ce qui lui était arrivé ?

— J'ai cru comprendre qu'elle avait fait une tentative de suicide. J'ai entendu dire également qu'elle avait une liaison avec Nicholas Spencer, et j'en ai conclu que la fin de leur relation, quelle qu'en fût la raison, l'avait profondément affectée. Ce sont des choses qui arrivent. » Il se leva. « Madame DeCarlo, veuillez nous excuser. Nous sommes attendus dans moins de cinq minutes. »

Je crois qu'il m'aurait fait sortir de force si j'avais essayé de placer un mot de plus. Sans se donner la peine de soulever ses fesses de son fauteuil, Garner m'adressa un bref salut. Wallingford me serra la main et bredouilla quelques mots à propos de Lynn qui avait besoin qu'on lui remonte le moral. Pour finir, Lowell Drexel me reconduisit à la porte du saint des saints.

Sur l'un des murs du hall de réception s'étalait un planisphère qui témoignait de l'étendue des activités de Garner Pharmaceutical dans le monde. Les pays principaux étaient symbolisés par des édifices célèbres : le World Trade Center, la tour Eiffel, le Forum, le Taj Mahal, Buckingham Palace. Les photos étaient magnifiques, et l'ensemble avait pour but d'illustrer aux yeux du public la puissance du groupe.

J'y jetai un coup d'œil en passant. « C'est toujours douloureux de voir une photographie des Tours Jumelles, dis-je à Drexel.

— Oui. »

Il me prit par le coude. Une fois encore le message était clair : « Débarrassez le plancher en vitesse. »

Une photo affichée près de la porte attira mon attention. Elle représentait sans doute quelques gros bonnets de la société. Si j'avais eu l'intention de la regarder plus longuement, j'en fus pour mes frais. Je n'eus pas davantage le temps de prendre quelques-unes des brochures empilées sur la table basse. Drexel m'entraîna dans le couloir et tint à s'assurer que je prenais bien l'ascenseur.

Il appuya lui-même sur le bouton, visiblement impatient de voir la porte s'ouvrir comme par magie. Lorsque l'ascenseur s'arrêta à l'étage, il me quitta avec un « Au revoir, madame DeCarlo ».

Je descendis directement jusqu'au hall d'entrée, attendis cinq minutes, puis repris le même ascenseur.

Cette fois, je ne fis qu'une brève apparition à l'étage de la direction de Garner Pharmaceutical. « Je suis vraiment désolée, murmurai-je à l'intention de la réceptionniste, M. Garner m'a recommandé de prendre certaines de vos brochures en partant. » Je lui adressai un clin d'œil. « Ne dites pas au grand homme que j'ai oublié. »

Elle était jeune. « Promis », fit-elle avec un sourire entendu tandis que je ramassais brochures et prospectus.

J'aurais voulu examiner la photo des grands manitous de Garner, mais j'entendis la voix de Charles Wallingford et y renonçai. Je courus me dissimuler à l'angle du couloir et attendis.

Une minute plus tard, je vis Wallingford presser d'un doigt impatient le bouton de la cabine. Tiens, tiens, pensai-je, et cette fameuse réunion, mon cher Charles, pensai-je. S'il s'en tient une en ce moment, on ne vous y a pas convié.

Le moins que l'on puisse dire, c'est que la matinée avait été intéressante.

La soirée devait l'être encore davantage. Dans le taxi qui me ramenait au journal, j'écoutai les messages laissés sur mon portable. Il y en avait un de Casey. Quand il était venu chez moi la veille, il avait jugé qu'il était trop tard pour téléphoner aux Barlowe. Il les avait appelés ce matin. Ils seraient chez eux, à Greenwich, aujourd'hui vers cinq heures, et Casey voulait savoir si l'heure me convenait. « Je suis libre cet après-midi, ajoutait-il. Je pourrais t'y conduire. J'irai prendre un verre avec Vince qui habite à côté pendant que tu t'entretiendras avec les Barlowe. Nous trouverons ensuite un endroit où aller dîner. »

Je ne demandais pas mieux. Certaines paroles n'ont pas besoin d'être prononcées. Dès l'instant où j'avais ouvert ma porte à Casey, hier soir, j'avais senti que les choses avaient changé entre nous. Nous savions tous les deux vers quoi nous nous dirigions, et nous en étions heureux.

Je le rappelai. Nous convînmes qu'il viendrait me chercher à quatre heures, puis je regagnai le journal et commençai à rédiger un premier brouillon du portrait de Nicholas Spencer. J'avais déjà choisi le titre : « Escroc ou victime ? »

J'examinai une de ses photos les plus récentes, prise peu avant l'accident d'avion. C'était un gros plan. Il y avait dans ses yeux une réflexion et une détermination que soulignait le pli ferme de la bouche. C'était l'image d'un homme préoccupé, certes, mais digne de confiance.

Voilà les mots justes : *digne de confiance.* Cet homme qui m'avait tant impressionnée au cours de ce lointain dîner, qui soutenait calmement mon regard pendant que j'examinais sa photo, je ne l'imaginais guère en train de mentir, de frauder, de simuler sa propre mort dans un accident d'avion.

Cette pensée en appela une autre. J'avais admis sans discussion la thèse de l'accident d'avion. Je savais que Nicholas Spencer avait donné sa position au poste de contrôle de Porto Rico quelques minutes avant la brusque interruption du contact radio. Ceux qui le croyaient mort présumaient que l'avion avait été atteint par la foudre, ou pris dans un fort courant rabattant. Ceux qui le croyaient toujours en vie pensaient qu'il était parvenu à s'éjecter de l'avion avant le crash qu'il avait lui-même provoqué d'une façon ou d'une autre.

Et s'il y avait une autre explication ? L'avion était-il bien entretenu ? Spencer avait-il montré des signes de fatigue avant son départ ? Même dans la force de l'âge, les gens soumis à un stress considérable peuvent être victimes d'une crise cardiaque.

Je décrochai le téléphone. Il était temps de rendre une visite amicale à ma demi-sœur. Je composai son numéro et lui dis que j'aimerais passer un moment avec elle. « Juste toi et moi, Lynn. »

Elle était sur le point de sortir et semblait pressée.

« Carley, je vais passer le week-end à Bedford. Pourquoi ne viendrais-tu pas m'y rejoindre dimanche, dans l'après-midi ? C'est un endroit très agréable et nous aurons tout le temps de bavarder. »

41

SUR la route de Bedford, Ned s'arrêta pour faire le plein d'essence et acheter des sodas, des bretzels, du pain et du beurre de cacahuètes dans la petite boutique de la station-service. C'était le genre de trucs qu'il aimait grignoter en regardant la télévision, pendant qu'Annie s'affairait dans la maison. Elle n'appréciait pas beaucoup la télévision, sauf certains programmes comme *La Roue de la fortune*. Elle devinait souvent les réponses avant les concurrents.

« Tu devrais leur écrire, lui disait-il. Tu devrais participer à l'émission. Tu gagnerais tous les prix.

— J'aurais l'air d'une andouille sur le plateau. Sachant que tout le monde me regarde, je serais incapable de prononcer un mot.

— Bien sûr que si.

— Bien sûr que non. »

Il pensait de plus en plus à elle depuis quelque temps, et il avait l'impression qu'elle lui parlait — tout à l'heure, quand il avait posé ses achats sur le comptoir, il l'avait entendue lui recommander de prendre du lait et des céréales pour le petit déjeuner. « Tu dois te nourrir correctement, Ned. »

Il aimait bien qu'elle le gronde.

Elle était à côté de lui quand il s'était arrêté pour prendre de l'essence et acheter des provisions mais, pendant le reste du trajet jusqu'à Bedford, il n'avait plus senti sa présence dans la voiture. Il ne voyait même plus son ombre, peut-être parce qu'il faisait nuit.

En arrivant devant la propriété des Spencer, il s'assura qu'il n'y avait personne sur la route avant de s'arrêter à la grille de service et de composer le code. Lorsqu'il avait mis le feu à la maison, il avait enfilé des gants pour ne pas laisser d'empreintes sur les touches. C'était sans importance aujourd'hui. Quand il partirait pour de bon, tout le monde saurait qui il était et ce qu'il avait fait.

Il rentra sa voiture dans le garage comme il l'avait prévu. Il y avait un éclairage au plafond qu'il préféra ne pas allumer bien que le bâtiment fût invisible de la route. Il pourrait toujours se servir de la lampe torche qu'il avait trouvée dans la boîte à gants. Il s'aperçut tout de suite qu'il n'en aurait pas besoin. Le clair de lune procurait assez de lumière pour lui permettre de distinguer les meubles de jardin entassés dans le fond. Il se dirigea vers les chaises longues, prit celle du dessus et la plaça entre la voiture et un mur garni d'étagères.

Les coussins se trouvaient sur le rayon supérieur. Il eut du mal à en attraper un tant il était épais et lourd, mais une fois qu'il l'eut disposé, il se trouva aussi bien installé que dans le fauteuil de son appartement. Il n'avait pas sommeil et ouvrit la bouteille de scotch.

Quand il sentit le sommeil le gagner, la température avait chuté dans le garage et il alla ouvrir le coffre de la voiture, prit la couverture et le fusil et retourna s'étendre. Le contact du fusil le réconforta, il était heureux de partager la couverture avec lui.

Il était en sécurité ici, il pouvait s'endormir tranquillement. « Il faut que tu dormes, Ned », chuchotait Annie.

A son réveil, les ombres dans la pièce lui indiquèrent qu'il était tard dans l'après-midi. Il avait dormi toute la journée. Il se leva, se dirigea vers la droite du garage, ouvrit la porte du réduit qui renfermait le lavabo et les toilettes.

Il y avait une glace au-dessus du lavabo. Ned s'y regarda et vit ses yeux rouges et la barbe qui envahissait ses joues. Il avait desserré sa cravate et défait le col de sa chemise avant de se coucher, mais il aurait mieux fait de les ôter. Elles étaient toutes froissées à présent.

Qu'importait.

Il s'aspergea la figure d'eau froide et contempla à nouveau son reflet dans le miroir. Il était brouillé. A la place de son visage, il voyait les yeux de Peg et ceux de Mme Morgan, écarquillés, remplis d'effroi. C'était le regard qu'elles avaient fixé sur lui en comprenant ce qui allait leur arriver.

Puis les images de Mme Schafley et des Harnik se mirent à danser à la surface du miroir. La même peur les habitait. Ils avaient deviné qu'il était à leur poursuite. Ils savaient qu'un malheur allait leur arriver.

Il était trop tôt pour aller à Greenwood Lake. Il décida d'attendre dix heures du soir avant de quitter le garage. Il serait sur place vers onze heures quinze. La nuit dernière, il n'aurait jamais dû tourner en rond en attendant que les Harnik rentrent chez eux. Ce n'était pas très malin de sa part. Les flics auraient pu le repérer.

Le soda n'était plus froid, mais c'était sans importance. Les bretzels étaient assez nourrissants. Il n'avait même pas besoin du pain et du beurre de cacahuètes, ni des céréales. Il alluma la radio de la voiture et écouta les flashes d'information. A neuf heures et à neuf heures et demie, on ne faisait aucune mention d'une habitante de Yonkers qu'on aurait tuée d'un coup de fusil. Les flics avaient probablement sonné à sa porte, constaté que sa voiture n'était plus là, et pensé qu'elle était partie faire un tour, se dit Ned.

Ils se montreraient plus curieux demain. Sans nouvelles d'elle, son fils commencerait à s'inquiéter. Mais demain était un autre jour.

A dix heures moins le quart, Ned ouvrit la porte du garage. Il faisait frais dehors, une de ces fraîcheurs délicieuses qui suivent une journée ensoleillée. Il eut envie de se dégourdir les jambes pendant quelques minutes.

Il traversa le bois en suivant le sentier jusqu'au jardin anglais. La piscine se trouvait de l'autre côté.

Soudain, il s'arrêta, cloué sur place.

Les stores étaient baissés dans la maison d'amis,

laissant filtrer de la lumière. Il y avait quelqu'un à l'intérieur.

Ce n'étaient pas les gardiens, pensa-t-il. Ils auraient rentré leur voiture dans le garage. Attentif à rester dans l'ombre, il dépassa la piscine, contourna la haie et s'avança lentement vers la maison. Le store d'une des fenêtres était légèrement soulevé. Il s'en approcha à pas de loup et se pencha.

A l'intérieur, Lynn Spencer était assise sur un canapé, un verre à la main. En face d'elle se tenait l'homme qu'il avait vu courir dans l'allée le soir de l'incendie. Il n'entendait pas ce qu'ils disaient, mais il lui suffisait de voir leurs visages. Ils semblaient avoir peur de quelque chose.

S'ils avaient eu l'air heureux, il serait allé chercher son fusil et il les aurait descendus, ce soir même. Mais il était content de les voir inquiets. Il aurait aimé entendre ce qu'ils racontaient.

Lynn semblait avoir prévu de rester là un certain temps. Elle portait un pull et un pantalon lâche, le genre de vêtements que les riches mettent à la campagne. « Une tenue décontractée », c'était l'expression. Annie lisait des articles sur « les tenues décontractées » et riait. « Je suis un modèle de décontraction, Ned. J'ai un uniforme décontracté pour porter les plateaux à l'hôpital. Un jean et un T-shirt décontractés pour faire le ménage et pour remuer la terre dans le jardin. »

Ce souvenir l'attrista à nouveau. Après la perte de la maison de Greenwood Lake, Annie avait jeté ses gants et ses outils de jardinage à la poubelle. Elle refusait de l'écouter quand il promettait de lui acheter une nouvelle maison. Elle n'avait pas cessé de pleurer.

Ned se détourna de la fenêtre. Il était tard. Lynn Spencer ne rentrerait pas chez elle. Elle serait encore là demain. Il en était sûr. Il était temps d'aller à Greenwood Lake et de faire ce qu'il avait à faire.

La porte du garage glissa doucement et la grille de service s'ouvrit sans bruit. Dans la maison d'amis, personne n'aurait pu soupçonner que Ned s'était trouvé si près d'eux.

Lorsqu'il revint, trois heures plus tard, il rentra la voiture dans le garage, ferma la porte à clé et s'étendit sur la chaise longue, son fusil à côté de lui. Le fusil sentait la poudre, une odeur agréable, semblable à celle de la fumée quand on fait du feu dans la cheminée. Il le prit contre lui, remonta la couverture et s'en enveloppa, se pelotonnant jusqu'à ce qu'il se sente au chaud et en sécurité.

42

Reid et Susan Barlowe habitaient une maison de briques blanches de style colonial plantée au milieu d'un grand terrain au bord du Long Island Sound. A cinq heures, Casey s'engagea dans l'allée circulaire et me déposa devant la maison. Je le rejoindrais plus tard chez son ami Vince Alcott.

Reid Barlowe m'ouvrit la porte et m'accueillit avec courtoisie. Sa femme nous attendait dans le salon d'été. « Il y a une très jolie vue sur la mer », me dit-il tandis que je lui emboîtais le pas dans le vestibule.

Lorsque nous pénétrâmes dans la pièce, Susan Barlowe était en train de disposer sur la table basse un plateau avec une carafe de thé glacé et trois grands verres. Je m'étais attendue à les trouver plus âgés. Ils paraissaient moins de soixante ans. Lui avait des cheveux poivre et sel, elle était blonde avec des reflets argentés. Ils formaient un très beau couple. Tous les deux étaient grands, minces, avec des traits réguliers. Il avait des yeux marron, elle d'un gris teinté de bleu, mais il émanait de leur regard une sorte de tristesse permanente. Je me demandai si les traces de chagrin que je voyais s'y refléter étaient liées à la perte de leur fille décédée cinq ans plus tôt ou à celle de leur ex-gendre, Nicholas Spencer.

Le salon d'été méritait son nom. Le soleil entrait à flots dans la pièce, éclairant les motifs jaunes des coussins du canapé et des fauteuils en rotin. Des lambris et un parquet de chêne, ainsi qu'une jardinière courant le long de la baie vitrée donnaient l'illusion d'un décor champêtre.

Ils m'offrirent aimablement de m'installer sur le canapé d'où l'on jouissait d'une vue panoramique sur Long Island Sound, tandis qu'eux-mêmes prenaient place sur les deux fauteuils. J'acceptai un verre de thé glacé et nous restâmes quelques secondes silencieux à nous examiner.

Je les remerciai de m'avoir reçue et m'excusai à l'avance des questions qui pourraient leur paraître indiscrètes, voire indélicates.

Inquiète de leur réaction, je les vis échanger un regard, puis Barlowe se leva et alla fermer la porte qui donnait sur l'entrée.

« C'est au cas où Jack rentrerait à notre insu, m'expliqua-t-il en se rasseyant. Je préfère qu'il n'entende pas notre conversation.

— Jack n'écoute pas aux portes, corrigea Susan Barlowe, mais il est tellement bouleversé, le pauvre enfant. Il adorait Nick. Il a eu beaucoup de chagrin et s'est comporté avec courage lorsque toutes ces rumeurs ont commencé à se répandre. Maintenant, il veut croire que son père est en vie, mais c'est une arme à double tranchant parce qu'il se demande

342

alors pourquoi il ne lui a pas donné de ses nouvelles. »

Je décidai d'être franche avec eux. « Vous savez que Lynn est ma demi-sœur », dis-je.

Ils hochèrent la tête. Il me sembla voir un éclair de dédain dans leurs yeux à la mention de ce nom, mais peut-être était-ce pure imagination de ma part.

« Je n'ai rencontré Lynn qu'à de rares occasions. Je ne cherche ni à la défendre ni à l'accabler, continuai-je. Je suis ici en tant que journaliste pour que vous me décriviez le Nick Spencer que vous connaissez. » Pour entamer la conversation, je racontai ma rencontre avec Nick et l'impression qu'il m'avait faite.

Nous parlâmes pendant plus d'une heure. Il ressortit de notre entretien que Nicholas Spencer leur était très cher. Les sept années de son mariage avec leur fille Janet avaient été très heureuses. La découverte de son cancer avait coïncidé avec sa décision de quitter son poste dans l'entreprise de fournitures médicales et de se lancer dans la recherche.

« Le jour où Nick a appris que Janet était malade et qu'elle ne vivrait sans doute plus très longtemps, c'est devenu une obsession », dit Susan Barlowe d'une voix étouffée.

Elle chercha ses lunettes noires dans sa poche, prétendant être gênée par le soleil. Je crois surtout qu'elle voulait dissimuler les larmes qu'elle avait peine à retenir.

« Nick avait récupéré une partie des notes du Dr Spencer et commencé à les examiner. L'intérêt qu'il portait à la microbiologie lui avait permis d'approfondir ses connaissances. C'est alors qu'il eut

343

l'intuition que son père avait été à la veille de découvrir un remède contre le cancer, et qu'il décida de réunir les fonds nécessaires pour créer Pierre-Gen.

— Avez-vous investi dans la société ?

— Oui, bien sûr. » C'était Reid Barlowe qui avait répondu à la place de sa femme. « Et je serais prêt à recommencer. Quoi qu'il soit arrivé, Nick n'a pas essayé de nous tromper, ni nous ni personne d'autre.

— Après la mort de votre fille, êtes-vous restés proches de Nick ?

— Très proches. Les tensions survinrent après son mariage avec Lynn. » Les lèvres de Reid Barlowe se crispèrent. « Je suis persuadé que la ressemblance physique de Lynn avec Janet a été le facteur principal de son attirance pour elle. Le jour où il nous l'a présentée, nous avons éprouvé un véritable choc, ma femme et moi. Et c'était très troublant pour Jack aussi.

— Il avait six ans alors, n'est-ce pas ?

— Oui, et il gardait un souvenir très précis de sa mère. Après le remariage de son père, Jack venait très souvent nous rendre visite et il manifestait de plus en plus de réticences lorsqu'il devait retourner chez lui. Finalement, Nick a suggéré de l'inscrire à l'école ici.

— Pourquoi Nick ne s'est-il pas séparé de Lynn ? demandai-je.

— C'est ce qui aurait fini par arriver, dit Susan Barlowe. Mais il était tellement absorbé par son vaccin que ses problèmes personnels passaient au second plan. Pendant un certain temps, il s'est fait du souci pour Jack, mais à partir du jour où le petit est venu vivre avec nous et a paru plus heureux, Nick s'est concentré exclusivement sur Pierre-Gen.

— Connaissez-vous Vivian Powers ?

— Non, dit Reid Barlowe. Nous avons entendu parler d'elle dans les journaux, bien sûr, mais Nick n'avait jamais mentionné son nom devant nous.

— Nick a-t-il jamais fait allusion à un problème concernant Pierre-Gen, à des difficultés autres que l'échec d'un médicament aux débuts prometteurs ?

— Durant la dernière année, il ne fait aucun doute qu'il était soucieux. » Reid Barlowe se tourna vers sa femme qui fit un signe d'assentiment. « Il m'a confié qu'il avait emprunté de l'argent en donnant ses actions en garantie. Il considérait que des recherches complémentaires étaient nécessaires.

— En donnant ses propres actions en garantie et non les avoirs de la société ? demandai-je vivement.

— Oui. Nous sommes à l'abri du besoin, et un mois avant l'accident d'avion, Nick a demandé s'il pouvait obtenir un prêt personnel pour poursuivre les recherches.

— Le lui avez-vous obtenu ?

— Oui, et je ne vous dirai pas de quel montant, mais c'est la raison pour laquelle je suis convaincu que si Nick a retiré tant d'argent de la société, c'était pour le dépenser en recherches, et non pour le mettre dans sa poche.

— Croyez-vous qu'il soit mort ?

— J'en suis malheureusement sûr. Nick n'était pas un simulateur, et il n'aurait jamais abandonné son fils. » Reid Barlowe leva une main pour prévenir d'autres questions. « Je crois avoir entendu Jack rentrer. Il revient d'une séance d'entraînement de football. »

J'entendis des pas précipités dans l'entrée, qui s'arrêtèrent devant la porte vitrée fermée. Le garçon regarda à travers les carreaux et s'apprêta à frapper. Reid Barlowe lui fit signe d'entrer et se leva pour aller à sa rencontre.

C'était un enfant fluet avec d'immenses yeux bleu-gris et des cheveux ébouriffés. La joie qu'il avait manifestée à la vue de ses grands-parents se transforma en un petit sourire timide lorsque je lui fus présentée. « Je suis très heureux de faire votre connaissance, madame DeCarlo », dit-il poliment.

Ma gorge se noua. Je me souvenais de ce que m'avait dit Nick Spencer : « Jack est un enfant merveilleux. » Il avait raison. C'était réellement un enfant merveilleux. Et il avait l'âge que Patrick aurait eu aujourd'hui s'il avait vécu.

« Mamie, Bobby et Peter m'ont demandé de venir passer la nuit chez eux. Il y aura de la pizza. Leur mère a donné sa permission. »

Les Barlowe échangèrent un regard. « Si tu promets que vous ne resterez pas trop tard à faire les fous, dit Susan Barlowe. N'oublie pas, tu dois te lever tôt demain matin.

— C'est promis, archi-promis ! s'écria-t-il. Merci Mamie. Je vais les prévenir tout de suite. » Il se tourna vers moi. « Je suis content de vous avoir rencontrée, madame DeCarlo. »

Il marcha calmement jusqu'à la porte, puis je l'entendis courir dès qu'il fut dans le couloir. Je regardai ses grands-parents. Ils souriaient. Reid Barlowe haussa les épaules. « Comme vous le voyez, cet enfant est notre seconde chance dans la vie, Carley. Le plus drôle est que Bobby et Peter sont jumeaux, mais que leurs parents ont à peine deux ans de moins que nous. »

Je ne pus m'empêcher de faire remarquer : « Malgré tout ce qu'il a traversé, Jack semble être un enfant équilibré. Je pense que c'est à vous deux qu'il le doit.

— Il a des périodes plus difficiles, naturellement, dit doucement Reid Barlowe. C'est normal. L'incertitude actuelle risque de le blesser. C'est un enfant intelligent. Les journaux et la télévision publient constamment des photos de Nick et ne cessent de parler de lui. Jack s'efforce d'accepter l'idée que son père est mort, mais ensuite il entend dire qu'on l'a vu en Suisse. Et lui-même imagine qu'il a pu sauter en parachute de l'avion. »

Nous bavardâmes encore pendant quelques minutes, puis je m'apprêtai à partir.

« Je vous remercie de m'avoir reçue si aimablement, dis-je, et je vous promets de ne pas aborder ce sujet dimanche chez Vince.

— Je suis content que nous ayons pu parler tranquillement, dit Susan Barlowe. Il faut que le public connaisse notre opinion. Nicholas Spencer était un homme d'une grande honnêteté et un scientifique dévoué à sa cause. » Elle hésita. « Oui, c'était un scientifique à mes yeux, même s'il n'était pas diplômé en microbiologie. J'ignore ce qui s'est passé à Pierre-Gen, mais je sais qu'il n'en est pas responsable. »

Ils me raccompagnèrent à la porte.

« Carley, dit soudain Susan Barlowe, je me rends

347

compte que je n'ai même pas pris de nouvelles de Lynn. Comment va-t-elle ?

— Assez bien.

— J'aurais dû lui faire signe. J'avoue sincèrement que je ne l'ai pas beaucoup aimée au début, mais je lui serai à jamais reconnaissante. Vous a-t-elle dit que Nick avait projeté d'emmener Jack avec lui à Porto Rico, et que c'est elle qui l'en avait dissuadé ? Jack a été très déçu, mais s'il avait accompagné son père, il se serait trouvé dans l'avion au moment de l'accident. »

43

L ES amis de Casey, Vince et Julie Alcott, me furent immédiatement sympathiques. Vince et Casey avaient fait ensemble leurs études à l'école de médecine John Hopkins. « Comment Julie et moi avons eu le courage de nous marier alors que nous étions encore étudiants, c'est un mystère, dit Vince en riant. Quand je pense que nous fêtons notre dixième anniversaire de mariage dimanche prochain. »

Ils m'offrirent un verre de vin, évitèrent avec tact de m'interroger sur ma visite chez leurs voisins. Je leur dis seulement que j'avais trouvé les Barlowe charmants et que j'avais été ravie de faire la connaissance de Jack.

Casey s'aperçut sans doute que j'étais profondément troublée car il se leva peu après. « Les meilleurs moments ont une fin, dit-il. Je sais que Carley a encore du travail, mais nous serons heureux de vous revoir dimanche. »

Nous parlâmes peu sur le trajet du retour. A sept heures, alors que nous approchions du centre de Manhattan, Casey dit : « Il faut que tu manges un morceau avant de rentrer chez toi, Carley. De quoi as-tu envie ? »

C'est en l'entendant me poser la question que je me rendis compte que j'avais faim. « J'aimerais un bon hamburger. »

P.J. Clarke's, le célèbre vieux restaurant new-yorkais de la Troisième Avenue, avait récemment rouvert ses portes après une rénovation complète. C'était l'endroit idéal pour déguster un bon hamburger. Après avoir passé nos commandes, Casey me regarda avec attention.

« Quelque chose t'a bouleversée, Carley. Tu veux m'en parler ?

— Pas tout de suite, lui dis-je. C'est encore trop frais dans ma tête.

— C'est le fait d'avoir rencontré Jack qui t'a tellement émue ? »

Son ton était plein de sollicitude. Casey avait deviné que la vue d'un enfant de dix ans réveillerait mon chagrin.

« Peut-être. C'est un garçon exquis. » Quand arrivèrent nos hamburgers, je lui confiai ce qui me trottait dans la tête : « Vois-tu, plus j'assemble les pièces du puzzle, plus ce qui se dessine me paraît effrayant, monstrueux même. »

44

L<small>E</small> samedi matin, Ned alluma la radio de la voiture. Le journal de sept heures venait de commencer. Un sourire se forma sur ses lèvres. A Greenwood Lake, dans le New Jersey, trois résidents avaient été assassinés pendant leur sommeil. D'après la police, ces meurtres avaient vraisemblablement la même origine que celui de Mme Eva Morgan de Yonkers, dans l'Etat de New York. Ned Cooper, le locataire de Mme Morgan, avait dans le temps été propriétaire d'une maison à Greenwood Lake, et le bruit courait qu'il avait menacé les victimes. La police ajoutait que Cooper était également soupçonné du meurtre de Peg Rice, l'employée d'un drugstore qui avait été abattue six jours plus tôt. Des tests balistiques étaient en cours. Cooper utilisait soit une camionnette Ford marron vieille de huit ans, soit une Toyota noire d'un modèle récent. Il était probablement armé et dangereux.

C'est bien ce que je suis, pensa Ned : armé et dangereux. Devait-il retourner dans la maison et en finir avec Lynn et son soupirant, s'il était toujours là ? Non, peut-être pas. Il était en sécurité ici. Il allait attendre. Il lui restait à mettre la main sur la demi-sœur de Lynn Spencer, Carley DeCarlo.

Ensuite, Annie et lui pourraient enfin se reposer, la tâche serait terminée, excepté le geste final, quand il ôterait ses chaussures et ses chaussettes et s'allongerait sur la tombe d'Annie, tenant son fusil.

Annie aimait fredonner une chanson : « Garde la dernière danse pour moi... »

Ned sortit le pain et le beurre de cacahuètes de la voiture, se confectionna un sandwich et se mit à chantonner. Puis il sourit, tandis qu'Annie l'accompagnait : « Garde... la dernière... danse... pour moi. »

45

JE me réveillai à huit heures le samedi matin. La semaine avait été éprouvante physiquement et sur le plan émotionnel, mais ces heures de repos m'avaient revigorée. J'avais l'esprit clair, certes, mais sans pour autant me sentir réconfortée par ce que j'avais appris. J'arrivais à une conclusion que, du plus profond de mon cœur, j'espérais fausse.

Pendant que je préparais mon café matinal, j'allumai la télévision et appris que cinq personnes avaient été victimes d'un tueur dernièrement.

Je prêtai une oreille plus attentive en entendant prononcer le nom de Pierre-Gen et écoutai avec effroi le récit détaillé de la tragédie. Un certain Ned Cooper, de Yonkers, avait vendu sa maison de Greenwood Lake, à l'insu de sa femme, pour investir le prix de la vente dans Pierre-Gen. Sa femme était morte dans un accident de voiture le jour même où ils avaient appris que leurs actions ne valaient plus rien.

Une photo de Cooper apparut sur l'écran. Je le *connais*, pensai-je ; je le *connais* ! Je l'avais vu quelque part récemment. A l'assemblée générale de Pierre-Gen ? Peut-être, mais je n'en étais pas sûre.

Le présentateur disait que la femme de Cooper avait travaillé à l'hôpital St. Ann de Mount Kisco, et que lui-même y avait été traité par intermittence pour des problèmes psychiatriques.

L'hôpital St. Ann. Voilà où je l'avais vu ! Je m'y étais rendue à trois reprises : au lendemain de l'incendie, quelques jours plus tard, et le jour où j'avais interviewé la directrice du service des soins palliatifs.

Puis apparurent à l'écran les lieux du crime de Greenwood Lake. « La maison de Cooper était située entre celle des Harnik et celle de Mme Schafley, expliquait le présentateur. Selon les voisins, il était venu sur les lieux huit jours plus tôt, et avait accusé les victimes de s'être liguées pour se débarrasser de lui, sachant que sa femme ne l'aurait pas laissé vendre la maison s'ils l'avaient prévenue de ses intentions. »

On passa ensuite au crime de Yonkers. « Très éprouvé, le fils d'Eva Morgan a raconté à la police que sa mère avait peur de Ned Cooper et lui avait annoncé qu'il devrait libérer son appartement le 1er juin. »

Pendant toute la durée de l'émission, la photo de Cooper resta visible dans un coin de l'écran. Je ne cessai de l'examiner. Je l'avais vu à St. Ann. Mais *quand* ?

Le présentateur poursuivait : « Il y a six jours, Cooper est arrivé au drugstore Brown quelques minutes avant la fermeture. Il était l'avant-dernier client. William Garret, l'étudiant qui se tenait derrière lui à la caisse, dit que Cooper a acheté des pommades pour une brûlure à la main droite, et qu'il s'est énervé lorsque la caissière, Peg Rice, l'a questionné à ce sujet. Garret affirme que Cooper était assis dans sa voiture près du drugstore lorsque lui-même en est sorti. »

Il s'est brûlé la main droite ! Cooper avait une brûlure à la main droite !

J'étais venue voir Lynn à l'hôpital le lendemain de l'incendie. J'avais été interviewée par un journaliste de Channel 4, si mes souvenirs étaient exacts. C'est à ce moment-là que j'avais vu Cooper. Il était dehors et il m'observait. J'en étais sûre.

Il s'est brûlé la main droite !

J'étais quasi certaine de l'avoir aperçu à une autre occasion, mais je ne cherchai pas à m'en souvenir pour l'instant. Je connaissais Judy Miller, une des productrices de Channel 4. Je lui téléphonai. « Judy, je me souviens d'avoir vu Ned Cooper devant l'hôpital St. Ann le lendemain du jour où la propriété des Spencer a été incendiée. As-tu gardé les chutes de la séquence de mon interview du 22 avril ? Il est possible que Cooper y figure. »

J'appelai ensuite le bureau du procureur du comté de Westchester, demandai à parler à l'inspecteur Crest, de la brigade des incendies criminels, et lui annonçai la raison de mon appel. Il répondit tout de suite :

« Nous avons vérifié auprès du service des urgences de St. Ann. Cooper n'y a pas été soigné, mais on le connaît bien à l'hôpital. Peut-être n'est-il pas passé par les urgences. Nous vous préviendrons dès que nous aurons des informations. »

Je changeai de chaîne, recueillis d'autres informations sur Cooper et sa femme, Annie. On disait qu'elle avait été terriblement affectée en apprenant la vente de leur maison de Greenwood Lake. L'effondrement du prix des actions Pierre-Gen avait-il joué un rôle dans son accident ? L'annonce en avait été faite le jour de sa mort.

A neuf heures trente, Judy me rappela : « Tu avais raison, Carley. Nous avons Ned Cooper dans le champ, devant l'hôpital, le jour de l'interview. »

A dix heures, l'inspecteur Crest rappela à son tour. « Le Dr Ryan de l'hôpital St. Ann se rappelle avoir vu Cooper dans le hall le mardi matin, et il a remarqué qu'il avait une sérieuse brûlure à la main. Cooper a prétendu s'être brûlé en faisant la cuisine. Le Dr Ryan lui a délivré une ordonnance. »

J'éprouvais de la pitié pour les victimes de Cooper, bien sûr, mais je ne pouvais m'empêcher de le plaindre, lui aussi. A leur façon tragique, sa femme et lui avaient également souffert de l'échec de Pierre-Gen.

Il y avait au moins quelqu'un que l'on n'accuserait plus. « Marty Bikorsky est totalement innocent de l'incendie de la maison des Spencer, dis-je à l'inspecteur.

— L'enquête va être rouverte, me dit-il. Ce sera annoncé plus tard, dans la matinée.

— Pourquoi ne pas le faire tout de suite ? Vous savez bien que Marty Bikorsky n'a pas allumé cet incendie. »

J'appelai aussitôt Marty. Il avait regardé la télévision et s'était entretenu avec son avocat. L'espoir et l'excitation étaient perceptibles dans sa voix.

« Carley, ce détraqué mental a une brûlure à la main. On m'accordera au moins le bénéfice du doute à mon procès. C'est ce que dit mon avocat. Carley, savez-vous ce que cela signifie ?

— Oui, je le sais.

— Vous avez été formidable, mais je suis content de ne pas vous avoir écoutée lorsque vous m'avez conseillé de dire à la police que j'étais à Bedford le jour de l'incendie. Mon avocat est persuadé que je leur aurais apporté ma condamnation sur un plateau en faisant cet aveu.

— Je me réjouis que vous ne l'ayez pas fait, Marty », dis-je.

Je n'ajoutai pas que je n'avais pas les mêmes raisons que lui de taire sa présence dans les parages cette nuit-là. Je voulais avoir le temps de m'entretenir avec Lynn avant que l'on sache qu'une voiture stationnait à l'intérieur de l'enceinte.

Avant de raccrocher, je lui posai la question la plus difficile :

« Comment va Maggie ?

— Elle mange mieux et a repris des forces. Qui sait, nous pourrons peut-être la garder avec nous un peu plus longtemps que ne le prévoient les médecins. Nous prions pour qu'un miracle se produise. Si elle arrive à se maintenir ainsi, peut-être trouvera-t-on un jour le remède qui la sauvera.

— Il faut l'espérer, Marty. »

Une fois que j'eus raccroché, j'allai à la fenêtre et regardai dehors. Il n'y avait pas grand-chose d'intéressant, juste une rangée de maisons transformées en appartements de l'autre côté de la rue. Mais je ne les voyais pas ; j'avais l'esprit ailleurs, je songeais

à une fillette de quatre ans, Maggie, qui allait mourir, et à ces gens qui, par pure cupidité, avaient sans
doute délibérément retardé la mise au point du
vaccin.

46

Toutes les heures, Ned écouta les informations à la radio. Il était content qu'Annie l'ait poussé à acheter des provisions l'autre soir. Mieux valait ne pas mettre les pieds dans un magasin à présent. Sa photo avait certainement été diffusée à la télévision et sur l'Internet.

Armé et dangereux. C'est ce qu'ils avaient dit.

Après le dîner, Annie s'allongeait parfois sur le canapé et s'endormait, et il s'approchait d'elle et la prenait dans ses bras. Elle se réveillait en sursaut et, pendant un instant, semblait étonnée. Puis elle riait. « Ned, tu es vraiment dangereux ! » disait-elle.

Le lait avait tourné en l'absence de réfrigérateur, mais il lui était égal de manger ses céréales nature. Depuis qu'il avait tué Peg, son appétit revenait. C'était comme si une grosse pierre à l'intérieur de lui-même se désagrégeait peu à peu. S'il n'avait pas eu les céréales, le pain et le beurre de cacahuètes, il serait allé jusqu'à la maison d'amis, aurait tué Lynn Spencer et pris de quoi manger dans la cuisine. Il aurait même pu emprunter sa voiture et s'en aller, personne ne s'en serait aperçu.

Mais, si son soupirant était revenu sur les lieux et l'avait découverte, ils auraient vu que la voiture avait disparu. Les flics se seraient mis en branle pour la retrouver. C'était une voiture de luxe. Elle était facile à repérer.

« Attends, Ned, lui disait Annie en ce moment même. Repose-toi un peu. Rien ne presse.

— Je sais », murmura-t-il.

A trois heures, après avoir somnolé, il décida de sortir. Le garage offrait peu d'espace pour se dégourdir les jambes, et il se sentait ankylosé. Il y avait une porte latérale près de la voiture. Il l'ouvrit très lentement et tendit l'oreille. Pas un bruit. Personne alentour. Il était à parier que Lynn ne venait jamais dans les parages, de toute façon. Par précaution, il emporta malgré tout son fusil.

Il contourna la cabine de bain par l'arrière jusqu'à la limite des arbres qui la masquaient aux yeux des occupants de la maison d'amis. Les feuilles avaient éclos maintenant et on ne pouvait pas le voir, même en regardant dans sa direction.

Par contre, Ned distinguait la maison à travers les branches. Les stores étaient relevés et deux fenêtres ouvertes. La décapotable gris argent de Spencer était stationnée dans l'allée. La capote baissée. Ned s'assit par terre, les jambes croisées. Le sol était un peu humide, mais peu lui importait.

Le temps ayant perdu toute signification pour lui, il ne savait pas depuis quand il patientait lorsqu'il vit Lynn Spencer sortir de la maison. Elle referma la porte et se dirigea vers la voiture. Elle portait un pantalon noir et un chemisier noir et blanc. Très chic. Peut-être avait-elle rendez-vous avec quelqu'un. Elle monta dans la décapotable et fit tourner le moteur, la voiture démarra sans bruit et contourna les vestiges de la propriété.

Ned attendit trois ou quatre minutes pour s'assurer qu'elle était bien partie, puis il quitta le couvert des arbres et se dirigea vers le côté de la maison. Il alla d'une fenêtre à l'autre. Tous les stores étaient remontés et il semblait n'y avoir personne à l'intérieur. Il essaya d'ouvrir les fenêtres, mais elles étaient verrouillées. S'il voulait pénétrer à l'intérieur, il devait prendre le risque d'entrer par une fenêtre de la façade et de s'exposer à être vu par quelqu'un qui remonterait l'allée principale.

Il frotta soigneusement les semelles de ses chaussures pour ne pas laisser de traces de terre sur le rebord de la fenêtre ou dans la maison. D'un geste rapide, il remonta la fenêtre située à gauche de la façade et, se hissant sur les avant-bras, il enjamba l'appui. Puis il reprit son fusil qu'il avait posé contre le mur et, une fois à l'intérieur, abaissa la fenêtre exactement comme il l'avait trouvée.

Après s'être assuré que ses chaussures ne marquaient ni le plancher ni les tapis, il entreprit d'explorer rapidement la maison. Les deux chambres à l'étage étaient vides. Ned était seul, mais l'absence de Lynn Spencer pouvait être de courte durée, bien qu'elle fût visiblement habillée pour sortir en ville. Et elle pouvait même revenir d'un instant à l'autre si jamais elle avait oublié quelque chose.

Il se trouvait dans la cuisine lorsque la sonnerie du téléphone retentit. Il saisit son fusil, posa le doigt sur la détente. Le téléphone sonna trois fois avant que le répondeur se mette en marche. Ned était occupé à ouvrir et refermer les tiroirs du buffet quand il entendit le message s'enregistrer. « Lynn, c'est Carley. Je suis en train de rédiger le brouillon de mon article et j'ai besoin d'une information. J'essaierai de vous joindre plus tard. Sinon, je viendrai à Bedford demain à quinze heures. Si vos plans ont changé et que avez décidé de rentrer plus tôt à New York, soyez gentille de me prévenir. Le numéro de mon portable est le 917 555 8420. »

Carley DeCarlo serait ici demain, pensa Ned. Voilà pourquoi Annie lui avait conseillé d'attendre et de se reposer aujourd'hui. Demain tout serait fini. « Merci, Annie », dit Ned. Il ne tarderait pas à regagner le garage. Mais il lui restait deux ou trois petites choses à faire avant.

La plupart des gens conservent un deuxième trousseau de clés chez eux.

Il fouilla tous les tiroirs et finit par découvrir les clefs dans le dernier. Il y avait deux trousseaux dans deux enveloppes différentes. L'une était marquée « maison d'amis », l'autre « cabine de bain ». Seul l'intéressait le trousseau de la maison.

Il ouvrit la porte de service et s'assura que la clef fonctionnait bien. Il y avait six boîtes de Coca-Cola et de soda dans le réfrigérateur, ainsi que six bouteilles d'eau. Il aurait aimé en emporter deux, mais Lynn Spencer risquait de s'apercevoir de leur disparition. Il trouva dans un placard des boîtes de crackers, des sachets de chips et de bretzels, et des paquets de cacahuètes – peut-être ne remarquerait-elle pas qu'il manquait une boîte de crackers.

La réserve d'alcool était bien remplie. Il compta quatre bouteilles de scotch. Elles étaient toutes de la même marque et non entamées. Il en prit une, au fond.

Il avait hâte de quitter les lieux, à présent. Mais non sans avoir pris une dernière précaution. Au cas où il y aurait quelqu'un dans la cuisine lorsqu'il reviendrait, il préférait laisser une fenêtre ouverte dans le petit bureau.

Il longea le couloir, toujours attentif à ne pas laisser de traces, entra dans le bureau, déverrouilla la fenêtre et revint sur ses pas. Dans la cuisine, il s'empara de la bouteille de scotch et de la boîte de crackers et sortit par la porte du fond. Il jeta un dernier regard avant de la refermer. Le répondeur clignotait.

« A demain, Carley », dit-il doucement.

47

Je laissai la télévision en marche pendant toute la matinée, augmentant le volume lorsqu'on donnait de nouvelles informations concernant Ned Cooper ou ses victimes. Le reportage sur sa femme, Annie, était particulièrement émouvant. Plusieurs de ses collègues de l'hôpital témoignaient de son énergie, de sa gentillesse avec les patients, de sa disponibilité quand on lui demandait de faire des heures supplémentaires.

J'écoutai avec émotion le résumé de sa triste existence. Elle passait son temps à porter leurs repas aux malades, cinq ou six jours par semaine, puis rentrait dans son pauvre appartement qu'elle partageait avec un mari qui souffrait de désordre mental. La grande joie de sa vie semblait être sa maison de Greenwood Lake. « Annie adorait jardiner, racontait une infirmière. Elle nous apportait des photos de son jardin. Il était magnifique, différent tous les ans. Nous lui disions en riant que sa place n'était pas parmi nous, qu'elle aurait dû travailler chez un pépiniériste. »

Elle n'avait parlé à personne de la vente de la

maison. Mais d'après une voisine que l'on interviewait, Ned s'était vanté de posséder des actions de Pierre-Gen. Il disait qu'il voulait acheter à Annie une propriété comme celle du patron de Pierre-Gen.

En l'entendant, je me précipitai sur le téléphone et appelai à nouveau mon amie Judy pour lui demander de joindre une copie de cette interview à la mienne. Ce que disait cette femme démontrait l'existence d'un lien supplémentaire entre Ned Cooper et l'incendie criminel de Bedford.

L'esprit occupé par l'histoire d'Annie, je tentai de mettre de l'ordre dans mes pensées. Je savais que la police enquêtait auprès des bibliothécaires de la région pour vérifier si Ned Cooper était bien l'auteur des messages que j'avais reçus. Dans ce cas, il était au centre de l'affaire. J'appelai l'inspecteur Clifford au poste de police de Bedford. C'était avec lui que je m'étais entretenue de ces e-mails précédemment.

« Je m'apprêtais à vous téléphoner, madame DeCarlo, dit-il. Les bibliothécaires ont confirmé que Ned Cooper est bien l'homme qui a utilisé leurs ordinateurs, et nous prenons au sérieux sa menace de vous préparer pour le jour du Jugement dernier. Dans l'autre message, il vous reproche de ne pas avoir répondu à sa femme. Il se peut qu'il fasse une fixation sur vous. »

Inutile de dire que cette idée ne m'était pas particulièrement agréable.

« Vous devriez demander la protection de la police tant que nous ne l'avons pas arrêté, continuat-il. Un homme au volant d'une Toyota noire a été vu par un chauffeur de poids lourd sur une aire de repos dans le Massachusetts il y a une heure. Ce pourrait être Cooper. Le chauffeur affirme que la voiture était immatriculée dans l'Etat de New York. Il n'a pas relevé le numéro, mais c'est peut-être notre bonhomme.

— Je n'ai pas besoin de protection, dis-je vivement. Ned Cooper ignore où j'habite et, de toute façon, je serai absente de chez moi pendant la plus grande partie de la journée d'aujourd'hui et de demain.

— Pour plus de sécurité, nous avons téléphoné à Mme Spencer. Elle est à Bedford. Elle restera dans la maison d'amis jusqu'à ce que nous ayons mis la main sur Cooper. Il est peu probable qu'il revienne faire un tour dans le coin, cependant, nous surveillons les abords de la propriété. »

Il promit de me rappeler s'ils avaient d'autres nouvelles.

J'avais rapporté du bureau l'épais dossier concernant Nick Spencer que j'avais l'intention d'éplucher pendant le week-end. Je voulais surtout relire les comptes rendus de l'accident d'avion, depuis les gros titres des journaux, le premier jour, jusqu'aux simples allusions qui accompagnaient par la suite les articles sur le vaccin et le cours des actions.

Je soulignai au fur et à mesure de ma lecture. La chronologie des événements était clairement exposée. Le vendredi 4 avril, à deux heures de l'après-midi, Nicholas Spencer, pilote chevronné, avait décollé à bord de son avion privé de l'aéroport du comté de Westchester à destination de San Juan, à Porto Rico. Il avait l'intention d'assister à un séminaire pendant le week-end, et de rentrer tard le dimanche soir. La météo prévoyait un temps pluvieux dans la région. Sa femme l'avait accompagné à l'aéroport.

Quinze minutes avant l'heure prévue de l'atterrissage, l'avion de Spencer avait disparu des écrans radar. Rien n'indiquait qu'il ait eu un problème technique, mais un orage violent avait éclaté, accompagné de nombreux éclairs. On supposait que l'appareil avait été touché par la foudre. Le lendemain, des débris avaient commencé à être rejetés sur la côte.

Le mécanicien qui avait procédé aux vérifications juste avant le décollage s'appelait Dominick Salvio. Il avait déclaré que Nicholas Spencer était un pilote expérimenté, entraîné à voler par mauvais temps, mais que la foudre pouvait être à l'origine de l'accident.

Lorsque le scandale avait éclaté, certains journalistes s'étaient interrogés. Pourquoi Spencer n'avait-il pas utilisé l'avion de la société comme il le faisait en général pour ses déplacements d'affaires ? Pourquoi le nombre d'appels enregistrés sur son téléphone portable avait-il autant diminué dans les semaines qui avaient précédé le crash ? Comme son corps restait introuvable, d'autres questions avaient été soulevées. S'agissait-il d'une mise en scène ? Nick Spencer était-il réellement à bord au moment où l'avion s'était écrasé ? Il conduisait toujours sa propre voiture quand il se rendait à l'aéroport. Ce jour-là, il avait demandé à sa femme de l'accompagner. Pourquoi ?

J'appelai l'aéroport du comté de Westchester et

demandai à parler à Dominick Salvio. Il était occupé à l'atelier et j'appris qu'il terminait son service à quatorze heures. Il accepta sans enthousiasme de m'accorder quinze minutes et me donna rendez-vous au terminal.

« Pas plus d'un quart d'heure, madame DeCarlo. Mon gamin a un match de base-ball aujourd'hui, et je ne veux pas rater ça. »

Il était midi moins le quart et j'étais encore en robe de chambre ! Ne pas me presser pour m'habiller était un de mes luxes du samedi matin. Je n'avais plus qu'à me dépêcher à présent. Il me fallait une bonne heure et demie pour arriver à l'aéroport de Westchester.

Quinze minutes plus tard, je me séchais les cheveux et faillis ne pas entendre le téléphone. C'était Ken Page.

« J'ai trouvé notre cancéreux, Carley.

— Qui est-ce ?

— Dennis Holden, un ingénieur de trente-huit ans qui vit à Armonk.

— Dans quel état est-il ?

— Il n'a rien voulu dire au téléphone. Il s'est montré très réticent, au début, mais j'ai fini par le persuader et il m'a proposé de le rencontrer chez lui.

— Et moi ? Ken, tu m'avais promis...

— Attends. Ça n'a pas été facile, mais il a accepté que tu m'accompagnes. Nous avons le choix entre aujourd'hui et demain à quinze heures. Quelle date te convient ? Je n'ai pas de préférence pour ma part, mais je dois le rappeler immédiatement. »

J'avais rendez-vous avec Lynn le lendemain à trois heures et je ne voulais pas la décommander.

« Va pour aujourd'hui, dis-je à Ken.

— Je suis sûr que tu as regardé les informations où l'on parle de Cooper. Cinq personnes sont mortes parce que les actions Pierre-Gen se sont effondrées.

— Six. Sa femme fait aussi partie des victimes.

— Tu as raison. Bon, je téléphone à Holden. Je lui précise que nous le verrons dans la journée, je lui demande de m'indiquer comment aller chez lui et je te rappelle. »

Je n'eus pas à attendre longtemps. Je notai l'adresse de Dennis Holden et son numéro de téléphone. Puis je finis de me sécher les cheveux, me maquillai légèrement et enfilai un tailleur-pantalon bleu-gris – encore un de mes achats de fin de saison – et partis.

Etant donné tout ce que j'avais appris sur Ned Cooper, je regardai prudemment autour de moi en ouvrant la porte d'entrée de l'immeuble. Ces vieilles demeures ont un perron élevé et étroit, et j'offrirais une cible facile pour celui qui aurait l'intention de me tirer dessus. Mais la circulation était fluide, et il n'y avait personne dans les voitures en stationnement près de la maison. Les parages semblaient sûrs.

Je marchai cependant d'un pas pressé jusqu'à mon garage, situé trois rues plus loin. Je me faufilai entre les passants, non sans éprouver un sentiment de culpabilité. Si Ned Cooper cherchait à me viser, j'exposais tous ces gens au même danger.

L'aéroport du comté de Westchester est situé aux abords de Greenwich où je m'étais rendue moins de vingt-quatre heures auparavant, et où je devais retourner le lendemain avec Casey. Je savais que l'aéroport, à ses débuts, n'avait été qu'un terrain d'atterrissage créé à l'intention des riches résidents des environs. Aujourd'hui, il était devenu un terminal important que choisissaient des milliers de voyageurs, dont certains n'appartenaient pas nécessairement à la classe aisée.

Je rencontrai Dominick Salvio dans le hall à quatorze heures quatre. C'était un homme à la carrure imposante avec des yeux bruns au regard décidé et un sourire spontané. Il semblait savoir exactement quel était son but dans l'existence. Je lui donnai ma carte de visite et le priai de m'appeler Carley comme tout le monde.

Le temps pressant, j'allai tout de suite à l'essentiel. Je lui dis que j'avais rencontré Nick Spencer et que j'écrivais un article sur lui. Puis j'expliquai rapidement mes liens de parenté avec Lynn. Je lui indiquai que je ne croyais pas à la rumeur selon laquelle Nick Spencer avait survécu à l'accident et se cachait en Suisse.

Dominick Salvio me suivit immédiatement sur ce terrain.

« Nick Spencer était un prince, dit-il avec force. Je n'ai jamais connu plus chic type. J'aimerais avoir sous la main tous ces menteurs qui racontent que c'est un escroc. Je leur ferais ravaler leurs calomnies.

371

— Nous partageons la même conviction, Dominick. Mais j'ai besoin de savoir quelque chose : quelle impression vous a faite Nick quand il est monté à bord de son avion. Etait-il en forme ou non ? Il n'avait que quarante ans, mais tout ce que j'ai appris à son sujet, tout ce qui lui est arrivé durant les derniers mois, laisse entendre qu'il était soumis à une très forte tension. Même à cet âge, les hommes peuvent être foudroyé par un infarctus.

— Je comprends, dit Dominick, et c'est peut-être ce qui est arrivé. Ce qui me met en rage, c'est de les entendre tous discourir comme si Nick avait été un pilote du dimanche. C'était un as. Il avait affronté de nombreux orages et savait comment se comporter dans les situations les plus difficiles – à moins qu'il n'ait été touché par la foudre. Dans ce cas-là, c'est difficile à gérer pour n'importe qui.

— Lui avez-vous parlé avant qu'il décolle ?

— Oui, c'est moi qui étais chargé de l'entretien de son appareil.

— On dit que Lynn l'avait déposé en voiture à l'aéroport. L'avez-vous vue, elle aussi ?

— Oui. Ils étaient assis dans le bar qui avoisine le hangar des avions privés. Elle l'a ensuite accompagné jusqu'à l'avion.

— Avaient-ils l'air en bons termes ? » J'hésitai avant d'ajouter carrément : « Dominick, je dois savoir dans quel état d'esprit vous a paru Nick. S'il était préoccupé ou bouleversé, sa concentration a pu s'en ressentir. »

Dominick laissa errer son regard. Je sentis qu'il choisissait ses mots, moins par prudence que par honnêteté. Il jeta un coup d'œil discret à sa montre. Le temps passait trop vite.

« Carley, dit-il enfin. Ces deux-là n'ont jamais été heureux ensemble, croyez-moi.

— Avez-vous perçu quelque chose de spécial dans leur comportement ce jour-là ? insistai-je.

— Vous devriez plutôt en parler à Marge. C'est elle qui les a servis au bar.

— Est-elle de service aujourd'hui ?

— Elle travaille du vendredi au lundi. Vous la trouverez sûrement. »

Me prenant par le bras, Dominick me conduisit à travers le terminal jusqu'au bar. « Voici Marge », dit-il en désignant une femme corpulente d'une soixantaine d'années. Il attira son attention et elle s'avança vers nous en souriant.

Son sourire s'évanouit dès que Dominick lui eut annoncé le but de ma visite.

« M. Spencer était le meilleur des hommes, dit-elle, et sa première épouse une femme charmante. Mais l'autre, la seconde, était un vrai glaçon. Elle avait dû dire ou faire quelque chose qui l'avait bouleversé ce jour-là. Elle était en train de s'excuser, mais il était hors de lui. Je n'ai pas tout entendu, mais j'en ai retenu qu'elle devait l'accompagner à Porto Rico et qu'elle avait changé d'avis. Il disait qu'il aurait emmené Jack avec lui s'il l'avait su plus tôt. Jack est le fils de M. Spencer.

— Est-ce qu'ils ont mangé ou bu quelque chose ?

— Ils ont tous les deux bu un thé glacé. Ecoutez, c'est heureux qu'elle et le petit ne soient pas montés dans l'avion. Quel malheur que M. Spencer n'ait pas eu la même chance. »

373

Je remerciai Marge et retraversai le terminal en compagnie de Dominick.

« Elle l'a embrassé devant tout le monde au moment de le quitter, dit-il. En les voyant, j'ai pensé que leur mariage était peut-être plus heureux que je ne le croyais, mais vous avez entendu Marge. S'il était à ce point bouleversé, il est possible que son attention se soit relâchée. Cela arrive aux meilleurs pilotes. Nous ne le saurons sans doute jamais. »

48

J'ARRIVAI à Armonk en avance et restai dans la voiture devant la maison de Dennis Holden en attendant l'arrivée de Ken Page. J'en profitai pour appeler Lynn à Bedford. Je voulais savoir pourquoi elle avait pressé Nick de ne pas emmener son fils avec lui à Porto Rico, et pour quelle raison elle avait elle-même renoncé à y aller. L'aurait-on prévenue qu'il n'était pas prudent d'embarquer sur cet avion ?

Elle était sortie ou avait choisi de ne pas répondre au téléphone. Au fond, c'était aussi bien comme ça. Je préférais voir sa réaction au moment où je lui poserais la question. Elle avait compté sur le mariage de ma mère avec son père pour me faire jouer les attachées de presse à son service. Elle était la veuve éplorée, la belle-mère abandonnée, la femme en plein désarroi à cause d'un homme qui s'était révélé être un escroc. La vérité était qu'elle se fichait comme d'une guigne de Nick et de son fils, et qu'elle entretenait probablement une liaison avec Charles Wallingford depuis le début.

Ken arrêta sa voiture derrière la mienne, et nous

nous dirigeâmes ensemble vers la maison. C'était une belle construction de style Tudor, en brique et stuc, au milieu d'un jardin parfaitement dessiné où les buissons, les arbres en fleurs et un superbe gazon témoignaient du goût de son propriétaire. A voir l'ensemble, j'en conclus que Dennis Holden était quelqu'un de prospère.

Ken sonna, et un homme vint nous ouvrir. Maigre, avec des yeux noisette au regard rieur et des cheveux presque ras, il avait un air étonnamment juvénile. « Dennis Holden, dit-il. Veuillez entrer. »

La maison était aussi agréable à l'intérieur qu'à l'extérieur. Il nous conduisit dans la salle de séjour où deux canapés blanc cassé se faisaient face de part et d'autre de la cheminée. Le tapis ancien offrait une harmonie subtile de motifs bleus et rouges, mêlés d'or et de cramoisi. En m'asseyant à côté de Ken sur l'un des canapés, je songeai que Dennis Holden avait quitté ce havre quelques mois auparavant pour ce qui aurait dû être son ultime séjour à l'hôpital. Qu'avait-il éprouvé en retrouvant sa maison ?

Ken lui tendit sa carte de visite et j'en fis autant. Il les examina attentivement.

« Où exercez-vous, docteur ? demanda-t-il à Ken.

— J'écris des ouvrages sur la recherche médicale. »

Holden se tourna vers moi.

« Votre nom me dit quelque chose, madame DeCarlo. Ne tenez-vous pas également une rubrique de conseil financier ?

— C'est exact.

— Ma femme en pense le plus grand bien. »

Il reporta son attention sur Ken.

« Docteur, vous m'avez dit au téléphone que Mme DeCarlo et vous écriviez un article consacré à Nicholas Spencer. A votre avis, est-il encore en vie ou l'homme qui prétend l'avoir vu en Suisse se trompe-t-il ? »

Ken nous regarda tour à tour, Holden et moi. « Carley s'est entretenue avec la famille de Spencer. Je préférerais qu'elle réponde elle-même à cette question. »

Je racontai alors à Holden ma visite aux Barlowe et ma rencontre avec Jack. « Si j'en crois tous les témoignages que j'ai recueillis, il n'aurait jamais abandonné son fils. C'était quelqu'un de bien, qui s'était entièrement consacré à la découverte d'un vaccin contre le cancer.

— En effet. » Holden se pencha en avant et joignit les mains. « Nick n'était pas homme à simuler sa disparition. Je crois que sa mort me délie d'une promesse que je lui avais faite. J'avais espéré que son corps serait retrouvé avant que je ne rompe ce serment, mais presque un mois s'est écoulé depuis l'accident, et il est possible qu'il ne réapparaisse jamais.

— Quelle était cette promesse, monsieur Holden ?

— Que je ne révélerais à personne qu'il m'avait inoculé son vaccin alors que j'étais dans le service de soins palliatifs de l'hôpital. »

C'était bien ce que Ken et moi avions pensé. Entendre notre hypothèse ainsi confirmée nous laissa littéralement interdits. Nous le regardâmes tous les deux, sans rien dire. Il était très mince, cer-

377

tes, mais ne semblait pas affaibli. Il avait un teint coloré et je compris pourquoi ses cheveux étaient si courts – ils étaient en train de repousser.

Holden se leva, traversa la pièce et prit sur la cheminée une photo encadrée posée à l'envers. « Voici la photo prise par ma femme durant ce qui aurait dû être mon dernier dîner à la maison. »

Squelettique, le teint hâve, chauve, Dennis Holden était assis à table, le visage éclairé par un faible sourire. Il flottait dans sa chemise à col ouvert. Ses joues étaient creuses, ses mains décharnées. « Je pesais à peine quarante kilos, alors, dit-il. J'en pèse soixante-cinq aujourd'hui. J'avais été opéré avec succès d'un cancer du côlon, mais les métastases avaient proliféré et le cancer s'était généralisé. Mes médecins disent que c'est un miracle que je sois encore en vie. C'est peut-être un miracle, mais il a été accompli par Nick Spencer. »

Ken restait les yeux rivés sur la photo.

« Vos médecins savent-ils que le vaccin vous a été inoculé ?

— Non. Ils n'ont jamais eu aucun indice leur permettant de le soupçonner. Ils sont simplement stupéfaits que je ne sois pas mort. Ma première réaction au vaccin a été de rester en vie. J'ai ensuite retrouvé peu à peu l'appétit. Nick venait me voir régulièrement et il traçait le graphique de mes progrès. J'en ai gardé une copie. Mais il m'avait fait jurer de garder le secret. Il m'avait recommandé de ne jamais l'appeler à son bureau. Le Dr Clintworth, du service de soins palliatifs, s'est doutée que Nick m'avait administré le vaccin, mais je l'ai toujours nié. Je crois qu'elle ne m'a pas cru.

— Vos médecins vous ont-ils fait passer des radios ou un scanner ? demanda Ken.

— Oui. Ils disent qu'il s'agit d'une rémission spontanée qui se produit une fois sur un milliard. Deux d'entre eux rédigent une communication sur mon cas. Lorsque vous avez téléphoné, ce matin, j'ai failli refuser de vous rencontrer. Mais je lis le *Wall Street Weekly* régulièrement et je suis tellement écœuré de voir le nom de Nick traîné dans la boue, que pour moi, le temps est venu de parler. Le vaccin n'est peut-être pas efficace pour *tout le monde*, mais il m'a rendu à la vie.

— Puis-je jeter un coup d'œil sur les notes que prenait Nick pendant qu'il enregistrait vos progrès ? demanda Ken.

— J'en ai déjà fait une copie au cas où je déciderais de vous les communiquer. Elles montrent comment le vaccin attaque les cellules cancéreuses en les enrobant avant de les neutraliser. Des cellules saines se sont immédiatement développées dans ces zones. Je suis entré dans le service de soins palliatifs le 10 février. Nick y travaillait bénévolement. J'avais consulté toutes les recherches disponibles sur le traitement du cancer. J'avais entendu parler de Nick et lu des comptes rendus de ses travaux. Je l'ai supplié de tester le vaccin sur moi. Il me l'a inoculé le 12 février et je suis rentré chez moi le 20. Deux mois et demi après, je suis guéri. »

Comme nous nous apprêtions à partir, la porte s'ouvrit et nous vîmes entrer une ravissante jeune femme et deux petites filles. Toutes les trois avaient de superbes cheveux roux. Elles vinrent immédiatement s'asseoir à ses côtés.

« Je ne vous attendais pas si tôt, dit-il en souriant. Vous avez donc déjà tout dépensé ? »

Sa femme passa son bras sous le sien.

« Non. Nous voulions seulement nous assurer que tu étais toujours là. »

Ken et moi échangeâmes nos impressions pendant qu'il me raccompagnait à ma voiture.

« C'est peut-être *la* rémission spontanée sur un milliard, dit-il.

— Tu sais bien que non.

— Carley, les médicaments et les vaccins agissent différemment suivant les patients.

— Il est guéri, c'est tout ce que je sais.

— Alors, pourquoi les épreuves de laboratoire ont-elles été négatives ?

— Ce n'est pas à moi que tu poses la question, Ken, mais à toi. Et tu aboutis à la même réponse : quelqu'un voulait que le vaccin apparaisse comme un fiasco.

— Oui, j'ai pensé à cette possibilité, et je crois que Nicholas Spencer soupçonnait que les expérimentations du vaccin étaient truquées. Ce qui expliquerait les tests à l'aveugle qu'il finançait en Europe. Tu as entendu Holden dire qu'il avait juré de garder le secret, et qu'il ne devait même pas communiquer avec Nick à son bureau. Spencer ne faisait confiance à personne.

— Il faisait confiance à Vivian Powers, dis-je. Il était amoureux d'elle. Je pense qu'il ne lui a parlé ni de Holden ni de ses soupçons parce qu'il craignait de la mettre en danger. Or il se trouve qu'il

380

avait raison. Ken, je voudrais que tu viennes avec moi voir Vivian Powers. Cette fille ne joue pas la comédie, et je crois savoir ce qui lui est arrivé. »

Nous trouvâmes Allan Desmond dans la salle d'attente du service des soins intensifs de l'hôpital.

« Jane et moi, nous nous relayons, dit-il. Il ne faut pas que Vivian soit seule quand elle se réveillera. Elle souffre de confusion mentale et elle a peur, mais elle s'en sortira.

— A-t-elle retrouvé la mémoire ?

— Non. Elle croit toujours qu'elle a seize ans. Les médecins disent qu'elle ne retrouvera peut-être jamais le souvenir de ces quinze dernières années. Il lui faudra apprendre à l'accepter le jour où elle sera suffisamment rétablie pour comprendre. Mais l'important est qu'elle soit en vie. Nous pourrons bientôt la ramener à la maison. C'est la seule chose qui compte pour nous. »

J'expliquai que Ken travaillait avec moi et qu'il était médecin.

« Il est important qu'il puisse voir Vivian, dis-je. Nous essayons de reconstituer ce qui a pu lui arriver.

— Si c'est dans ce but, vous avez mon autorisation, docteur Page. »

Quelques minutes plus tard une infirmière entra dans la salle.

« Elle se réveille, monsieur Desmond. »

Allan Desmond se tenait auprès de sa fille quand elle se réveilla. « Papa, dit-elle doucement.

— Je suis là, ma chérie. »

Il prit sa main dans la sienne.

« Il m'est arrivé quelque chose, n'est-ce pas ? J'ai eu un accident.

— Oui, ma chérie, mais tu vas te rétablir.

— Est-ce que Mark va bien ?

— Il va bien.

— Il conduisait trop vite. C'est ce que je lui ai dit. »

Ses yeux se refermaient. Allan Desmond nous regarda.

« Vivian a eu un accident de voiture à l'âge de seize ans. Elle s'est réveillée dans la salle des urgences. »

Nous quittâmes l'hôpital et marchâmes vers le parking.

« As-tu dans tes relations quelqu'un qui connaît quelque chose sur les drogues psychodysleptiques ? demandai-je.

— Je vois où tu veux en venir. Oui, je connais quelqu'un. Tu sais, Carley, la bataille fait rage parmi les groupes pharmaceutiques pour découvrir le médicament qui guérira la maladie d'Alzheimer et restaurera la mémoire. L'autre aspect de ces recherches, c'est que les laboratoires en apprennent en même temps beaucoup sur la *destruction* de la mémoire. Tout le monde sait que pendant soixante ans on a utilisé ce genre de drogues pour faire parler des espions faits prisonniers. Aujourd'hui, ces produits sont infiniment plus sophistiqués. Songe aux drogues utilisées au cours des agressions sexuelles. Elles sont sans saveur et sans odeur. »

J'exprimai alors le soupçon qui avait germé dans mon esprit.

« Ken, laisse-moi t'expliquer mon point de vue. Je pense que Vivian s'est précipitée chez sa voisine parce qu'elle a été prise de panique. Elle a eu peur d'appeler à l'aide, même au téléphone. Elle a pris la voiture et a été suivie. Je crois qu'on lui a administré ce genre de psychotrope pour tenter d'apprendre si Nick Spencer avait survécu à l'accident. Les gens de Pierre-Gen savaient qu'ils avaient une liaison. Ceux qui l'ont enlevée ont peut-être espéré que Nick était en vie, et qu'il réagirait à un appel téléphonique de sa part. Voyant qu'ils n'arrivaient à rien, ils lui ont administré une drogue qui altère la mémoire récente et l'ont abandonnée dans la voiture. »

J'arrivai chez moi une heure plus tard et j'allumai aussitôt la télévision. Ned Cooper était introuvable. Les spéculations allaient bon train. S'il s'était dirigé vers la région de Boston, pensait-on, il avait sans doute trouvé un endroit où se cacher. On avait l'impression que chaque policier de l'Etat du Massachusetts était lancé à sa poursuite.

Ma mère appela. Elle était inquiète.

« Carley, je t'ai à peine parlé depuis quinze jours, cela ne te ressemble pas de rester aussi silencieuse. Ce pauvre Robert n'a presque jamais de nouvelles de Lynn, mais toi et moi sommes toujours restées très proches. Qu'est-ce qui ne va pas ? »

Il y a une quantité de choses qui ne vont pas, maman, pensai-je, mais pas entre nous. Je ne pouvais pas lui dire ce qui me tourmentait. Je la rassurai en prétendant que l'article sur lequel je travaillais me prenait tout mon temps et faillis m'étrangler quand elle me proposa de venir les voir avec Lynn. Nous passerions un gentil dimanche tous les quatre.

Je raccrochai, me préparai un sandwich au beurre de cacahuètes et du thé, disposai le tout sur un plateau et m'installai à mon bureau. Les dossiers de l'affaire Spencer y étaient empilés, les coupures de journaux éparpillées tout autour. Je les rassemblai, les classai dans les dossiers correspondants et sortis les brochures et prospectus que j'avais ramassés chez Garner Pharmaceutical.

Je les feuilletai, cherchant des renseignements sur Pierre-Gen. Alors que je parcourais l'avant-dernier de la pile, mon sang se glaça. Ce que j'avais vu dans le hall de la réception s'était gravé dans mon subconscient.

Pendant de longues minutes, je restai à boire lentement mon thé sans remarquer qu'il s'était complètement refroidi.

Je tenais la clef de tous ces mystères. J'avais l'impression d'avoir ouvert un coffre-fort contenant les réponses que je m'étais posées. Ou de voir étalé devant mes yeux un jeu de cartes dont le joker était capable de jouer n'importe quel rôle. Dans le jeu qui nous occupait, Lynn était le joker, et savoir à qui elle était associée pouvait nous faire courir un péril mortel, à elle et à moi.

49

QUAND il regagna le garage, Ned s'assit dans la voiture et écouta la radio tout en buvant le scotch à même la bouteille. Bien sûr, il se réjouissait d'entendre qu'on parlait de lui aux informations, mais il craignait de vider la batterie s'il laissait le poste allumé trop longtemps. Au bout d'un moment, il se sentit gagné par le sommeil et finit par s'endormir. Le bruit d'une voiture qui empruntait l'allée de service et passait devant le garage le réveilla en sursaut. Il saisit machinalement son fusil. Si c'étaient les flics qui venaient le chercher, il pourrait au moins en descendre quelques-uns avant de mourir.

Une des fenêtres du garage donnait sur la route, mais la vue était complètement bouchée par les coussins empilés devant. A la réflexion, c'était aussi bien comme ça, car cela signifiait qu'on ne pouvait rien voir à l'intérieur depuis l'allée, ni même distinguer la voiture.

Il attendit une demi-heure sans entendre personne passer en sens inverse. Une pensée lui traversa alors l'esprit : c'était sans doute le soupirant de Lynn Spencer qui était revenu, le type qui se trouvait avec elle le soir où il avait allumé l'incendie.

Ned décida d'aller vérifier s'il avait deviné juste. Son fusil serré sous le bras, il ouvrit silencieusement la porte latérale du garage et prit le chemin désormais familier de la maison d'amis. La voiture de couleur sombre était garée à l'endroit où les gardiens avaient l'habitude de laisser la leur. Les stores de la maison étaient tous baissés, sauf celui du bureau qui était soulevé de quelques centimètres. Il est sans doute coincé, réfléchit Ned. La fenêtre était restée ouverte et, en s'accroupissant, il put jeter un coup d'œil à l'intérieur et apercevoir l'endroit où Lynn Spencer et l'homme étaient assis la veille.

Ils étaient à nouveau présents ce soir, mais il y avait quelqu'un d'autre avec eux. Il entendait une autre voix, la voix d'un individu dont il ne pouvait voir le visage. Si jamais le soupirant de Lynn Spencer et cet autre type étaient encore là demain, lorsque Carley DeCarlo viendrait, tant pis pour eux. Cela ne le dérangeait pas. Aucun d'eux ne méritait de vivre.

Alors qu'il s'efforçait de surprendre leur conversation, il entendit Annie lui conseiller de regagner le garage et de dormir un peu. « Et ne bois plus, Ned, disait-elle.

— Mais... »

Ned serra les lèvres. Il s'était mis à parler à voix haute à Annie, comme il le faisait souvent. Tout à leur conversation, les deux hommes n'avaient rien entendu, mais Lynn Spencer leva la main et leur fit signe de se taire, elle avait cru entendre quelqu'un parler dehors.

Ned quitta son poste d'observation et se faufila derrière les buissons avant que la porte d'entrée ne s'ouvre. Il ne distinguait pas le visage de celui qui était sorti et inspectait le côté de la maison, mais il était plus grand que le soupirant. L'homme jeta un regard rapide autour de lui puis rentra. Avant qu'il ne referme la porte, Ned l'entendit dire : « Vous avez rêvé, Lynn. »

Elle ne rêvait pas, pensa Ned, mais il resta silencieux jusqu'à ce qu'il eût regagné le garage. Une fois à l'abri, il ouvrit la bouteille de scotch et se mit à rire. Tout à l'heure, il avait voulu dire à Annie qu'il était autorisé à boire du scotch tant qu'il ne prenait pas son médicament. « Tu l'oublies toujours, Annie. Tu l'oublies toujours. »

50

JE me levai tôt le dimanche matin. J'étais incapable de dormir. Non seulement je redoutais de me trouver face à Lynn, mais j'avais aussi l'obscur pressentiment d'un danger. Je bus rapidement une tasse de café, enfilai un pantalon confortable et un pull léger, et me rendis à pied jusqu'à la cathédrale. La messe de huit heures allait commencer, je me glissai sur un banc.

Je priai pour ces gens qui étaient morts parce que Ned Cooper avait investi dans Pierre-Gen. Je priai pour tous ceux qui allaient mourir parce que le projet de Nick Spencer avait été saboté. Je priai pour Jack Spencer, que son père avait tant aimé, et je priai pour mon petit bonhomme, Patrick. C'était un ange au ciel aujourd'hui.

Il n'était pas encore neuf heures lorsque le flot des paroissiens commença à s'écouler hors de l'église. Toujours remplie d'inquiétude, je remontai l'avenue jusqu'à la hauteur de Central Park. C'était une belle matinée de printemps, qui annonçait une journée ensoleillée qu'égayaient les arbres en fleurs. Des gens marchaient, couraient, parcouraient les allées du parc en patins ou à bicyclette. D'autres, allongés sur des couvertures au milieu des pelouses, se préparaient à pique-niquer ou à se dorer au soleil.

Je songeai à ces pauvres gens de Greenwood Lake qui étaient morts si subitement. Avaient-ils eu le sentiment que leurs jours étaient comptés ? Mon père l'avait eu. Il était revenu sur ses pas et avait embrassé ma mère avant de sortir faire sa promenade matinale.

Pourquoi cette pensée me traversait-elle ?

J'aurais voulu que la journée s'écoule rapidement, que le temps s'efface jusqu'à la venue du soir, jusqu'au moment où je me retrouverais avec Casey. Nous étions heureux ensemble. Nous le savions tous les deux. Alors pourquoi la tristesse m'envahissait-elle lorsque je pensais à lui, comme si nous nous dirigions dans deux directions opposées, comme si nos destins se séparaient à nouveau ?

Je repris le chemin de la maison et m'arrêtai en route pour avaler un café et un bagel qui me revigorèrent. Mon moral remonta tout à fait lorque je constatai que Casey avait laissé deux messages.

Je le rappelai.

« Je commençai à m'inquiéter, dit-il. Carley, ce Cooper rôde encore on ne sait où, et il est dangereux. N'oublie pas qu'il s'est manifesté à toi à trois reprises.

— Tranquillise-toi. Je serai prudente. Il ne sera certainement pas à Bedford, et je doute de le rencontrer à Greenwich.

— Peut-être. Je ne crois pas qu'il puisse se trouver à Bedford. Il est plus vraisemblablement en train de chercher Lynn Spencer à New York. La police de Greenwich surveille la maison des Barlowe. S'il accuse Nick Spencer de l'échec du vaccin, il peut être assez détraqué pour s'en prendre à son fils. »

Je faillis m'écrier : Le vaccin contre le cancer n'est pas un échec ! Mais pas au téléphone, pas maintenant.

« Carley, j'ai réfléchi, je pourrais te conduire à Bedford cet après-midi et t'y attendre.

— Non, dis-je vivement. J'ignore combien de temps je resterai chez Lynn, et je ne voudrais pas que tu sois en retard au cocktail. Je t'y rejoindrai. Casey, je ne peux pas t'en parler maintenant, mais ce que j'ai appris hier risque de déboucher sur des inculpations criminelles et je souhaite seulement que Lynn ne soit pas impliquée dans toute cette histoire. Si elle est au courant de certaines choses, si elle a des soupçons, le moment est venu pour elle de tout révéler. Je dois absolument l'en persuader.

— Promets-moi d'être prudente. » Puis il prononça ces mots que je rêvais de l'entendre dire : « Je t'aime, Carley.

— Je t'aime moi aussi », murmurai-je.

Je pris une douche rapide, me maquillai avec plus de soin qu'à l'habitude et choisis dans la penderie un tailleur-pantalon de soie vert pâle qui m'avait toujours valu des compliments. Au dernier moment, je fourrai dans mon sac le collier et les boucles d'oreilles que je porte habituellement avec cette tenue. Ils me semblaient déplacés pour la conversation que j'allais avoir avec ma demi-sœur.

A une heure cinq, je montai dans ma voiture et

pris la direction de Bedford. A trois heures moins dix, je sonnai à la porte et Lynn actionna l'ouverture de la grille. Comme le jour où j'étais venue interviewer les gardiens, je contournai les ruines de la maison principale et m'arrêtai devant le cottage qui servait de maison d'amis.

Je descendis de voiture, allai jusqu'à la porte, sonnai. Lynn m'ouvrit. « Entre, Carley, dit-elle. Je t'attendais. »

51

A deux heures, Ned s'était posté derrière la haie près de la maison d'amis. A deux heures et quart, un homme qu'il n'avait encore jamais vu remonta à pied l'allée qui menait à la grille de service. Il n'avait pas l'air d'un policier – ses vêtements étaient trop chics. Il portait une veste bleu marine, un pantalon rouille et une chemise dont le col était ouvert. A la façon dont il marchait, on aurait dit que le monde lui appartenait.

Si tu es encore là dans une heure, pensa Ned, plus rien ne t'appartiendra, mon vieux. Il se demanda s'il s'agissait du même homme qu'il avait vu la veille – pas le soupirant, l'autre. Peut-être. Ils avaient la même taille.

Aujourd'hui Ned voyait distinctement Annie. Elle se tenait près de lui. Elle lui tendait la main. Elle savait qu'il s'apprêtait à la rejoindre. « Je ne serai pas long, Annie, murmura-t-il. Accorde-moi encore deux heures, d'accord ? »

Il avait mal à la tête. En partie sans doute parce qu'il avait sifflé toute la bouteille de scotch. Mais aussi parce qu'il se creusait en vain les méninges pour trouver le moyen d'atteindre le cimetière quand tout serait fini. Il ne pourrait pas s'y rendre avec la Toyota – les routes fourmillaient de flics qui la recherchaient. Et la voiture de Lynn Spencer était trop voyante – le premier venu la remarquerait.

Il regarda l'homme s'approcher de la maison et frapper à la porte. Lynn Spencer lui ouvrit. Ned conclut que c'était probablement un voisin venu lui rendre visite. Qui que ce fût, soit il connaissait le code de la grille de service, soit c'était elle qui l'avait actionnée depuis la maison.

Vingt minutes plus tard, à trois heures moins dix, une voiture s'avança dans l'allée principale et s'arrêta devant la maison d'amis.

Ned en vit descendre une jeune femme. Il la reconnut immédiatement – c'était Carley DeCarlo. Elle était ponctuelle, peut-être même un peu en avance. Tout allait se dérouler exactement comme il l'avait prévu.

Sauf que le nouveau venu se trouvait encore à l'intérieur. Tant pis pour lui.

DeCarlo était très élégante, comme si elle se rendait à une réception, pensa Ned. Elle portait le genre d'ensemble qu'il aurait aimé acheter à Annie.

Elle pouvait se payer des tenues aussi chics. C'était normal puisqu'elle faisait partie de toute cette bande – les escrocs qui avaient volé l'argent des actionnaires, brisé le cœur d'Annie et qui proclamaient aujourd'hui : « Nous n'avons rien à voir avec tout ça. Nous sommes des victimes, nous aussi. »

Tu parles ! C'est pour ça qu'elle arrivait dans une

Acura de sport vert foncé, vêtue d'un tailleur qui devait coûter une fortune.

Annie avait toujours dit qu'elle aimerait avoir une voiture vert foncé, un jour. « Les voitures noires sont trop tristes, Ned, et les bleu marine ne sont pas plus gaies. Mais le vert foncé est très élégant. Quand tu gagneras au loto, Ned, tu m'achèteras une voiture vert foncé.

— Annie, mon chou, je ne t'ai jamais acheté la voiture de tes rêves, mais ce soir j'en prendrai une de ta couleur préférée pour aller te rejoindre », promit Ned.

Il l'entendit rire. Elle était tout près de lui. Il sentit qu'elle l'embrassait. Elle lui caressait la nuque pour l'aider à se détendre, comme elle le faisait quand il était contrarié, quand il s'était disputé avec quelqu'un au travail.

Il avait laissé le fusil contre un arbre. Il le reprit et réfléchit au meilleur moyen de procéder. Il fallait qu'il pénètre dans la maison. Il minimiserait ainsi les risques que l'on entende les coups de feu depuis la route.

Il se baissa et s'avança à quatre pattes le long de la haie pour atteindre le côté de la maison et se poster sous la fenêtre du bureau. La porte qui menait à la salle de séjour était à moitié fermée, et il ne distinguait pas l'intérieur de la pièce. Mais il voyait parfaitement l'homme qui venait de remonter l'allée. Il était dans le bureau, et se tenait derrière la porte.

« Je pense que Carley DeCarlo ignore sa présence, dit Annie. C'est bizarre.

— On devrait aller voir de quoi il retourne, dit Ned. J'ai une clé de la porte de la cuisine. »

52

Lᴙɴɴ était très en beauté. Habituellement strictement noués en chignon, ses cheveux encadraient son visage de mèches bouclées d'un blond doré qui adoucissaient le regard froid de ses yeux bleus. Elle portait un pantalon noir à la coupe parfaite et une blouse de soie noire et blanche. J'étais visiblement la seule à me soucier d'apparaître sans bijou à ce rendez-vous : elle arborait un collier en or constellé de diamants, des boucles d'oreilles en or et en diamants et, au doigt, le solitaire que j'avais déjà remarqué à l'assemblée générale.

Je la complimentai et elle m'expliqua vaguement qu'elle était attendue à une soirée chez des voisins. Je la suivis dans le séjour. Je m'étais trouvée dans cette même pièce quelques jours auparavant, mais je préférai le taire. Elle n'apprécierait sans doute pas que j'aie rendu visite à Manuel et Rosa Gomez.

Elle s'assit sur le canapé et se renversa nonchalamment contre le dossier, prenant à dessein une attitude détendue. J'en conclus que la partie serait difficile. J'étais résolue à ne rien boire, mais le fait qu'elle ne m'offrît aucune boisson signifiait claire-ment : « Dites ce que vous avez à dire et débarrassez le plancher. »

C'était donc à moi de jouer. Je pris une profonde inspiration. « Lynn, ce que j'ai à vous annoncer n'est pas aisé et la seule raison qui m'a poussée à me déplacer jusqu'ici est que ma mère a épousé votre père. »

Elle me regarda sans ciller et hocha la tête. Nous sommes au moins d'accord sur ce point, pensai-je avant de continuer : « Je sais que nous n'éprouvons guère d'affection l'une envers l'autre, et peu importe, mais vous avez utilisé nos liens familiaux – si on peut les nommer ainsi – pour faire de moi votre porte-parole. Vous étiez la veuve éplorée qui ignorait les manigances de son mari, la gentille belle-mère dont le beau-fils repoussait la tendresse. Vous étiez sans travail, sans amis, presque ruinée. Et ce beau tableau n'était que mensonge, n'est-ce pas ?

— Vraiment, Carley ?

— C'est ce que je crois. Vous vous fichiez complètement de Nick Spencer. Votre seule fran-chise est d'avoir reconnu qu'il vous avait épousée parce que vous ressemblez à sa première femme. C'est sans doute exact. Mais je suis venue vous aver-tir. Une enquête va être ouverte afin de déterminer pour quelles raisons le développement du vaccin a été entravé. Or j'ai appris qu'il était efficace – j'en ai eu hier la preuve vivante. J'ai rencontré un homme qui était au seuil de la mort voilà trois mois, et qui est complètement guéri aujourd'hui.

— Vous mentez ! s'écria-t-elle.

— Absolument pas. Mais je ne suis pas ici pour discuter de ça. Je suis venue vous dire que nous savons que Vivian Powers a été enlevée, et probablement droguée.

— C'est grotesque !

— Pas plus grotesque que la disparition des dossiers du Dr Spencer que le Dr Broderick conservait à l'intention de Nick. Je suis pratiquement sûre de savoir qui les a dérobés. J'ai trouvé hier sa photo dans une brochure de Garner Pharmaceutical. C'est Lowell Drexel.

— Lowell ? »

Sa voix avait soudain un accent de nervosité.

« D'après le Dr Broderick, l'homme qui a pris les dossiers avait des cheveux bruns aux reflets roux. Il ne s'est pas rendu compte qu'il s'agissait d'une teinture. La photo que j'ai trouvée a été prise l'année passée, avant que Drexel cesse de se teindre. J'ai l'intention de le signaler aux enquêteurs. Le Dr Broderick a failli être tué par un chauffard, et je ne crois pas qu'il s'agissait d'un accident. Il se rétablit peu à peu et prendra bientôt connaissance de cette photo. S'il identifie Drexel, les enquêteurs s'intéresseront ensuite à l'accident d'avion. On vous a vue à l'aéroport vous quereller avec Nick peu avant le décollage. La serveuse l'a entendu vous demander pourquoi vous aviez décidé à la dernière minute de ne pas monter à bord avec lui. Mieux vaudrait avoir des réponses crédibles à offrir à la police lorsqu'elle viendra vous interroger. »

Lynn était visiblement inquiète à présent.

« Notre couple battait de l'aile et j'essayais de raccommoder les morceaux – c'est pourquoi j'avais proposé à Nick de l'accompagner au début à la place de Jack. Il a fini par accepter. Mais il s'est montré tellement désagréable avec moi dans la journée que j'ai décidé de laisser ma valise à la maison au moment de partir pour l'aéroport. J'ai attendu d'être dans la voiture pour le lui dire, et il a été furieux. Il m'a reproché de ne pas l'avoir averti plus tôt, ce qui lui aurait permis d'emmener Jack.

— Tout ça n'est pas très convaincant. Vous ne me facilitez pas la tâche. Savez-vous la question que se posera ensuite la police ? Elle se demandera si vous n'avez pas versé quelque chose dans le verre de Nick dans ce bar. A dire vrai, c'est ce que je me demande aussi.

— C'est absurde !

— Lynn, considérez sérieusement la situation. Jusqu'ici les enquêteurs se sont concentrés sur Nick et, heureusement pour vous, ils n'ont pas encore découvert son corps. Lorsque se répandra la nouvelle concernant le vaccin, et que la police s'intéressera à une autre piste, je ne donne pas cher de votre cas. Si vous étiez au courant de ce qui se tramait dans le laboratoire, si quelqu'un vous a prévenue de ne pas embarquer dans l'avion, vous feriez mieux de tout avouer dès maintenant et de trouver un arrangement avec le procureur.

— Carley, j'aimais mon mari. Je voulais que nous soyons heureux à nouveau. Vous avez tout inventé.

— Non. Ce malade mental, Ned Cooper, qui a tué tous ces pauvres gens, c'est lui qui a incendié votre maison. J'en suis sûre. Il a vu quelqu'un quitter la maison cette nuit-là. Il m'a envoyé des e-mails à ce sujet ; je les ai transmis à la police. Je pense que vous avez une liaison avec Wallingford et, quand cela se saura, votre alibi ne vaudra plus un clou.

— Vous croyez que j'ai une liaison avec Charles ? » Elle éclata d'un rire saccadé et sans joie. « Carley, je vous imaginais plus intelligente. Charles n'est qu'un escroc sans envergure qui vole sa propre société. Il l'a fait dans le passé, et c'est pourquoi ses fils ne lui adressent plus la parole, puis il s'est mis à faire de même chez Pierre-Gen, quand il a vu que Nick avait pour sa part emprunté de l'argent officiellement, il a décidé alors de vider la caisse du département des fournitures médicales. »

Je la regardai, stupéfaite.

« Wallingford était *autorisé* à détourner des fonds ! Vous saviez qu'il volait la société et vous n'avez pas cherché à l'en empêcher ?

— Ce n'était pas son problème, Carley », dit une voix masculine.

Elle provenait de derrière mon dos. Le souffle coupé, je me levai d'un bond. Lowell Drexel était debout dans l'embrasure de la porte. Il tenait un pistolet à la main.

« Asseyez-vous, Carley. »

Sa voix était calme, dépourvue d'émotion.

Les jambes soudain flageolantes, je me laissai tomber dans mon fauteuil et interrogeai Lynn du regard, cherchant à comprendre.

« J'espérais que les choses n'iraient pas si loin, Carley, dit-elle. Je regrette vraiment... »

Soudain je vis son regard se porter derrière moi, vers le fond de la pièce, et l'air méprisant qu'elle arborait un instant plus tôt se transforma en une expression d'effroi.

Je me retournai brusquement. Ned Cooper se tenait dans la partie salle à manger de la pièce, les cheveux emmêlés, les joues grises d'une barbe de plusieurs jours, les vêtements tachés et froissés, les yeux exorbités, les pupilles dilatées. Il brandissait un fusil et, au moment même où je me tournais vers lui, il déplaça imperceptiblement son arme et appuya sur la détente.

La détonation sèche, l'odeur âcre de la fumée, le cri terrifié de Lynn et le bruit sourd du corps de Drexel s'écroulant sur le plancher paralysèrent mes réactions. *Trois !* C'était la seule chose qui occupait mon esprit. *Trois* à Greenwood Lake, *trois* dans cette pièce. J'allais mourir !

« Pitié, gémissait Lynn, Je vous en supplie, ne me tuez pas.

— Pourquoi ? demanda-t-il. Pourquoi devriez-vous vivre ? J'ai entendu ce que vous disiez. Vous n'êtes qu'une ordure. »

Il pointait à nouveau le fusil. J'enfouis mon visage dans mes mains.

« S'il vous... »

J'entendis une nouvelle déflagration, respirai l'odeur de la poudre et compris que Lynn était morte. C'était mon tour désormais. Il va me tuer, me dis-je, et j'attendis l'impact de la balle.

« Levez-vous. » Il me secouait par l'épaule. « Allons-y. Nous allons prendre votre voiture. Vous avez de la chance. Vous allez vivre une demi-heure de plus. »

Je me levai en trébuchant. Je détournai les yeux du canapé. Je ne voulais pas voir le corps de Lynn.

« N'oubliez pas votre sac », dit-il avec un calme terrifiant.

Je l'avais posé par terre près du fauteuil où j'étais assise. Je le ramassai. Me saisissant alors par le bras, Cooper m'entraîna à travers la pièce jusqu'à la cuisine. « Ouvrez la porte », ordonna-t-il.

Il la referma derrière nous et me poussa vers ma voiture, du côté du conducteur.

« Montez. C'est *vous* qui allez conduire. »

Il semblait se souvenir que je n'avais pas fermé la voiture à clé. Avait-il surveillé mes mouvements ? Oh, mon Dieu, pourquoi étais-je venue ici ? Pourquoi n'avais-je pas pris ses menaces au sérieux ?

Il contourna l'avant de la voiture, sans me quitter des yeux, le fusil toujours pointé vers moi. Il prit place sur le siège du passager. « Ouvrez votre sac et sortez vos clés. »

Je me débattis avec le fermoir. J'avais les doigts paralysés et je mis du temps à ouvrir mon sac. Je tremblais tellement que je crus que je n'arriverais jamais à en sortir mon trousseau et à introduire la clé dans le contact.

« Prenez cette allée. Le code de la grille est le 2808. Quand la grille s'ouvrira, tournez à droite. S'il y a des flics dans les parages, ne vous avisez pas de tenter je ne sais quelle manœuvre.

— Je ne tenterai rien », murmurai-je.

J'avais peine à articuler.

Il se courba en avant de telle manière qu'on ne pouvait pas le voir de l'extérieur. Nous franchîmes la grille. Il n'y avait aucune voiture sur la route.

« Prenez ensuite la première à gauche. »

Lorsque nous passâmes devant les vestiges calcinés de la maison, je vis une voiture de police s'avancer lentement dans notre direction. Je regardai droit devant moi. Je savais que Ned Cooper ne plaisantait pas : s'ils s'approchaient de nous, il les abattrait et moi avec.

Cooper restait penché en avant sur son siège, son fusil coincé entre ses jambes et toujours pointé vers moi, se contentant de m'indiquer le chemin : « Tournez à droite. A gauche maintenant. » Soudain, l'intonation de sa voix changea complètement : « C'est fini, Annie. J'arrive. Tu es heureuse, n'est-ce pas mon chou ? »

Annie. Sa femme était morte, mais il s'adressait à elle comme si elle s'était trouvée dans la voiture. Si j'essayais de lui en parler, s'il avait l'impression que je les plaignais, elle et lui, peut-être aurais-je une chance de m'en sortir. Peut-être ne me tuerait-il pas. Je voulais vivre. Je voulais faire ma vie avec Casey. Je voulais avoir un autre enfant.

« Tournez à gauche, puis tout droit pendant un moment. »

Il évitait les routes principales, les endroits où la police risquait de le rechercher.

« D'accord, Ned. » Ma voix tremblait tellement que je dus me mordre les lèvres pour tenter de la contrôler. « J'ai entendu des gens parler d'Annie à la télévision. Ils disaient tous combien ils l'aimaient.

— Vous n'avez pas répondu à sa lettre.

— Ned, lorsque de nombreux lecteurs me

404

posent la même question, il m'arrive parfois de répondre sans mentionner un nom en particulier pour ne vexer personne. J'ai certainement répondu à la question d'Annie même si je ne l'ai pas désignée nommément.

— Je ne sais pas.

— Ned, j'ai acheté des actions de Pierre-Gen, moi aussi, et j'ai perdu de l'argent, tout comme vous. C'est pourquoi j'écris cet article, pour que tout le monde sache que des gens tels que nous ont été trompés. Je sais que vous vouliez offrir à Annie une belle maison. L'argent que j'ai utilisé pour acquérir ces actions était celui que j'avais économisé pour acheter un appartement. Je loue un deux pièces, comme celui où vous vivez. »

Ecoutait-il ? Peut-être. Je n'en étais pas sûre.

Mon téléphone portable se mit à sonner. Il était dans mon sac posé sur mes genoux.

« Vous attendiez un appel de quelqu'un ?

— C'est probablement mon ami. Je dois le retrouver.

— Répondez. Dites que vous serez en retard. »

C'était Casey.

« Tout va bien, Carley ?

— Oui. Je te raconterai.

— Dans combien de temps comptes-tu être là ?

— Oh, dans une vingtaine de minutes.

— Vingt minutes ?

— Je viens juste de partir. » Comment lui faire comprendre que j'avais besoin d'aide ? « Dis aux autres que j'arrive. Je suis contente à l'idée de revoir Patrick bientôt. »

Cooper m'ôta le téléphone des mains, l'éteignit

et le laissa tomber sur le siège. « C'est Annie que vous allez voir bientôt, pas Patrick.

— Où allons-nous ?

— Au cimetière. Rejoindre Annie.

— Quel cimetière ?

— A Yonkers. »

Yonkers était à moins de dix minutes de l'endroit où nous nous trouvions.

Casey avait-il compris que j'avais besoin de lui ? Allait-il avertir la police et lui demander de guetter ma voiture ? Mais si les flics qui patrouillaient dans les environs nous retrouvaient, Ned essayerait de les tuer eux aussi.

J'étais convaincue qu'il avait l'intention de se suicider dans le cimetière, après m'avoir tuée. Mon seul espoir était qu'il décide de me laisser vivre. Et il fallait pour cela que j'attire sa sympathie. « Ned, je pense que toutes les horreurs que l'on raconte sur vous à la télévision ne sont pas justes.

— Tu entends, Annie ? Elle aussi pense que ce n'est pas juste. Ils ne savent pas que tu as été si malheureuse de devoir quitter ta maison, uniquement parce que j'ai cru leurs mensonges. Ils ne savent pas ce que ça a été pour moi de te voir mourir quand le camion des éboueurs a heurté ta voiture. Ils ne savent pas que ces gens avec lesquels tu avais été si gentille ont tout fait pour que tu ignores que j'allais leur vendre la maison. Ils ne m'aimaient pas, ils voulaient que nous partions, toi et moi.

— J'aimerais rapporter tout ça dans mon article, Ned », dis-je.

Je ne voulais pas avoir l'air de le supplier.

Nous traversâmes Yonkers. Il y avait beaucoup de

circulation et Cooper se tassa à nouveau sur son siège.

Je poursuivis : « J'aimerais parler des talents de jardinière d'Annie.

— Continuez tout droit. Nous sommes presque arrivés.

— Je dirai aussi combien elle était appréciée de tous les patients de l'hôpital. Et je dirai combien elle *vous* aimait. »

Le trafic était moins dense maintenant. Sur la droite, au bout de la rue, j'aperçus un cimetière. « J'intitulerai mon article : "L'histoire d'Annie." »

— Prenez le chemin de terre. Il traverse le cimetière. Je vous dirai quand vous arrêter. »

Il n'y avait aucune émotion particulière dans sa voix.

Je tentai le tout pour le tout :

« Annie, je sais que vous m'entendez. Dites à Ned qu'il est préférable que vous restiez tous les deux seuls, et que je rentre chez moi pour écrire mon article sur vous et Ned. Je voudrais faire savoir à tout le monde combien vous vous aimiez. Vous ne voudriez pas que je sois présente lorsque vous le prendrez enfin dans vos bras, n'est-ce pas ? »

Il ne semblait pas entendre ce que je disais.

« Arrêtez-vous ici et descendez de la voiture. »

Il me força à m'avancer jusqu'à une tombe récemment creusée et recouverte de terre humide. Le sol commençait à se tasser et on distinguait une dépression au milieu.

« Annie devrait avoir une belle pierre tombale avec des fleurs gravées autour de son nom, dis-je. Je vous promets de m'en occuper, Ned.

— Asseyez-vous ici », m'ordonna-t-il en désignant un endroit à quelques mètres.

Lui-même s'assit sur la tombe, son fusil toujours braqué sur moi. De sa main gauche, il déchaussa son pied droit, retira sa chaussette.

« Retournez-vous, ordonna-t-il.

— Ned, croyez-moi, je sais qu'Annie a envie d'être seule avec vous.

— Je vous ai dit de vous retourner. »

Il allait me tuer. J'essayai de prier, mais les seuls mots que je pus murmurer furent ceux que Lynn avait prononcés avant de mourir : « Je vous en supplie... »

« Qu'en penses-tu, Annie ? disait Ned. Que dois-je faire ? Dis-le-moi.

— Pitié. »

La frayeur qui me glaçait m'empêcha d'en dire plus. Dans le lointain, j'entendis le hurlement des sirènes sur la route qui se rapprochaient. Trop tard, pensai-je. Trop tard.

« Très bien, Annie. Je ferai ce que tu veux. »

Il y eut une détonation et tout devint noir.

Je me rappelle vaguement avoir entendu une voix dire : « Elle est en état de choc. » Je me souviens d'avoir vu le corps de Ned gisant sur la tombe d'Annie. Puis je suppose que je m'évanouis à nouveau.

Je me réveillai à l'hôpital. Il ne m'avait pas tuée. Annie avait dit à Ned de m'épargner.

On m'avait sans doute administré une forte dose de calmants, car je me rendormis à nouveau. Lorsque je repris connaissance pour de bon, j'entendis

une voix d'infirmière dire : « Elle est ici, docteur. »
Deux secondes plus tard, j'étais blottie dans le bras
de Casey, et c'est seulement alors que je sus que
j'étais enfin en sécurité.

Epilogue

CONFRONTÉ aux aveux que Lynn m'avait faits quelques heures avant sa mort, Charles Wallingford coopéra sans se faire prier avec les enquêteurs. Il admit avoir détourné la totalité des fonds qui avaient disparu, excepté ceux que Nick avait lui-même légalement empruntés. Cet argent devait le récompenser d'avoir contribué à la faillite de Pierre-Gen. Le plus stupéfiant de toute cette histoire était le rôle joué par Adrian Garner. C'était lui qui avait conçu et mis en œuvre chaque détail de ce plan.

C'était Garner qui avait recommandé le Dr Kendall au Dr Celtavini. Elle avait pour mission de saboter les expérimentations.

Garner était l'amant de Lynn. C'était lui que Ned Cooper avait aperçu dans l'allée la nuit de l'incendie. Lorsqu'il n'était plus resté que des cendres de la maison principale, Lynn avait renvoyé les gardiens afin de continuer à voir Garner en secret.

Le jour où Garner avait appris que le vaccin était, en réalité, efficace, il ne s'était plus satisfait d'en être le distributeur – il avait voulu en devenir le propriétaire. Puisque l'on disait le vaccin inopérant et que Pierre-Gen avait été mis en faillite, son plan était de racheter les brevets pour une somme ridicule. Garner Pharmaceutical serait alors devenu propriétaire d'un vaccin extrêmement prometteur et générateur de gros profits, le tout pour un prix dérisoire.

L'erreur avait été d'envoyer Lowell Drexel récupérer les dossiers du Dr Spencer. Le téléphone de Vivian Powers avait été mis sur écoute. Après m'avoir laissé un message sur mon répondeur disant qu'elle savait qui s'était emparé des documents, elle avait été kidnappée et droguée. Il fallait à tout prix l'empêcher de faire le rapprochement entre Drexel aujourd'hui grisonnant et l'homme décrit par le Dr Broderick.

Garner avait donné à Lynn le comprimé qu'elle avait mis dans le verre de Nick au bar de l'aéroport. C'était une drogue nouvelle, qui ne faisait d'effet qu'au bout de plusieurs heures, et plongeait brutalement la victime dans l'inconscience. Nick Spencer n'avait aucune chance d'en réchapper.

Depuis, Garner a été inculpé d'homicide. Un autre groupe pharmaceutique a absorbé Pierre-Gen. Les investisseurs qui avaient cru, pendant un temps, être victimes d'une escroquerie détiennent aujourd'hui des actions qui sont revenues à leur cours initial, mais devraient un jour valoir beaucoup plus si le vaccin démontre son efficacité.

Comme je le soupçonnais, c'était la nièce du Dr Kendall qui avait détourné et transmis la lettre de Caroline Summers à Garner. En prenant connaissance de son contenu, ce dernier avait chargé Drexel d'aller récupérer les dossiers du Dr Spencer chez le Dr Broderick. Le nouveau groupe pharmaceutique a chargé des microbiologistes venus du monde entier de trouver quelle combinaison de molécules avait pu produire cette incroyable guérison.

Encore maintenant, je n'arrive pas à croire que Lynn a non seulement participé à la mort de son mari, mais qu'elle aurait laissé Lowell Drexel me tuer au cours de cette terrifiante confrontation dans la maison d'amis. Pour le père de Lynn, l'horreur et l'humiliation s'ajoutent à la douleur d'avoir perdu sa fille. Ma mère lui apporte tout le réconfort possible bien qu'elle lutte contre son propre ressentiment, sachant les intentions de Lynn à mon égard.

Casey avait compris le sens de mon allusion à Patrick. Il avait prévenu les policiers. Ils surveillaient déjà le cimetière, sachant que Ned revenait souvent sur la tombe d'Annie. Quand il leur expliqua que Patrick était mon enfant mort, ils accoururent aussitôt.

Aujourd'hui nous sommes le 15 juin. Une messe a été célébrée cet après-midi à la mémoire de Nick Spencer, à laquelle nous avons assisté, Casey et moi. Les employés et les actionnaires de Pierre-Gen, tous ceux qui l'avaient honni, ont écouté en silence les hommages rendus à son génie et à son dévouement.

L'éloge de Dennis Holden fut bouleversant. Sa photo, celle qu'il nous avait montrée, où il apparaissait hâve et décharné à l'approche de la mort, était

413

projetée sur un écran. « Si je suis ici aujourd'hui, c'est parce que Nick Spencer a pris le risque de m'inoculer son vaccin », a-t-il déclaré.

Le fils de Nick, Jack, fut le dernier à prendre la parole. « Il a été un père merveilleux, commença-t-il devant une assistance en larmes. Il m'avait promis que s'il réussissait ce qu'il avait entrepris, plus aucun enfant ne perdrait sa mère à cause du cancer. »

Il est le digne fils de son père, ai-je pensé en le regardant se rasseoir entre ses grands-parents. Malgré toutes les épreuves que cet enfant avait traversées, il avait la chance d'être entouré par des gens qui sauraient prendre soin de lui.

Un mouvement se fit parmi la foule lorsque Vince Alcott déclara : « Il est possible que Nick Spencer ait injecté le vaccin à une autre personne. Elle est parmi nous aujourd'hui. »

Marty et Rhoda Bikorsky montèrent sur l'estrade, entourant leur fille Maggie. Rhoda s'avança et prit le micro.

« J'ai rencontré Nicholas Spencer au service des soins palliatifs de l'hôpital St. Ann, dit-elle en refoulant ses larmes. J'étais venue rendre visite à une amie. J'avais entendu parler du vaccin. Ma petite fille était mourante. J'ai supplié M. Spencer de le lui inoculer. Je lui ai amené Maggie la veille du jour où il est mort dans l'accident d'avion. Même mon mari l'ignorait. Lorsque j'ai entendu dire que le vaccin était inefficace, j'ai craint de perdre Maggie encore plus tôt. C'était il y a deux mois. Depuis, la tumeur de Maggie se résorbe un peu plus chaque jour. Nous ignorons quelle sera l'issue, mais Nick Spencer nous a donné un immense espoir. »

Marty souleva Maggie dans ses bras. L'enfant, si frêle et si pâle quand je l'avais vue quelques semaines plus tôt, avait repris des couleurs et du poids. « On nous avait promis que nous la garderions jusqu'à Noël, dit Marty. Nous commençons à croire que nous la verrons grandir. »

Tandis que l'assistance s'écoulait lentement vers la sortie à la fin du service, j'entendis quelqu'un répéter ce qu'avait dit la mère de Maggie :

« Nick Spencer nous a donné un immense espoir. »

C'était une belle épitaphe.

REMERCIEMENTS

Le livre est terminé. Vient le moment d'exprimer ma gratitude à tous ceux qui m'ont accompagnée dans ce voyage.

Merci d'abord à Michael Korda, mon éditeur de si longue date – comment croire que vingt-huit ans se sont écoulés depuis *La Maison du guet* ! Lui et son associé, Chuck Adams, sont des amis précieux, d'irremplaçables conseillers.

Toute mon affection à Lisl Cade, mon attachée de presse, mon bras droit – qui m'encourage sans relâche, toujours prête à m'aider.

Mille mercis aussi à mes agents, Eugene Winick et Sam Pinkus. De vrais supporters en toutes circonstances.

Et à Gypsy da Silva, mon inlassable correctrice, ainsi qu'à ses collaborateurs et collaboratrices Rose Ann Ferrick, Barbara Raynor, Steve Friedman, Joshua Cohen et Anthony Newfield.

Bénies soient mes assistantes et amies, Agnes Newton et Nadine Petry, et ma belle-sœur Irene Clark, lectrice assidue.

Ma fille et consœur romancière, Carol Higgins Clark, reste mon incomparable écho. Nous partageons les affres et les joies de la création – les joies commençant quand le livre est terminé.

Je tiens à exprimer ma reconnaissance envers Carlene McDevitt, de la Clinical Research, qui a répondu avec patience à toutes mes questions : Supposons ? Et si ? Si j'ai mal interprété certaines de ses réponses, je plaide coupable.

Et enfin, merci à mon mari, John, et nos deux familles, enfants et petits-enfants réunis, auxquels est dédié ce livre.

Et maintenant, chers lecteurs, l'histoire est dite. J'espère que vous l'aurez appréciée.

En collaboration avec Carol Higgins Clark

TROIS JOURS AVANT NOËL

CE SOIR JE VEILLERAI SUR TOI

« SPÉCIAL SUSPENSE »

Ouvrage composé
par Nord Compo

Transcontinental
IMPRESSION
IMPRIMERIE GAGNÉ

IMPRIMÉ AU CANADA